早刷り岩次郎

新装版

山本一力

朝日文庫

本書は二〇一一年十月刊行の朝日文庫の新装版です。
（単行本は二〇〇八年七月刊）

目次

早刷り岩次郎

序章

安政三（一八五六）年五月十五日。夜明けには赤くて大きな天道《てんとう》が、洲崎《すさき》沖の海に顔をのぞかせた。

五ツ（午前八時）になったいま、天道は深川亀久橋《かめひさばし》の斜め上にまで昇っていた。

「ようやく冬木町が、冬木町らしくなってきました……」

町のあちこちで、威勢のいい槌音《つちおと》や大鋸《おが》で丸太を挽《ひ》く音が響いている。その音を耳にした遠松《とおまつ》が、感慨深げなつぶやきを漏らした。

元来が声はさほどに大きくない男である。つぶやきに、槌音がのしかかっていた。

「この調子で町の普請が続けば、深川も川開きまでには威勢を取り戻すだろう」

釜田屋岩次郎《かまたやいわじろう》は、張りのある物言いで番頭のつぶやきに応《こた》えた。

ふたりが立っているのは、亀久橋の南詰《みなみづめ》である。仙台堀に架けられたこの橋の下は、ひっきりなしに木場に向かういかだや荷物船がくぐり抜けた。

川並《かわなみ》（いかだ乗り）が丸太の上に立ったまままくぐれるように、橋の真ん中は水面《みなも》から二丈（約六メートル）の高さに盛り上がっていた。

「釜田屋の番頭さんじゃありやせんかい」

堀を滑るいかだの上から、川並が遠松に呼びかけた。遠松は仙台堀のほうに振り返った。

「やっぱりそうだ」

川並が遠松に手を振った。

「ずいぶんと、普請がはかどっているみてえでやすが」

「うまい具合に、日和《ひより》が続いてくれてるからねえ」

「そいつあ、なによりだ」

川並は首に巻いた手拭《てぬぐ》いで汗を拭った。まだ五ツ過ぎだというのに、川面《かわも》を照らす陽差《ひざ》しは強かった。

「釜田屋さんはいってえなにを建てる気なんだと、みんなが楽しみにしてやすぜ」

さらにしゃべり続けていたが、いかだはすでに亀久橋をくぐっている。川並の声は、もはや聞こえなくなっていた。

昨年（安政二年）十月二日の夜四ツ（午後十時）。江戸は凄《すさ》まじい地震に襲いかかられた。御府内《ごふない》の建物は、武家屋敷・寺社・商家・長屋など、造りの違いは問わず大半が潰《つぶ》れた。

深川も町の目印だった『仲町の辻《つじ》の火の見やぐら』は大きく傾いただけで済んだが、

あらかたの家屋が潰れた。

一夜明けて永代橋《えいたいばし》東詰から見た深川は、町が平べったくなっていた。潰れずに残っていたのは、富岡八幡宮など、数えるほどしかなかった。

幸いなことに、橋の多くは落ちずに残った。

大川に架けられた永代橋・新大橋・両国橋などの大橋のみならず、仙台堀の亀久橋や、小名木川《おなぎがわ》の高橋《たかばし》も、しっかりと残っていた。

「橋が残っててくれりゃあ、向こう岸と行き来もできる」

「江戸中が、根こそぎ潰されたわけじゃあねえやね」

落ちずに残った橋のけなげな姿は、家を失った住人に気持ちの張りを与えてくれた。

荷車とひとが行き交い、町の復興作事は大きくはかどった。

釜田屋は版木彫りと摺《す》りを請け負う老舗《しにせ》だった。

「大事な摺り物なら、釜田屋さんに頼むのが一番だ」

腕利きの彫り師と摺り師を二十人ずつ抱えた釜田屋は、仲間内でも屋号は大きく通っていた。

安政二年の地震は、その釜田屋にまともに襲いかかった。

冬木町と町木戸を接する大和町は、深川の色里である。地震が起きた十月二日も、どの遊郭も客で大賑《おおにぎ》わいをしていた。

地震が起きた夜の四ツは、商家も長屋もすでに寝静まっていた。しかし色里にとっての四ツは、まだ宵の口である。

「おふたりご新規さん、お二階にご案内ねがいやす」

牛太郎《ぎゅうたろう》（遊郭の若い衆）が声を張り上げていたとき、地べたが大揺れした。

遊郭は明かりが売り物である。

ろうそくや極上菜種《なたね》油をふんだんに使い、色里の隅々まで明かりで浮かび上がらせた。

客に出す料理には、揚げ物が多かった。手間はかからず、見栄《みば》えがいいからだ。

揺れが始まったとき、商家や長屋はすでに火の始末を終えていた。しかし大和町の遊郭には、火と油があふれていた。

色里から出た火は、油まみれの猛火である。火はつむじ風を巻き起こして燃え広がった。

大和町と冬木町は隣り合わせである。釜田屋は、仕事場と職人の住まいが、丸ごと地震で潰れた。

下敷きになって身動きできないところに、遊郭の火が襲いかかった。

住み込みの職人のほとんどが、もらい火の火事で焼け死んだ。

生き残ったのは別棟に暮らしていた岩次郎と、通いの職人頭《がしら》、それに番頭ぐらいだった。

三好町の実家に泊まりがけで出ていた妻子は、不幸にもその家で横死《おうし》した。

当主の岩次郎は、店の片付けを後回しにして、亡くなった職人の在所を一軒残さずおとずれた。

職人の死を心底から悼《いた》み、遺族に弔慰金を手渡すためである。

岩次郎はひそかに回った。が、遺族は感謝の思いを冬木町の住人に伝えた。

「さすがは釜田屋さんだ」

釜田屋の後片付けは、多くの住人が手伝った。

地震から七カ月が過ぎた、安政三年五月。釜田屋の敷地では、朝早くから高い槌音が響いていた。

「今夜、みなを江戸屋《えどや》さんに集めてくれ」

「うけたまわりました」

遠松の小声の返事に、槌音がかぶさっていた。

一

五月十五日の夕暮れどき。西空に夕陽が沈み切ると同時に、永代寺が暮れ六ツ（午後六時）の鐘を撞《つ》き始めた。

高い空では、気の早い星がまたたき始めている。しかし西空の根元には、まだあかね色が残っていた。

永代寺門前仲町では、初夏の昼と夜とが入れ替わりつつあった。

「お待ち申し上げておりました」

背中に『江戸屋』と染め抜かれた半纏《はんてん》を羽織った下足番《げそくばん》が、庭木戸の前で五人連れの男を出迎えた。

「どうぞ、離れのほうへ」

下足番は、木戸を開いた。

手入れの行き届いた生垣が、庭に向かって続いている。敷石の表面には、まだ打ち水が残っていた。

五人のなかのひとりが、おひねりを下足番に握らせた。

「ありがとうございます」

敷石を歩き始めた五人の後ろ姿に、下足番は深い辞儀をした。

江戸屋は元禄初期に創業された、深川一の老舗料亭である。女将《おかみ》は代々が秀弥《ひでや》を襲名しており、安政三年のいまは七代目である。

江戸屋も先《せん》の大地震では、建家に痛手をこうむった。が、それらはいずれもうわべの傷で済んでいた。

創業から百年が過ぎた寛政三（一七九一）年に、江戸屋は全館建て直しと思えるほどの大改築を施した。材木には、高値の木曽檜《きそひのき》を用いた。

「深川に威勢が戻りますように、費《つい》えに限りは無用です」

改築普請を請け負った棟梁《とうりよう》に、四代目女将はきっぱりと言い渡した。

江戸屋改築から足掛け三年前の、寛政元年九月。公儀は蔵前の札差《ふださし》百九人に対して棄《き》捐令《えんれい》を発布した。

徳川家家臣である旗本《はたもと》・御家人《ごけにん》の俸給、禄米《ろくまい》の取り扱いを札差は独占していた。その代わりに、金詰まりの武家には米を担保にカネを融通した。

利息は年一割八分。六年を過ぎれば、利息が元本を上回るという高利である。

家臣の窮状を見かねた公儀は、貸金棒引きの棄捐令を発布した。これにより、百十八万両を超える途方もないカネが帳消しとなった。

総檜造りの建坪二百坪の二階屋でも、二千両あれば建てられた時代である。そんな桁《けた》違《ちが》いの豪邸五百九十戸分のカネが、いきなり帳消しにされたのだ。

江戸の景気を支えていた札差が、一気にカネを遣わなくなった。

棄捐令発布は、寛政元年九月十六日。その翌日から、江戸には猛烈な不景気風が吹き荒れ始めた。

深川は材木商の遣うカネで、町の景気が保たれていた。

江戸の町の大半が丸焼けになった『明暦の大火』を含めて、江戸では大火事が頻発した。

明暦の大火に懲りた公儀は、逐次防火対策を打ち出していった。

町のあちこちに、広大な火除《ひよ》け地を設けた。その火除け地で、延焼を食い止めるためである。

また町火消し組を作り、火消し道具も支給した。それでも大火事は生じ続けた。

深川の材木商は、大火のたびに大量の木材を諸国から調達した。火事手当の材木は安値で放出したが、莫大《ばくだい》な額の儲《もう》けを手にしていた。

ところが棄捐令発布のあとは、木材の需要が激減した。札差がカネを遣わなくなったしわよせが、めぐりめぐった挙句、新築普請の取りやめを引き起こしたからだ。

棄捐令発布後も、火事で丸焼けになった商家は幾らもあった。

「こんなご時世だ、普請の費えは切り詰めてもらおう」

大店《おおだな》の多くは、安値の建材使用を棟梁に言い渡した。

豪気なカネ遣いで知られた深川の材木商も、寛政三年には威勢を失いつつあった。

江戸屋が総檜造りの大改築を発注したのは、まさに深川が威勢を失いそうになっていたときだった。

　費えの総額は二千両を超えていた。

「さすがは女将だ」

「江戸屋さんは、深川の自慢だぜ」

　寛政三年の富岡八幡宮は、陰祭《かげまつり》の年だった。陰の年は、三基の宮神輿《みこし》を担ぐのみである。

　ところが。

「今年こそ、江戸屋さんの心意気に応えねえでどうする」

「がってんだ」

　陰祭にもかかわらず、町内神輿八基が繰り出した。担ぎ手の深川の若い衆は、千人を超えていた。

「わっしょい、わっしょい」

　改築普請真《ま》っ只中《ただなか》の江戸屋前で、威勢よく揉《も》まれた。

　その大改築から六十余年が過ぎたときに、安政二年の大地震が江戸屋にも襲いかかった。

　激しく揺さぶられて、本瓦《ほんがわら》は残らず滑り落ちた。納屋も潰れたし、料理場の土間には大きな地割れが生じた。へっついも三基が壊れた。

しかし、被害はそれで済んだ。

母屋はもとより、離れも奉公人の住まいも潰れは出なかった。

門前仲町の復興作事の間、江戸屋は毎日、炊き出しを続けた。作事人足《にんそく》は、江戸屋のかわやで用足しができた。

地震から三カ月が過ぎた、安政三年一月十一日の鏡開き。江戸屋は玄関先で、五百人分の汁粉《しるこ》と、二百人分の雑煮《ぞうに》を振る舞った。

汁粉にも雑煮にも、焦《こ》げ目のついた餅《もち》が入っていた。

「江戸屋さんのおかげで、ひと足遅れの正月が味わえたぜ」

地震で痛めつけられた深川の住人は、江戸屋の振る舞い餅で威勢を取り戻した。

「わてが仕舞《しま》いでっか？」

本多屋《ほんだや》壮助《そうすけ》が、足を急がせて下足番に近寄った。

「みなさん、おそろいです」

下足番の返事には、親しみが感じられない。木戸を開こうともしなかった。

「そら、えらいこっちゃで」

壮助は自分で木戸を開き、せかせかとした足取りで離れに向かった。

二

「これで顔がそろった」

あたふたと座についた本多屋壮助を見て、遠松が口を開いた。

壮助が寄合に遅れるのは、いつものことである。もはや座のだれも、気にしている様子はなかった。

「旦那《だんな》様の話が終わったところで酒肴《しゅこう》を出してもらうように、江戸屋さんには頼んである」

一同の膝元《ひざもと》には、純白無地の伊万里《いまり》焼湯呑《ゆの》みだけが出ていた。茶托《ちゃたく》は漆黒の輪島塗である。

湯呑みに注がれているのは、井戸水で冷やした麦湯だ。遅れて座についた壮助は、ゴクッと喉《のど》を鳴らして麦湯を呑んだ。

「それでは旦那様……」

遠松は当主に目顔を向けた。

釜田屋岩次郎は背筋を張り、向かい合わせに座った六人を、端から順に見回し始めた。

彫り師の維助《いすけ》が、一番左に座っていた。三十七歳の維助は、五人の職人頭の最年長である。

桜板を得手とする維助は、彫りの小刀をおのれの手で拵《こしら》えていた。

維助の隣は摺り師の高次《こうじ》である。歳は維助より二歳年下の三十五歳。『虹《にじ》色を摺る男』として、高次の名は江戸中の摺り師に知られていた。

三人目の文太《ぶんた》は、売り屋の頭を務める男で三十五歳だ。

地震に遭《あ》う前の釜田屋は、彫りと摺りを請け負うかたわら、自前の絵草子《えぞうし》も拵えていた。文太が率いていた組は、その絵草子の売り込みを担っていた。

が、配下の五人はすべて先の地震で命を落とした。

三十三歳の弘太郎《こうたろう》は、絵草子の物書きである。釜田屋には、もうひとり物書きがいたが、去年の九月に在所の勝山に戻っていて、地震の難から逃れていた。

職人頭五人目は、カンナと研ぎを受け持つ杉造《すぎぞう》である。

地震に遭う前の釜田屋は、一日に百枚以上の版木を彫っていた。一度使った版木は、版元から格別に指図されない限りは、削って新たな彫り版に使う。

腕のいいカンナ職人は、版木彫りには欠かせなかった。

遅れて座についた本多屋壮助は、日本橋小網町の広目屋《ひろめや》（広告業）である。すでに四度の寄合に顔を出してはいるが、まだ岩次郎の元で仕事をしたことはなかった。

「六月下旬には開業する」

言い切った岩次郎に、六人の目が集まった。

何代も続いた摺り屋から、瓦版《かわらばん》版元への商売替え。

決するには、並々ならぬ決意が必要だった。岩次郎にその決断をさせた理由は、幾つもある。

もっとも大きなわけは、大地震で一夜にして妻子を失ったことである。

連れ合いと子が連れ立って、妻の実家に泊まりに出向こうとした日。岩次郎は見送ることをしなかった。大きな摺り仕事の商談で、得意先の番頭がおとずれていた。その接客を岩次郎みずからが務めていたからだ。

行っておいでの声すら、妻子にかけてやることができなかった。

皮肉なことに、岩次郎ただひとりが生き残った。

失った家族を想うことは封じ、奉公人遺族のこれからが成り立つようにだけを考えて、岩次郎は動き続けた。

さらに被災した店の片付けをやり終えたとき、岩次郎は精根が尽き果てていた。

いまひとつの大きなわけは、大地震で得意先を失ったことだ。

釜田屋に摺り注文を出していた版元の何軒もが、文字通りの潰れの憂き目に遭った。

たとえ釜田屋が無事にやり過ごせていたとしても、摺り注文は激減していたに違いない。

「旦那様のお気持ちを思いますと、てまえは胸のあたりに焼け火箸《ひばし》を押しつけられたほどの痛みを覚えます」

そうではありますが……と、遠松は言葉を続けた。

「建家と、職人頭の何人もが生き残っておりますし、なにより旦那様は変わらずお達者でいらっしゃいます。亡くなられたお内儀様やご子息、お嬢たちの供養のためにも、生き残られた旦那様にはいま一度の立ち上がりが必要と存じますが……」

遠松は一語ずつ区切るような物言いで、無気力な抜け殻と化した岩次郎を諫《いさ》めた。

その夜、岩次郎は夢を見た。

妻としえ、長男木太郎、長女たまえ、次女さちの家族全員に会うことができた。

としえは雪輪模様が描かれた赤色の帯を締めていた。

「いくらおまえの好みでも、さちまで授かったいまでは、幼すぎる」

岩次郎が渋い顔をしても、としえはここ一番の大事に臨むときは、迷わず雪輪帯を締めていた。

夢のなかでもこの帯を締めたとしえは、無言で笑みを浮かべて岩次郎を見詰めた。黒くて大きな瞳には、岩次郎をいたわる慈愛の光を宿していた。

木太郎は右手に小槌《こづち》を握っていた。富岡八幡宮初詣の折り、てきやの口上に惹かれた岩次郎が、お年玉のひとつとして買い与えた品だ。

家屋片付けでも見つからなかった小槌を、木太郎がしっかりと手に持っていた。

あのとき初詣のてきやは、木太郎に目を合わせて言い切った。

「なにかに突き当たったら、こいつで思いっきりぶっ叩きねえ。かならず道がひらけるからよう」

木太郎は小槌を岩次郎に突き出し、「親仁様《おやじ》」と呼びかけてきた。息子から初めて口にしてもらった親仁様だった。

たまえとさちは、いつも通り、お揃い柄のあわせ姿だった。ふたりとも無口のまま、岩次郎に寄ってきた。身体に触れることはしなかったが、ふたりから漂い出るぬくもりが、岩次郎を包み込んでくれた。

真夜中に目覚めたとき。

岩次郎はぬくもりとやすらぎとが溶け合った心地よさに包まれている気がした。

としえの笑みは、親子四人の出かけを見送りできなかった岩次郎を、優しく許してくれていた。

雪輪の帯を締めたとしえに出会えたことで、震災からいままで胸を痛めつけていたしこりが溶けて、失せた気分だった。

木太郎は「親仁様」としか言わなかった。その短い一言が、いまは岩次郎の背中を強く押してくれていた。

娘ふたりが放ってくれたのは、家族のみが漂わせられる固く結ばれた絆のぬくもりだ。

四人と一緒でいられた夢。

何度も何度も夢の意味を解こうとしている間に、すっかり夜が開けていた。

新しい釜田屋を興す!

岩次郎がこう決めたとき、木太郎の小槌が壁を叩き壊してくれたと確信できた。

ならば、新しい釜田屋は、なにをする?

自問するなり、待っていたとばかりに思案が噴き出した。

毎日、だれもが新たな売り出しを待ってくれているような瓦版。

方々の町の辻で、ひとが群れをなして売り出しの鈴を待っていてくれる瓦版。

噴き出し続ける思案は、売り物の名まで含んでいた。

『早刷《はやず》り』である。

忘れぬうちにと、押し寄せてきた思案の子細を、岩次郎は書き留めた。読み返したとき、向こうにいる四人が束になって教えてくれているのだと察せられた。

書き留めを手にしたまま、仏壇と向きあった。

ありがとうさんでやす。

灯明も灯していない仏壇に向かい、おりんを叩いた。

鐘の音が揺れたのは、四人からの打ち返しだった。

三

岩次郎は、話の要所ごとに区切りをはさんだ。岩次郎が口を閉じるたびに、遠松以下の面々は麦湯に手を伸ばした。

「ここの麦湯の美味《うま》さてえのは、半端じゃあねえぜ」

「上品な甘さがたまらねえやね」

口をつけては、美味さを称《たた》える。酒豪ぞろいだというのに、麦湯の甘さを褒《ほ》める者までいた。

岩次郎は職人たちの私語を止めなかった。江戸屋の麦湯を褒めてくれればくれるほど、あとの話がしやすくなるからだ。

「なんたってここには、水番の板場がいるからよう。麦湯がうめえのも無理はねえさ」

売り屋の文太は、江戸屋の麦湯がなぜ美味いかの講釈を始めた。無駄口を止めようとした遠松を、岩次郎は目で抑えた。

「江戸屋さんは高橋の水売り元締と、月極《つきぎ》め買いの取り決めをしてるのさ」

売り屋の文太は、おのれの口で話すネタは委細漏らさず、そして正しく仕込んでいた。

深川の井戸は塩辛くて料理や飲み水には使えない。この地に暮らす者は、だれもが水売りから飲み水を買い求めた。

江戸屋は水売りの元締と談判し、水船一杯分を毎日仕入れた。が、そのまま使うことはせず、濾《こ》して使った。

水売りが商うのは、銭瓶橋《ぜにがめ》たもとから落ちる水道の余水《よすい》である。水道の元をたどれば、神田川の水だ。

雨降りが続けば、神田川は濁る。そうなれば水道も濁り水となる。

水売りも濁り水を売り歩いた。

たとえ水が濁っていても、塩辛いわけではない。深川の住民は、文句を言わずに濁り水を買い求めた。

江戸屋はそうではなかった。

「お客様に、濁り水をお出しすることはできません」

初期の江戸屋は水を沸騰させたのちに冷ましたものを、飲料水や料理水として使った。

しかし江戸屋が一日に使う水の量は、三石(約五百四十リットル)を超えていた。

「湯冷ましでは間にあいません。濾し器を工夫して、美味い水を拵えましょう」

板長は方々から知恵と材料を集めて、自前の濾し器を作り上げた。

富士川上流の、粒の細かい砂。

富士山の溶岩を砕いた小石。

紀州特産の棕櫚《しゅろ》の葉。

土佐室戸岬の樫《かし》炭。

これら四種類の材料を、四斗樽《しとだる》のなかに敷き詰めた。樽の上部から流し込んだ水は、内部で幾重にも濾されて、下部の栓から流れ出た。

四種の材料は濾した水の味の良し悪《あ》しで、敷き詰める順番を組み替えた。

いまの江戸屋は内湯の水まで、濾し器を通した水を使っていた。

「そんなわけだからよう。江戸屋さんの麦湯がうめえのも、無理はねえということさ」

上品な甘味は、麦湯に和三盆《わさんぼん》を加えているからだと言い及んで、文太は話を締めくくった。

「まったくおめえの話には、これっぱかりも無駄がねえぜ」

カンナ職人の杉造は、人差し指の腹を親指で弾《はじ》いた。

「わたしがこれから話すことは、いまの文太の話とも大いにかかわりがある」

湯呑みの麦湯を一口飲んでから、岩次郎は一同に目を戻した。

離れが静まり返った。

スコーン……。

築山《つきやま》の隅で、鹿威《ししおど》しが乾いた音を響かせた。

四

離れに運ばれた料理は、真鯵《まあじ》づくしだった。

「洲崎沖の海で、形のそろった鯵があがったんだそうです」

今日の八ツ半（午後三時）過ぎに、佃《つくだ》町の漁師が獲《と》った鯵だと仲居頭は言葉を結んだ。

自慢げに聞こえないように、仲居頭は物言いを気遣っていた。が、皿に盛られた作りの鯵は、尾をピンと跳ね上げて、いかに新しいかを自慢していた。

「それじゃあ江戸屋さんのこの料理も、新しい……なんてえ言いやしたっけ？」

「早刷りだ」

口ごもった文太に、遠松が助け舟を出した。

「そうそう、その早刷りだ」

声を弾ませた文太は、岩次郎のほうに顔を向けた。

「時季ごとにうめえ料理が食えることも、元締は早刷りに載せようてえんで？」

「料理だけではない」

岩次郎は、まだ麦湯が入ったままの湯呑みを掲げて見せた。

「江戸屋さんでは水番職人までおいて、料理や飲み水に美味い水を使っている。そのことも、もちろん早刷りではしっかりと書かせてもらう」

岩次郎は、物書きの弘太郎に目を向けた。

「江戸屋さんが拵えた自前の濾し器のことも、細かに書いたほうがいいでしょう」

岩次郎が胸の内で思っていることを、弘太郎は口にした。

「もしも、早刷りで知らせたらよう、その美味い麦湯を呑みてえという客が、群れになって押し寄せてくるかもしれねえぜ」

彫り師の維助が、おどけた口調で隣の高次に話しかけた。

「そうなりゃあ江戸屋さんの麦湯は、新しい深川名物てえことになるぜ」

「ちげえねえ」

座が大いに沸き返った。

「それこそが、早刷りの大きな仕事のひとつだ」

岩次郎は真顔である。

元締の顔つきを見て、座のざわめきが一気に静まった。

「料理の出てくる手前で話したことを、ここでもう一度繰り返しておく」

「へいっ」

男たちは膝に両手を載せて、居住まいを正した。

「これから始める早刷りは、その名の通り、江戸のどの読売瓦版よりも早く出来事を報《しら》せる。もしも今日どこかで心中騒ぎが起きたら、なんどきだろうがその場に弘太郎配下の者が駆け付ける」

早刷りは、一刻でも早く出来事を報せるのが命。今朝起きたことを日暮れ前に刷ることができれば、ひとはその早刷りを買ってくれる。

だれよりも早く、そして仔細《しさい》に正しく伝えること。

これが岩次郎の考えだった。

去年十月の大地震前には、百近い読売瓦版が江戸で売られていた。しかしそれらのほとんどは、彫りも摺りも兼ねた職人ひとりと、刷り上がりを売る売り屋がひとりという、零細所帯の瓦版屋だった。

専門の物書きもおらず、日々の出来事を報せるわけではない。

何カ月も同じ摺り版を使った吉原の遊郭案内や、日本橋・京橋・尾張《おわり》町の商家案内などが瓦版の大半だった。

ところが遊郭も商家も、大地震ではひどい目に遭った。

瓦版売りも同様である。地震で廃業したり商売替えをした者が多く、瓦版屋は数が三十軒以下にまで激減していた。

岩次郎が始めようとしているのは、まったく新しい瓦版である。

なによりの売り物が、いち早く刷って報せる「早刷り」ということだった。

「起きたその日のうちに、出来事のあらましを書いて刷る」

これを成し遂げるために、岩次郎は幾つも手立てを考えていた。

江戸の町を行き来して、おもしろい出来事を拾って歩く物書き。岩次郎はその者を『耳鼻達《じびたつ》』と名付けた。だれも知らない、岩次郎の造り言葉である。

「耳鼻達は、早刷りの命だ。耳を澄まし鼻を利《き》かせて、四六時中おもしろい話を拾って歩く」

岩次郎は十人の耳鼻達を雇い入れる気でいた。

「とはいえ雇い入れたその日から、使えるわけがない。なにを書けば早刷りのネタになるかを、十日かけて叩《たた》き込む」

指南役は弘太郎に任された。

早刷りの命は耳鼻達だと言いながら、しかし岩次郎は別のことも考えていた。

それは従来の瓦版が得手としてきた『細見《さいけん》』の充実である。

「いままで細見が売れ続けてきたわけは、江戸がよそ者であふれ返っているからだ」

安政三年のいま、江戸の住人は軽く百万を超えていた。武家・僧侶が五十万。残る半分は、町人と称される層が占めていた。

江戸には二百七十を超える諸国大名がいる。小藩といえども、大名は上屋敷《かみやしき》・中屋敷《なかやしき》・下屋敷《しもやしき》の三屋敷を構えていた。

どの屋敷にも、国許《くにもと》から出てきた武家が詰めた。江戸の町には明るくないそれらの武家を、江戸っ子は『勤番《きんばん》ざむらい』と呼んだ。

非番になると、勤番武士は江戸見物に出かけた。その折りには、各種細見が案内役となった。

老舗の版元は、年ごとに細見の中身を改めた。が、それらの細見本は、安くても一冊六十文はした。

町場の瓦版屋が売るのは、粗末な紙に刷った一枚物である。しかもほとんど版の手入れをしていないため、古いネタが多かった。

それでも一枚八文という安値が受けて、瓦版屋が稼業を続けられるぐらいは売れた。

細見の中身を常に新しいものにしようと、岩次郎は考えていた。

「耳鼻達が気を払うのは、出来事だけではない。土地ごとの名物や美味いものにも、目配りをしてもらう」

耳鼻達が仕込んできた細見ネタを、物書きは読み物に書き直す。

「大きな出来事の起きていないときは、細見物をまとめて一枚に仕上げる」

早刷りは、毎日新しいネタで売りに出す……こう聞かされたときは、職人頭最年長の維助までが目を剝《む》いて驚いた。

「出来事は、江戸のどこかで毎日起きている。ところが他の町に暮らす者は、それを知らない」

いままで知らずにいたことを、早刷りが毎日教える。

「知らなかったことを知るというのは、大きな楽しみだ。だれもが胸のうちに仕舞っていた知りたいという思いを、早刷りがおもてに引きずり出す」

早刷りは、いままでだれも手をつけたことのない稼業だと、岩次郎は言い切った。

物静かな口調であるがゆえ、座の面々には岩次郎の決意の強さが余計に強く伝わった。

「講じなければならない手立ては、まだ山ほど残っている。おまえたちは、持てる力を存分にふるってくれ」

「がってんでさ」

江戸者の職人たちは、歯切れのいい言葉で岩次郎に応じた。

「わてもしっかりと、やらせてもらいまっせ」

物言いはやわらかでも、本多屋壮助も両目に力をこめていた。

五

五月十六日は、朝から小雨模様になった。

五月に入ってからは、晴れの日が続いていた。江戸の地べたがカラカラに乾いていたところに、夜明け前から雨がきた。

地べたはむさぼるように、雨粒を吸い込んだ。

生垣のつつじも、久々の雨を喜んでいるらしい。厚い雲にさえぎられて、陽の光はほとんど庭に届いていない。それでもつつじは、葉の緑色を際立たせていた。

「昨日までに聞き込んだのは、そこに書いてある通りでやす」

半紙の端をこよりで綴《と》じた一冊を、併六《へいろく》は初田屋昌平《はったやしょうへい》の膝元に差し出した。

「あとで読ませてもらうが、あらましはいま聞いた通りだな？」

「へい」

併六は無駄口をきかない。返事は常に短かった。

得心した昌平は「おい、やっこ」と、若い者を呼んだ。ひと声で、唐桟《とうざん》を着流した若い者があらわれた。

「代貸《だいがし》を呼んでくれ」

「へいっ」

下がった若い者と入れ替わるように、代貸の砂津鐘《さづしょう》が居間に入ってきた。

昌平は五尺（約百五十二センチ）の小柄な男だ。代貸を務める砂津鐘は、五尺七寸（約百七十三センチ）の大男だった。

「併六が、気がかりな話を拾ってきた」

昌平は併六にあごをしゃくり、代貸にもう一度話のあらましを聞かせろと言いつけた。

「分かりやした」

併六が座り直したとき、屋根を叩く雨音が一段と強くなった。

「深川の釜田屋が、瓦版を始める算段をしておりやす」

前置きのあと、併六は聞き込んだあらましを砂津鐘に聞かせた。

初田屋昌平は、四十人の配下を抱えた本所《ほんじょ》の瓦版屋元締である。彫り師は二人、摺り師は三人を擁していたし、売り屋は二十五人もいた。

初田屋が得手とするのは、細見物である。二十五人の売り屋は商家や遊郭を回り、初田屋の瓦版に名を載せるようにと迫った。

瓦版をタネにした、ゆすりだ。

奉行所も初田屋のやりくちには目をつけていたが、咎《とが》めはしなかった。江戸のあちこちで、初田屋の瓦版は本当に売られていたからだ。しかも、ほどほどに人気もあった。

岩次郎が始めようとしている早刷りは、初田屋とはまるで違う真っ当な読み物だ。ゴロツキまがいの初田屋の商売敵《がたき》ではない。しかし瓦版開業は、初田屋の癇《かん》に障《さわ》った。

「すぐにも若い者を動かして、様子を探りやす」

砂津鐘が請け合うと、小豆《あずき》色の分厚い唇が不気味な動きを見せた。

六

五月十七日になっても、雨は降りやまなかった。しかも地べたのあちこちにぬかるみを拵えるほどに、強い調子の降り方である。

「どうやら五月雨《さみだれ》の始まりか」

濡《ぬ》れ縁《えん》から雨空を見上げている岩次郎が、つぶやきを漏らした。

五月雨という雨の呼び方には風情がある。しかしあけすけに言えば、梅雨に入ったということだ。

「仕事場の普請には、まだまだ大事な箇所が幾つも残っておりますのに……」

恨めしげな物言いをした遠松は、ふうっと吐息を漏らした。

「五月雨は、毎年のことだ。天に毒づいても仕方がない」

濡れ縁の障子戸を閉じ、座敷に戻った岩次郎は、背筋を伸ばして文机《ふづくえ》の前に座った。

当主の机と遠松の机は、縁《ふち》をくっつけ合っている。遠松は向かい側の岩次郎に、算盤《そろばん》を差し出した。

昨日の夕方、雨の中を巴屋《ともえや》の小僧が届けてきた新品である。岩次郎は右手でパチパチッと珠《たま》を弾き、使い心地を確かめた。

「いい算盤だ」

満足したあるじを見て、遠松の顔つきが明るくなった。巴屋にはまったく同じ算盤を、二十台も発注していたからだ。

「それではもう一度あたまから、検算をいたしましょうか」

「いいだろう」

「それでは最初に、紙代の検算からまいります」

帳面を開いた遠松は、『用紙代』と書かれた付箋《ふせん》の貼《は》ってある丁《ちょう》を開いた。

「先日ここをたずねてまいりました伊野屋《いのや》さんから、中級の土佐紙を仕入れます」

岩次郎はうなずきで諒《りょう》とした。

一日あたり二千枚という、桁違いの枚数の早刷りを、岩次郎は売りさばく算段をしていた。

売り屋の頭は文太である。七色の売り声が出せる文太は、声色屋としても深川では人気があった。

「早刷り稼業においては、売り屋の良し悪しが商いの行方を決める」

遠松との話し合いのなかで、岩次郎は何度もこのことに言い及んだ。

「文太の下に、十九人の売り屋をつける。売り屋の人選びは、すべて文太の目利きに委《ゆだ》ねよう」

岩次郎の意向を受けた遠松は、人選びを始めるようにと文太に言い渡していた。

二十人の腕利きの売り屋が、鈴を鳴らして百枚ずつ早刷りを売る。

この目標の成し遂げこそが、岩次郎が始める稼業の源だった。

早刷りは一枚十文。他の読売瓦版よりは高値である。

「商いは一文、二文の高い安いだけじゃない。たとえよそより倍も高い値段だとしても、そこにしかなければひとは買いにくる」

一枚十文という値づけは、岩次郎の信念のあらわれだった。

その日に起きたことを、その日のうちに報せる。岩次郎が考えている早刷りの、基本のなかの基本である。

しかし早く報せるというのは、早刷りの売り物のなかのひとつに過ぎなかった。

「ひとりでも多くのひとに早刷りを読んでもらうには、先を行っている瓦版にはない趣向がいる」

岩次郎が編み出した工夫は、全部で三つあった。

ひとつは、毎日新しい話を載せるという基本だ。それを成し遂げるために、話を拾って歩く耳鼻達（物書き）を十人ほど雇い入れると決めていた。

早刷りの刷り枚数は、一日あたり二千枚。途方もない数である。

彫り師・摺り師も、耳鼻達同様に何人も雇い入れなければならない。岩次郎が考えている『早刷り』の試し刷りを、維助と高次はすでに何度もこなしていた。

何人の彫り師と摺り師が入用なのか。その判断は、ふたりの職人頭に任されていた。

二番目の工夫は、読みやすい瓦版を作るということである。

武家や僧侶は、ほぼ全員読み書きができた。が、早刷りの上得意客になるのは町人だ。さらにいえば、お店者《たなもの》よりは職人や、長屋の女房連中である。

おもしろい瓦版なら、十文のゼニを惜しまずに遣う者。それは日銭を稼ぐ職人と、その宿の女房だと岩次郎は見当をつけていた。

しかし職人や長屋の女房には、読み書きがうまくできない者が少なくなかった。

「あの弦太《げんた》てえ大工は、ふてえやろうだ」

「なんでえ、どうかしたのかよ」

「どうかしたのかじゃねえ。聞いて驚くなよ」

「だから、どうしたてえんだ」

「弦太のやろうは、読み書きができるのを内緒にしてやがった」

「そいつあ、ふてえやね」

「しかも、読み書きができるだけじゃねえんだ」

「なんでえ、まだあるのか」

「算盤まで弾けるんだとよう」

職人は読み書きも算盤もできないというのが、自慢だったりもした。そんな連中に、どうやって瓦版を売りさばくか。

思案を重ねた末、岩次郎が行き着いたのは「絵文字とひらがなを多用する」ということだった。

『手』と記す代わりに、手のひらの絵を描く。もしくは『て』とかな文字で書く。

早刷りが評判を呼んで、御府内の隅々にまで行き渡るようになれば、字の読める職人も増えるに違いない。その日がくるまでは、絵文字とかな文字で、早刷りの記事を書くように心がける。

このこともすでに弘太郎には指図してあった。弘太郎はいろはに対応するさまざまな絵文字を、あれこれと作り出しているさなかだった。

読みやすいように、絵文字もかな文字も大きく書く。そのために早刷り一枚を、菊判《きくばん》半切《はんせつ》の四つ切りにしようと決めていた。

箱崎町の伊野屋は、江戸でも名の通った土佐紙の問屋だ。遠松は伊野屋の番頭相手に、したたかな買い付け談判を果たした。

「菊の半切を一日あたり、ヤレ（汚損）を織り込んで五百十枚ずつ仕入れます」

ついては土佐紙の中質紙を一枚八文で納めてもらいたいと切り出した。

箱崎町から深川冬木町までの、横持ち（配送）代は込みで。

菊判半切に四つ切りの包丁を入れるのは、伊野屋の費えで。

薄茶色の中質紙は、菊判半切一枚十六文が相場だった。遠松の指し値は、相場の半値である。

しかも横持ち代と、紙の切断手間賃は負わないというのだ。

「ご冗談でしょう」

伊野屋の番頭は、鼻先で笑った。

「この取引は、遠からず伊野屋さんの屋台骨を支えますぞ」

八文で五百十枚を納めれば、一日の商いは四貫八十文である。三十日で百二十二貫四百文、十二カ月の合計は千四百六十八貫八百文だ。

小判一両五貫文の相場で換算すれば、一年の商いはおよそ二百九十四両である。

伊野屋の一年の商いは、ざっと七千両。二百九十四両では、四分少々にしかならない。

「てまえどもの屋台骨を支えるといわれましてもねえ」

伊野屋の番頭が鼻先で笑ったのも、無理はなかった。

「てまえどものあるじは、格別の趣向を考えております」

座り直した遠松は、岩次郎が思いついた三番目の思案を伊野屋の番頭に聞かせた。堅《かた》物《ぶつ》で融通の利かない番頭だが、人柄は正直である。

「あの番頭にならば、談判の場であらましを話してもいい」

岩次郎の許しを得ていた遠松は、広目（広告）の話を始めた。

「早刷り一枚の下四分の一は、大売り出しだの大蔵ざらえだのの、広目の刷りに使います」

早刷りは当初から、一日二千枚を刷る。そして御府内の二十カ所で毎日売りさばく。

「一枚の早刷りを、もしも四人が回し読みしたとすれば、都合八千のひとが読むことになります」

こんな凄《すご》い数の広目は江戸のどこにもないと、遠松は力んだ。

「お客様の注文次第で、広目の刷りは二色、三色と色を使うこともできます。色使いが増えれば、人目を惹《ひ》くこと請け合いです」

なにしろうちには、七色の虹を刷ることのできる職人がいますと、遠松は胸を張った。

「土佐の中質紙は、コシがしっかりとしています。読み終わったあとの早刷りで、モノも包めます」

　包み紙を開いたあとは、その場でまた広目になる。早刷りの広目は効き目が桁違いですと、遠松は言葉を結んだ。

「初めは半切五百十枚の仕入れですが、一年のうちに倍になるのは間違いありません」

　遠松は熱い口調で伊野屋の番頭に説いた。

「てまえひとりでは、ことが大き過ぎて決められません」

　伊野屋当主とよくよく話し合った末、二日後に、番頭は一枚八文の納めを呑むと伝えてきた。

「この先一年のうちに納めが倍になるのを、てまえもあるじも楽しみにしております」

　番頭は太い釘《くぎ》をさして冬木町を出て行った。

　早刷りの売値は一枚十文。一日二千枚を売り切れば二十貫文、四両である。この商いをひと月三十日で十二カ月続けられれば、一年で千四百四十両の売り上げが得られる勘定だ。

　しかも早刷りの実入りは、これだけではなかった。

　早刷り一枚につき、二十文の値で広目を集めるというのが、岩次郎の考えだった。

　早刷りの売り切りで得られるのが、一年で千四百四十両。広目の実入りは、倍の二千八百八十両だ。

ふたつの実入りを合わせれば、四千三百二十両。この額は、二十間《けん》（約三十六メートル）間口《まぐち》の大店と肩を並べる商いだった。

「職人たちはそれぞれが、配下の者を雇い入れるために、あちこち伝手《つて》を回っているようです」

開業の準備は、つつがなく運んでいる。唯一気がかりなのが五月雨だと、遠松はぼやいた。

「急《せ》いてはことを仕損じるという。開業までは、あたふたと慌てるのは禁物だ」

遠松は神妙な顔でうなずいた。

「ただし、ひとたび早刷りを始めたあとは、なにがあっても刷りを休んではならん。むやみに休んだりしたら、ひとの信用を失うことになる」

岩次郎はおのれに言い聞かせるかのような、強い口調である。

遠松のうなずき方が、一段深くなっていた。

七

毎年、五月に入ると初田屋昌平はすこぶる機嫌がわるくなる。五月雨に降りこめられて、瓦版が売れなくなるからだ。

辻で売れば一枚八文になる。しかし納屋に積み重ねてある限りは、ただの紙でしかない。

積み重ねられた瓦版を見るにつけ、昌平は機嫌を損ねた。

今年は雨だけではなかった。降って湧《わ》いたような釜田屋の一件が、なおさら昌平を不機嫌にさせていた。

「夕べの五ツ半（午後九時）過ぎに、併六さんと会ってきやした」

五月十七日の四ツ（午前十時）。五尺七寸（約百七十三センチ）もある砂津鐘が、長火鉢の前で背を丸めて正座をしていた。

「それでどうした」

小柄な昌平は、ぞんざいな口調で先を促した。

「箱崎町の伊野屋の手代《てだい》から、併六さんは釜田屋のあらましを聞き込んでやした」

摺りと彫りの老舗だった釜田屋が、なにを思ったのか新しい瓦版を刷る準備を進めている……この話を併六に聞かせたのも、伊野屋の同じ手代だった。

土佐紙問屋の大店である伊野屋は、名の通った商家と、大名諸家《だいみようしよか》を得意先にしていた。

併六は伊野屋の手代をカネと女で手なずけて、商家と大名屋敷の内証を仕入れていた。

「釜田屋が始めようとしている瓦版には、伊野屋の中質紙を使うそうでやす」

せである。

昌平は眉毛《まゆげ》の端をぴくっと動かした。いやな話を聞いて、機嫌をわるくしたときのく
もう聞きたくはないと、ぴくぴく動く眉が言っていた。しかし砂津鐘を見ている両目は、話の先を強く促していた。

砂津鐘は続きを話す前に、大きく息を吸い込んだ。

「しかも釜田屋は、瓦版一枚に菊半切の四つ切りを使うてえんでさ」

「土佐の中質紙の四つ切り、ということだな？」

「へい」

砂津鐘は神妙な顔でうなずき、帳面を開いた。

このあと昌平に、なにを問われるか。察しのついている砂津鐘は、問いに備えていた。

「釜田屋はその紙を、幾らで仕入れる気だ」

「一枚八文だと、併六さんは言ってやした」

昌平はカネに細かい男である。

あらかじめ備えていた砂津鐘は、帳面も見ずに即答した。

「土佐の中質紙が、一枚八文だというのか」

昌平の唇が大きく歪《ゆが》んでいた。

「釜田屋は一日あたり、五百十枚もの菊判半切を仕入れるてえんでさ。それがあるんで

伊野屋は、破格の見切り値で納めるそうなんで」

ヤレも含めて、日に二千枚の瓦版を刷る気でいると、砂津鐘は話を続けた。

「正気か、釜田屋は」

昌平は、怒りで赤く燃え立った言葉を吐き出した。

「いままではなんの怨《うら》みもなかった相手だったが、日に二千枚の瓦版を刷る気だと聞いたいまは、もうほっとけねえ」

昌平は砂津鐘を睨《にら》みつけた。

「なにをのんびり、座ってやがるんでえ」

長火鉢の鉄瓶が昌平に成り代わり、怒りの湯気を吐き出した。

八

昼前まではいつ上がるともしれない、うっとうしい雨模様だった。ところが正午に鳴った九ツの鐘の音が、江戸の空から雨雲を追い払った。

「ありがてえ、ようやく仕事が始められるぜ」

急ぎ足で回復する空を見上げて、表仕事の職人たちは顔をほころばせた。

初田屋昌平も、雨が上がって機嫌を直したひとりである。

四ツ（午前十時）どきの昌平は、長火鉢の前に座って、砂津鐘の話を聞いていた。話の行方が気に入らない方向に向かい始めるなり、声を荒らげた。

「なにをのんびり、座ってやがるんでえ」

大柄な砂津鐘が背中をびくっと震わせたほどに、声は凄みをはらんでいた。

昌平はとりわけ雨が嫌いだった。

チリリン、チリリン……。

売り屋の鈴の音で、ひとが集まってくれてこその瓦版稼業である。客足を遠ざける雨は、時季を問わず初田屋には大敵だった。

その雨が、正午の鐘でいきなり追い払われた。二日続きの雨ですこぶる機嫌のわるかった昌平が、尖《とが》っていた目元をわずかにゆるめた。

「やっこ」

若い者を呼びつけた昌平は、小声で指図を与えた。

「がってんでさ」

宿から飛び出す姿を見定めてから、昌平は着替えを始めた。

昌平の着替えは手早い。若い者が履物を揃《そろ》える前に、すでに身づくろいを終えていた。

「いってらっしゃいやし」

五人の若い者が、昌平の背後で声を揃えた。出向く先は柳橋の船宿『いしだ』である。

いしだの船着き場には、昌平が別誂《べつあつら》えをさせた屋根船が舫《もや》われていた。

船だけではない。

いしだの孝次郎《こうじろう》は、昌平のお抱え船頭も同然だった。

「八ツ（午後二時）から暮れ六ツ（午後六時）までは、いつでも櫓《ろ》が握れるように段取りしておいてもらおう」

昌平の注文を、女将は受け入れた。注文相応の費えを、昌平はいしだに支払っていた。が、払いがあるというだけで、女将は昌平の言い分を受け入れているわけではなかった。

いしだは大型の屋形船を十杯も持つ、柳橋でも図抜けて所帯の大きな船宿である。客は蔵前の札差と、日本橋大店の旦那衆が多い。

瓦版屋では大手とはいえ渡世人《とせいにん》もどきの昌平が、自前の屋根船を預けておけるような店ではなかった。

女将が昌平の言い分に従うのは、弱みを握られていたからだ。

払いは相場の四分一《しぶいち》。払いとも言えない額で、弱味のある相手を黙らせる。

相手が弱いと見るなり、昌平はこの流儀を押し通した。

「毎度ごひいきを賜りまして、ありがとう存じます」

商人は笑みを浮かべて、昌平に礼を言った。しかしどの商人も、目の奥は笑ってはいなかった。

五月十七日の八ツ下がり。

柳橋の真上には、青くて高い真夏が広がっていた。途方もなくでかい入道雲の群れが、空のあしらいになっていた。

「いらっしゃいやし」

いしだの下足番は、竹ぼうきを手にしたまま、深い辞儀をした。女将は河岸《かし》の掃除にうるさい。下足番はひまさえあれば、竹ぼうきとちりとりを手にしていた。

「来ているか？」

「つい今し方、お着きになられやした」

竹ぼうきを壁に立てかけた下足番は、昌平を案内して船着き場におりた。

いしだの正面を流れるのは、水道に使われている神田川である。正午まで降っていた雨で、川面はわずかに濁って見えた。

とはいえ飲み水に使う清い流れだ。濁りの奥には、深い藍色を忍ばせていた。

いしだの船着き場は、幅が五間（約九メートル）もあり、柳橋でも一番の大きさだ。

屋根船は、西端の杭《くい》に舫われていた。

昌平自前の屋根船は、障子戸に上物の美濃紙《みのがみ》を使っている。夏陽を浴びた美濃紙は、上品な白色を際立たせていた。

屋根船の障子戸に美濃紙を使う者は滅多にいない。船着き場に舫われた船は、純白の障子戸を神田川に映していた。

いしだが持つ屋形船は、大型の熊市丸《くまいちまる》ばかりだ。これは座敷が九間《ま》で、料理を供する台所が一間であることから「九間一」と名づけられた。

昌平の屋根船は、三人が部屋に入れば一杯である。熊市丸とは比較にならないほどに小さいが、障子戸の白さでは充分に肩を並べていた。

「旦那がお見えになりやした」

下足番が障子戸の内に声を投げ入れた。ひとの動く気配が、美濃紙越しに伝わってきた。

「ごくろうだった」

昌平は形《なり》ばかり大きい、飴玉ぐらいしか買えない祝儀を握らせた。

「ありがとうごぜえやす」

辞儀をした下足番の向こうで、ボラが水音を立てて跳ねた。

九

大川の真ん中を下っていた屋根船が、新大橋の手前で船足を落とした。

船頭が櫓から手を放したら、船は両国橋のほうに戻され始めた。八ツ半（午後三時）が近いいま、大川は強い上げ潮だった。

船頭の孝次郎は櫓から手を放したまま、障子戸の前にしゃがみ込んだ。船は両国橋に向けて流れているが、孝次郎は気にもとめていなかった。

「新大橋の手前に着きやした」

「分かった」

障子戸が開かれて、昌平は船頭に目を合わせた。

「いつも通りにしてくれ」

昌平は四枚の一朱金を孝次郎に握らせた。一朱金四枚なら、一分（四分の一両・千二百五十文）に相当する。

船頭に渡す祝儀としては、相当に高額だ。

「がってんでさ」

孝次郎の返事を聞いて、障子戸が閉じられた。

孝次郎は巧みな櫓さばきで、船を新大橋の橋杭に近づけた。

長さが百十六間（約二百十メートル）もある新大橋である。大川には、二十本以上の橋杭が突き刺さっていた。

孝次郎が屋根船を寄せたのは、川の真ん中近くの橋杭だった。杭に船を横付けすると、舫い綱を縛りつけた。

大川のなかほどは、川底まで八尋《ひろ》（約十二メートル）の深さがある。たとえ小型の屋根船でも、とめるには針の長さが一尺（約三十センチ）の錨《いかり》二本が入用だった。

しかし橋杭に舫えば、細綱一本でことが足りる。

昌平がなにを望んでいるかをわきまえている孝次郎は、手早く舫い綱を橋杭に結びつけた。

結び終えるのを待ちかねていたかのように、障子戸の内側から女のあえぎ声が漏れてきた。

「ああ……そこがいいの……どうして、そんなことを……もうそれ以上は勘弁して……」

女のあえぎ声は、次第に大きさを増した。

障子戸の外では、孝次郎が聞き耳を立てていた。女はそれを分かったうえで、わざと声を漏らしていた。

艫《とも》に座り込んだ孝次郎は、耳を障子戸に寄せた。一朱金四枚の祝儀には、聞き耳を立てる手間賃が含まれていた。

「焦《じ》らしてないで、はやくくださいな……」

女は潤んだ声でほしがっている。孝次郎の下帯が、堅く盛り上がっていた。

女は薬研堀《やげんぼり》に暮らす清元節《きよもとぶし》の師匠、音若《おとわか》である。音若も昌平に弱みを握られたがために、身を任せる羽目になっていた。

昌平は、二十五人の売り屋を擁していた。しかし売り屋は世間に見せる表の顔で、実態は脅し屋そのものだった。

初田屋は『吉原細見』『日本橋照覧』『尾張町照覧』の三種類の瓦版を売り物としていた。

吉原細見は、色里吉原の大見世《おおみせ》・中見世《ちゅうみせ》別の遊郭案内である。なか（吉原）を冷やかして歩く見物人には、それなりに重宝がられる手引きだった。

日本橋照覧と尾張町照覧は、それぞれの町の買い物案内だ。呉服・小間物・履物・雨具・喫煙具などの商い別に、商家の案内を一枚の刷り物にしていた。

昌平配下の売り屋は吉原の遊郭や、日本橋・尾張町の商家をおとずれた。

「うちの照覧は、月に千枚は売れてやすんでねえ。広目の効き目はどこよりも確かですぜ」

一寸（約三センチ）角の広目で、一カ月の掲載料が五両である。他の瓦版に比べれば、ざっと十倍の高値だった。

「ご冗談でしょう」

「なにが悲しくて、そんな高値を呑まなければならないんですか」

きつい物言いで、初田屋の売り屋を追い返そうとする商家もめずらしくはなかった。

「そんな邪険なことを言わずに、載せてくれやせんかい」

「少々の高値でも、うちのは効き目が違いやすぜ」

売り屋は凄みをはらんだ口調で、広目掲載を売り込んだ。それでも応じないときは、薄笑いを番頭に投げつけて引き上げた。

初田屋の売り屋連中は、町の目明《めあか》しと親しく交わっていた。互いに商家の内証を明かしあっていたからだ。

何十人もの奉公人を抱える商家は、ほぼ例外なしに、手代や番頭が犯したカネにまつわる不祥事を隠し持っていた。

十両を盗めば斬首《ざんしゅ》。これが法度《はっと》として定められていた。

盗みは、盗賊や盗人《ぬすっと》の所業に限ったわけではない。奉公人が店のカネに手をつけるのも、盗みとされた。

十両を超える使い込みは、法度に照らせば斬首刑だ。が、縄付きを出したり、ましてや斬首に処される咎人《とがにん》を出したりするのは、店の体面にかかわる不祥事だ。

しかも使い込みが露見したのちの吟味は、まことに厳しかった。

当主のみならず、町の肝煎《きもいり》五人組を同道して奉行所に出頭しなければならない。そのうえ吟味が一度で済むのはまれで、二度、三度と呼び出しを受けた。

その都度、五人組の足代や弁当代まで、呼び出された商家が負担をした。

「盗人に追《お》い銭《せん》とは、まさしくこのことだ」

奉行所の吟味に音を上げた商家は、カネの不始末を表沙汰《おもてざた》にすることを避けた。ことをおおやけにしても、商家を利することは皆無だったからだ。

しかしうわさは飛び交った。

「伊勢屋さんの手代は、十五両を持ち逃げしたらしい」

「浜田屋の二番番頭は、五年がかりで百両のカネをくすねていたそうだ」

うわさを聞きつけた町の目明しは、十手《じって》を見せびらかして乗り込んだ。

「てまえどもの奉公人が使い込みをするなど、滅相《めっそう》もないことでございます」

応対に出た番頭は強く否定しつつ、小さく畳んだ半紙を差し出した。

「使い込みを隠すのは、きついご法度だぜ」

ひとこと凄んでみせてから、目明しは引き上げた。が、半紙の中身が少なかったときは、初田屋の売り屋に耳打ちした。

一件につき一両というのが、目明しの耳打ち相場だった。聞き取った売り屋はそのネタを元にして、大判の刷り物を拵えた。

『室町二丁目伊勢屋清左衛門の手代が、なんと十両の大金を持ち逃げしていた』

人目を惹く紅色で刷られた見出しを、売り屋はその商家の番頭に見せつけた。

「うちの広目が効くのは、見ての通りでやしてねえ」

売り屋は赤い舌で、薄い唇を舐《な》めた。

初田屋の細見や照覧は、ほどほどに効き目はあった。毎月のように、刷り物を片手に持った新規の客が店をおとずれもした。

とはいえ一寸角の広目が、月に五両というのは高過ぎた。しかも売れる枚数は、月に均《なら》せば千枚どまりである。

ところが岩次郎が始めようとしている早刷りは、一日で二千枚を売るというのだ。

そんな途方もない数が、売りさばけるわけがない……釜田屋は正気かと、昌平は毒づいた。しかしその裏では、恐れを覚えた。

どんな手立てを使うかは分からないが、ことによると売れるかもしれない……長らく瓦版稼業を続けてきた本能が、できるかもしれないと昌平にささやいた。

砂津鐘を怒鳴りつけたのも、恐れのあらわれだった。

いざとなったら、赤鼻の五里蔵《ごりぞう》の力を借りればいい……。

そう思い定めたことで、昌平の機嫌は幾分直った。

正午過ぎから、夏空が戻ってきた。庭に降り注ぐ白い陽光を見て、すっかり機嫌が直った。

屋根船に呼びつけた音若は、日本橋室町の雨具屋、吉羽屋政三郎《よしばやせいざぶろう》に囲われている女である。

初田屋の『日本橋照覧』に、頑として広目を出さない商家の一軒が吉羽屋だった。

「てまえどもは、大名諸家をお得意様といたしておりますゆえ」

番頭は応対に出てこず、手代頭が断りを伝えた。

「吉羽屋だけは、蟻《あり》一匹も入り込む隙《すき》がねえ」

目明しもお手上げである。

昌平は吉羽屋の女をモノにして、意趣返しを図っていた。

「もっと声を出さないと、おれのモノが萎《な》えるだろうが」

昌平が声を尖らせた。音若は横を向き、隠した顔を歪めた。

十

五月中旬の夕焼けは、威勢がいい。江戸の西空が、燃えたつような紅色に焼けていた。

群れをなしたカラスが、夕焼け空を目がけて羽ばたいている。羽の動きをとめた先頭の一羽が、カアッ、カアッと二度啼《な》きをした。

「お湯の支度《したく》ができました」

おゆみの声に、カラスの啼き声が重なった。

「お湯ができましたが……」

啼き声に邪魔をされて、聞こえなかったかと案じたのだろう。おゆみはわずかに声を大きくして、もう一度呼びかけた。

「聞こえています」

障子戸の内側から、音若の声が返ってきた。声の調子であるじの不機嫌を察したおゆみは、足音を忍ばせて宿の外に出た。

平屋の目の前を、薬研堀が流れていた。沈み行く夕陽の明かりは、もはや堀には届いていない。

水面《みなも》は黒ずんで見えた。

おゆみは小さく息を吸い込んでから、風呂釜の前にしゃがんだ。さきほどくべた赤松が、威勢のいい炎を立てて燃え盛っていた。

まだ二本の薪《まき》が燃えている。しかし、船宿いしだの呼び出しから帰ってきたときの音若は、熱い湯を仕立てろとうるさい。

しかも今日は、ことのほか音若は不機嫌だ。小言を食らわないように、おゆみはいつも以上に薪の燃え方に気を配っていた。

新しい薪をくべようとしたとき、湯殿《ゆどの》に音若が入ってきた。

「湯加減はいかがでしょうか」

問うても返事はなかった。

が、釜の焚《た》き方に文句はなさそうだとおゆみは判じた。湯がぬるいときは、尖った声が湯殿から飛んでくる。

なにも答えがないのは、湯加減に文句のないあかしだった。

音若の元に住み込み女中として仕えて、丸二年が過ぎた。気難しいあるじだが、二年を過ぎたいまでは、気性も大方のところは呑み込めていた。

とはいえ、うっかり音若の気に障る振る舞いに及んだときは、いまだにやけどをしそうなきつい言葉で叱《しか》られる。

音若は、清元節で鍛えた喉の持ち主だ。手加減なしの声で叱られると、立っているのがつらくなるほどに落ち込んだ。

月々の給金は銀三十匁《もんめ》、ゼニに直せば二貫五百文だ。住み込み女中としては、決して高い給金ではなかった。

あるじの機嫌、不機嫌の揺れが大きく、しかもさほどに高い給金ではない。そんなきつい奉公だが、おゆみは暇乞《いとまご》いをすることはなかった。

音若からもらう給金の倍額を、吉羽屋政三郎から支払われていたからだ。

「師匠がどんな暮らしぶりであるか、細かなところまで目配りをしていなさい」

おゆみは、政三郎が口入屋《くちいれや》に手を回して差し向けた、音若の見張り役だった。

薬研堀の宿は、吉羽屋が音若に買い与えた平屋である。八十坪の敷地に三十坪の平屋を普請していた。

清元節の稽古場《けいこば》は、二十畳大の板の間である。

「費えのことはいい。仕上がりのよさに、存分に腕をふるってもらいたい」

吉羽屋の指図を、棟梁はしっかりと形にした。

「声と三味線《しゃみせん》の響きがよくなるように、稽古場の床も壁も、樫板を使いやした」

粋筋《いきすじ》の普請を得手とする本所の棟梁が、仕上がった稽古場の真ん中でぐいっと胸を張った。

仕舞屋《しもたや》にはめずらしく、内湯の備えまでがなされていた。

「沽券《こけん》状は、あんたの名義になっている」

正味で音若に惚《ほ》れている吉羽屋は、いささかもカネを惜しむ素振りを見せなかった。が、音若を野放しにしていたわけではない。大事な相手であるがゆえに、わるい虫がつかぬように見張りを手配りしてあった。

赤松の炎が小さくなった。

湯殿では音若が、何度も湯を身体に浴びせている。しっかり薪をくべないと、湯が足りなくなりそうだ。

いしださんから呼び出されたときって、いっつもこんな調子でお湯を浴びるけど。

いったいなにがあったのかと、おゆみはいぶかしく思った。

今度呼び出しがあったら、あとをつけてみようと、おゆみは思い定めた。

吉羽屋さんに確かなことが伝えられれば、きっとご褒美《ほうび》がもらえるに違いない。あのお湯を浴びる音は、尋常ではないもの……。

おゆみは胸の内で思ったことを、声に出してつぶやいた。

重なりあって燃えていた赤松の山が、ゴトンッと音を立てて崩れ落ちた。

十一

手を浸《つ》けると、指先に痛みを感ずるほどに熱い。そんな熱い湯を、音若は手桶《ておけ》いっぱいにすくった。

浴びる前に、息を詰めた。

うっかり息を吐き出したりしたら、身体が湯の熱さに負けてしまう。

それがいやで、息を詰めた。

これでもう、十杯目。

浴びた湯を九杯、十杯と、音若は勘定していた。あとまだ五杯は浴びなければ、身体にまとわりついた、初田屋のにおいを追い払うことはできない。

十一杯目を浴びたら、湯船の湯が減っていた。

「たっぷりの湯につかってこそ、身体の疲れがほぐれる」

室町の店の暮らしと同じ拵えの湯船を、吉羽屋は薬研堀にも普請させていた。

幅四尺（約一・二メートル）で奥行き三尺、深さ二尺の、檜の湯船である。

檜の厚さは三寸（約九センチ）もある。この湯船の檜だけで、三十両の費えがかかっていた。

十一杯目を浴びたところで、音若は湯船に水を足した。この平屋には、神田川の水道が引き込まれていた。

「間口五間（約九メートル）の仕舞屋に自前の水道を引き込んだりしたら、毎月の水銀《みずぎん》（水道代）が安くても二分（二分の一両）はかかりやす」

水道作事を請け負った井戸屋は、音若に向かって案じ顔を拵えた。

月に二分の水銀を払うのは、十人以上の奉公人を抱える商家だ。清元節の師匠とはいえ、払い続けられるのかと心配したのだ。

「心配はご無用に願います」

きっぱりと言い切った音若は、一年分の前払いとして小判六枚を井戸屋に差し出した。

「水銀は、あっしが受け取るカネじゃありやせん」

井戸屋は手拭いで顔を拭《ふ》き、無礼な口を音若に詫《わ》びた。

そんなやり取りのあった水道だが、今日はまだわずかに濁りが残っていた。今朝まで降っていた雨の濁りが消えていないのだ。

音若は湯船に水を加えたあと、沸くのを待った。水を足した湯は、随分とぬるくなっている。

そんな湯を浴びても、いやなにおいを追い払うことはできない。

チビでケチで、なんていやな男なの。

湯船を見詰めたまま、音若は小声で毒づいた。初田屋の顔を思い出した音若は、乱暴な手つきで湯をかき混ぜた。

初田屋に握られた音若の弱みは、去年秋の火遊びである。

音若は出稽古に向かう先を、三軒持っていた。いずれも蔵前の札差である。

出稽古弟子のひとり、天王町一番組の上総屋《かずさや》八兵衛《はちべえ》は、常から音若に言い寄っていた。

が、それは口だけのことで、一切の手出しはしなかった。

身代《しんだい》の大きさでは、江戸でも抜きん出ている札差である。なにをするにも我が物顔に押し通した。

しかしそんな札差でも、吉羽屋政三郎には一目も二目もおいていた。

吉羽屋の得意先には、幕閣や有力大名が数多い。それら諸家との交誼《こうぎ》を通じて、吉羽屋は札差でも持ち得なかった隠然たる力を、身の内にたくわえていた。

上総屋も、もちろんそれは知っている。ゆえに音若に言い寄りはしても、手出しはしなかった。

去年の九月下旬、音若はみずから隙を見せて上総屋を誘った。

月のものが終わった直後で、音若の身体の芯がうずいていた。

毎月このころには、泊りがけで吉羽屋が薬研堀に姿をあらわした。ところがこのときは仲間内の寄合で、年に一度の江島《えのしま》神社参詣《さんけい》三泊の旅に出かけていた。

「もしもこのことをだれかにしゃべったら、上総屋さんも命を亡くしますよ」

「分かっている。言われるまでもない」

ふたりは堅く口を閉ざした。

しかし吉羽屋の囲われ者を、おいしくいただいたのだ。そんなよだれの垂れそうな出来事を、黙り通すのはむずかしい。

「じつは薬研堀の音若を……」

二分の祝儀を握らせ、口外無用をきつく言い渡したうえで、上総屋はいしだの孝次郎に自慢話を聞かせた。新大橋のたもとに、猪牙舟《ちょきぶね》が差しかかったときだった。

仕入れた話は、翌日には初田屋昌平の耳に入った。孝次郎がみずから出向き、一両の小遣いと引き換えに聞かせたのだ。

昌平は砂津鐘に指図をして、脅しの瓦版一枚を刷らせた。その一枚に呼び出し文をつけて、配下の売り屋に届けさせた。

『上総屋との一件は、すべて摑《つか》んでいる。刷り物を江戸中にばら撒《ま》かれたくなければ、差し向けた屋根船に乗れ』

音若は脅しに屈した。

初田屋のよくない評判は、何人もの弟子から耳にしていた。商家の多くが、渋々ながら初田屋の『照覧』に広目を掲載していた。

「初田屋昌平という男は、まむしよりも始末がわるい」

陰では唾《つば》を吐きながらも、商家の当主は初田屋の言い分を呑んだ。昌平が瓦版という道具《ぶき》を背負っていたからだ。

音若をもてあそぶとき、昌平は強がりを口にした。

「吉羽屋といえども、うちの瓦版には恐れを抱いている。書くぞとひとこと言えば、あの男でも引っ込むだろうよ」

昌平は目一杯に背筋を張って、音若の前で強がりを言った。しかし両目が落ち着かなく動いているのを、音若は見ていた。

初田屋と吉羽屋では、とても勝負にはならない。それを分かっていながら音若が呼び出しに応ずるのは、やはり初田屋に書かれるのが怖いからだ。

それと、もうひとつ。

音若の血が、吉羽屋以外の男を求めて騒ぐからだった。

初田屋昌平は音若の身体の芯に潜む魔物のありかたを、しっかりと見抜いていた。どこをいたぶれば、魔物が喉を鳴らして悦《よろこ》ぶか。昌平にはそのツボが分かっていたのだ。

吉羽屋を恐れながら、音若は昌平の秘技に身をまかせた。ことが終わったあとは、ひたすら熱い湯を浴びて、昌平の粘りを身体から追い出そうと努めた。

おゆみがくべた薪が、水を加えた湯を沸かしていた。が、まだ熱さが足りない。

「もっとしっかりと、薪をくべなさい」

錐《きり》のように先の尖った声を、おゆみに投げつけた。

「分かりました」

薪をくべる気配が、小窓の外から伝わってきた。

初田屋昌平のひとでなし。

音若は小声で毒づいたあと、手荒に湯をかき混ぜた。

魔物が棲《す》みついたおのれの身体に、愛想尽かしをしているかのような混ぜ方だった。

十二

永代寺の鐘が、七ツ（午後四時）を撞き始めた。

ふうっ。

彫り師の維助と摺り師の高次が、同時に吐息を漏らして仕事の手をとめた。

「一刻（二時間）もの間、しょんべんにも立たねえで摺りっぱなしてえのは、これっきりだぜ」

高次の言い分に、維助は深くうなずいた。

「おれも小刀を握った指先が、真っ白になっちまった。親指で摘《つま》んでも、なんにも感じねえ」

維助は板の間に立ち上がると、両腕をぐるぐると振り回した。遅れて立ち上がった高次は、背筋を目一杯に反《そ》り返らせた。

ふうっ。

ふたりの口から、また大きな息が漏れた。一刻の間、高次は摺り物の手をとめなかった。座っていた四方には、摺りあがった土佐紙が小山を築いていた。

「どれだけ摺れたか、てめえの腕を見極めるみてえで、数えるのがおっかねえ」

「でえじょうぶだ」

わきにしゃがんだ維助は、高次と一緒になって数え始めた。

「さすがはおめえだ、摺り物の数は半端じゃねえぜ」

百枚を数えたところで、維助は感嘆の声を漏らした。

「あんたに真顔で褒められると、尻のあたりがむずむずして、きまりがわるいやね」

ぶつくさこぼしながらも、高次は顔をほころばせた。

ふたりで数え終わった枚数は、なんと二百三十七枚もあった。

墨と紅の二色刷りである。腕利きで通っている摺り師でも、半刻で七十枚を摺るのが精一杯だろう。

「さすがはおめえだが、こんなことを続けてたら、身体を壊しちまうぜ」

維助は本気で高次の身体を案じていた。

十三

強い西陽が、黒塗りの火の見やぐらを照らしていた。

高さ六丈（約十八メートル）の仲町の火の見やぐらは、江戸で一番の高さである。

「どこにいたって火の見やぐらさえ見つけりゃあ、仲町がどこかはすぐに分かるてえもんだ」

深川っ子自慢の火の見やぐらだったが、去年の地震で大きく傾いた。が、普請に使った杉が傷《いた》んだわけではなかった。

「柱を立てた根元が地震で揺さぶられて、底なし沼みてえにドロドロになっちまいやがった」

「そんだけ地べたがひでえことになっても、やぐらの柱はびくともしなかったてえじゃねえか」

「木柾《もくまさ》が仕入れた、土佐杉を使ってんだ。地震ぐれえで、びくともするもんじゃねえさ」

去年十月の大地震でも火の見やぐらは倒壊せず、傾いただけで踏ん張った。

その姿を見て、深川の住人は大いに元気づけられた。

木柾というのは、江戸中に名を知られた木場の杉問屋である。木柾が扱うのは新宮杉《しんぐう》と土佐杉で、いずれも柾目の詰まった選《え》りすぐりばかりだ。

地震に遭っても、火の見やぐらは見事に踏ん張った。とはいえ傾きを直すことはできず、結局は解体するほかはなかった。

鳶《とび》と大工は、火の見やぐらをていねいに取り壊した。そして現場から出た柱や板は、
地震復興の普請に転用することになった。

「倒れなかった火の見やぐらの柱と板なら、このうえなしに縁起がいい」

杉は深川の方々から、引っ張りだことなった。木柾当主の計らいで、杉はすべてやぐら下の縄のれんと、一膳飯屋《いちぜんめしや》の普請に使われた。

「仕事始めに先立って食う一膳のメシと、終えたあとの一杯は、深川には欠かせない」

当主の言い分には、だれもが心底から得心した。

五月十七日の暮れ六ツ（午後六時）から四半刻（三十分）前。維助と高次は、やぐら下の一膳飯屋『まねき』の土間で早めの晩メシを口にしていた。この店の普請にも、もちろん土佐杉が使われていた。

まねきの夜の商いは、暮れ六ツからだ。が、親爺《おやじ》は常連客のふたりのために、四半刻も早い晩メシを調《とと》のえた。

「今日のメシの美味さてえのは、格別だぜ」

「まったくだ。メシ粒が、どれも真っすぐに立ってらあ」

維助と向かい合わせに座った高次は、箸《はし》をとめてどんぶりをしげしげと見詰めた。

「今日のお米は飛び切りの出来だって、炊く前におとっつあんも感心してたから」

客あしらい役のおゆきが、声をはずませた。

格別の美味さだと、維助は炊き立てメシを褒めた。それがおゆきには嬉《うれ》しかったのだ。

まねきは昼と夜では、商いの中身が違った。

四ツ半（午前十一時）から八ツ（午後二時）までは、日替わりのおかず一品と、メシに味噌汁《みそしる》を供する一膳飯屋だ。

暮れ六ツから五ツ半（午後九時）までは昼間の一膳飯に加えて、縄のれんも営んでいた。

酒は江戸の地酒と、灘《なだ》からの下《くだ》り酒の二種類だ。

樽で仕入れる灘酒『福千寿』は一合三十文。大川を西に渡った飲み屋なら、四十文の値で供する銘酒である。

まねきは灘酒の安値に加えて、親爺の光明《こうめい》が拵える肴《さかな》の美味さでも評判だった。

肴は日替わりで六種類だが、三種はいつも魚の作りだった。

四十七歳の光明は、十五から三十五までの二十年間、両国の料亭『折鶴《おりづる》』で板場修業を続けた。

折鶴は魚料理の美味さで名を知られており、口のおごった蔵前の札差もひいきにしていた。

折鶴で鍛えられた光明の包丁さばきは、平目、カレイ、カワハギなどを薄作りにしたときには、ことさら光った。

酒も肴も、職人が身銭で食える代金で供する。

光明はこのことを言葉で言うわけではなく、形で示した。

平目やカレイの薄作りを含めて、肴はどれもひと皿二十文。

江戸の地酒も一合二十文。

酒三合に肴ふた皿をとっても、百文で済んだ。

左官の見習い職人でも、一日の出面《でづら》は百二十文の稼ぎにはなる。大工なら安くても、三百文の手間賃は稼げるのだ。

真っ当に働く職人なら、だれでもまねきの酒と肴を楽しむことができた。

「どうして維助さんたちは、今日はこんなに早いの？」

暮れ六ツ前で、まねきの土間にいるのは維助と高次だけだ。

他の客の耳目がない気安さゆえだろう。維助さんと呼びかけたおゆきの物言いには、格別の親しさが感じられた。

「先に控えている大仕事の備えで、おれも高次も昼飯を食い損ねちまってね」

維助はここまでで口を閉じた。たとえおゆきが相手でも、早刷りにかかわる話はできないからだ。

「忙しくて大変なのね」

親身の口調で応じたおゆきは、土瓶の茶を維助と高次の湯呑みに注いだ。

「忙しいって言えば……」

佐賀町にできた屋台の鮨屋《すし》も、大した繁盛で忙しそうだとおゆきは続けた。

「なんのことでえ、佐賀町の鮨屋てえのは？」

問いかけたのは高次だった。

「おとっつあんから聞いたんだけど、見習い小僧みたいな職人さん十人が、一列に並んでお鮨を握ってるんだって」

聞き終わった維助と高次は、光を帯びた目を見交わしていた。

十四

五月十八日、四ツ半（午前十一時）過ぎ。夏陽を背に浴びながら、維助と高次は佐賀町河岸の長い行列の尻尾《しっぽ》に並んでいた。

「それにつけてもよう、なんてえ列の長さだ。背中が汗でびっしょり濡れちまったぜ」

「でけえ声を出すんじゃねえ」

維助は小声で、高次をたしなめた。列の前にいる男が、尖った目で振り返ったからだ。しかしたしなめた維助も、ひたいに汗の粒を浮かべていた。

永代橋東詰を北に折れれば、佐賀町河岸である。南北に五町（約五百四十五メートル）も続く河岸には、廻漕《かいそう》問屋の蔵が隙間なしに立ち並んでいた。

蔵は大小合わせて、百十二もある。なかの八十が雑穀蔵で、あとは味噌蔵と醤油《しょうゆ》蔵だ。河岸の北端には、扉が赤く塗られた蔵が四蔵ある。薬種《やくしゅ》問屋への横持ち（配送）を待っている、砂糖を積み重ねた蔵である。

砂糖は雑穀や味噌・醤油に比べれば桁違いに高値だ。小売りをする店も乾物屋ではなしに、薬屋に限られていた。

そんな砂糖を仕舞う蔵だけは、扉が朱色である。薬種問屋の組合に雇われた番人は、六尺棒を手にして赤い扉の前に立っていた。

鮨屋の屋台は、砂糖蔵の前に並んでいた。河岸の一番奥にある砂糖蔵の前なら、順番待ちの客が長い行列を拵えても荷運びの邪魔にはならないからだ。

「へいっ、お待ちどお」

「おひとり、三十二文ずつをいただきやす」

屋台のほうから、ひっきりなしに職人の声が聞こえてきた。勘定を受け取ると「ありがとうやんしたあ」と、威勢のいい声で礼を言う。その声とともに、列は一歩ずつ前に進んだ。

「みねえな、あの連中のぎこちねえ手の動きを」

維助の耳元でささやいてから、高次は鮨の屋台に目を戻した。

一間（約一・八メートル）幅の大きな屋台が五台、砂糖蔵の前で横並びになっていた。一台の屋台にふたりずつ、都合十人の鮨職人が横一列になって握っていた。

水玉の鉢巻を締めて、揃いの上っ張《うわば》りを着ている。形《なり》はいなせな職人風だが、十人とも月代《さかやき》がまだ青々とした若造だった。

高次がささやいた通り、若い職人たちは握り方がぎこちなかった。が、屋台に並んでいる客は、だれもがそれを承知していた。

鮨ネタの魚は、あらかじめ一貫ずつの大きさに切り分けられている。職人は鮨メシとネタとを、ひたすら握り合わせるだけだ。

職人の技量の差は、鮨メシの大きさの違いとなってあらわれた。未熟な者ほど、鮨メシの握り方が大きくなっている。

ところが客には、それが大きく受けていた。

客のほとんどは、佐賀町河岸で働く仲仕《なかし》や人足である。鮨の美味いまずいよりも、空腹の足しになることを求めていた。

タコ、鯵、イカが二貫ずつ。それにカンピョウ巻一本がついて、一人前三十二文。かけそば二杯分という安さだ。

のれんをくぐって入る鮨屋なら、安くても五十文はとられる中身だった。

「魚河岸の残り物を、毎日そっくり仕入れているそうだ。鮨職人は客の前で修業させることと引き換えに、ただ同然で働かせている。仕入れ値も手間賃も安いから、鮨を安く食べさせられる。少々まずくても、客は文句を言わない」

昨夜、まねきの親爺から聞かされた通りだった。

四半刻（三十分）以上も並んだ、維助と高次だったが……。

順番がくるなり息も継がずに口に運び、のり巻きはぬるい茶とともに流し込んだ。

「あれだけの客がさばけるのは、やっぱり職人の数が多いからだろうよ」

「ちげえねえ」

ふたりは仕事場に戻る道々、何度もうなずきあった。鮨の味がどうだったかは、まったく覚えていなかった。

十五

　仕事場に戻りつくなり維助は、試し摺りに使った土佐紙の束を手に取った。

「算盤を弾くのは、おめえのほうが得手だろう」

「ああ」

　帳場へと出向いた高次は、番頭の遠松から大型の算盤を借りてきた。

　維助の正面に座った高次は、珠をご破算にした。

「いつでもいいぜ」

　維助より二歳年下の高次だが、ふたりだけのときは同い年のような口をきいた。

　もとより維助には、それを咎める気は毛頭なかった。

「翌日の早刷りのネタを書き上げるのに、弘太郎は二刻（四時間）あればいいと言ってる」

　維助は「話の仕上がりは八ツ（午後二時）」と、土佐紙の裏に書き留めた。

「彫りの下書きを仕上げるには一枚あたり一刻はかかる。おめえの下に十人の摺り職人をつけるとすりゃあ、彫りの下書きも十枚はいる」

　五人の彫り師で手分けしても、下書きの仕上げには二刻はかかる勘定だ。

「なんとしても、控えを見越して七人の彫り師を雇わねえことには、彫りどころか、下書きすら間に合わねえ」

維助は土佐紙の裏に「下書き仕上がりは暮れ六ツ（午後六時）。七人は入用」と朱書きをした。

「文太は四ツ（午前十時）には、売りを始めてえそうだ」

「あたぼうだろうさ」

算盤を膝からどけた高次は、小さくうなずいた。

「なんたって瓦版の名めえが、早刷りてえんだ。売り始めは、四ツでも遅いぐれえだろうさ」

高次は、売り屋の言い分に深く得心していた。

「おれも文太の言い分は、至極もっともだと思ってるが……」

「どうした、あにい。随分と言いにくそうだが、遠慮はいらねえから言ってくんねえ」

高次は維助の目を見て、先を促した。

「口入屋だの仲間内だのに頼んで探したとしても、おれたちが考えてる見習い職人なら、半刻（一時間）あたり五十枚を摺れりゃあ御《おん》の字だろう」

「そいつあ、無理だ」

高次はきっぱりと否定した。

「摺りの仕事は毎日、休みなしに続くんだ。半刻で四十枚が一杯だと見切っておかねえと、かならずしくじる」

維助の見積もりを、高次は内輪の数に書きなおさせた。

維助と高次は、佐賀町河岸の鮨屋屋台を見て、同じ思案に行き着いた。

摺り師には、若手の見習いを雇い入れる。毎日、膨大な枚数の摺りを続けることで、腕はメキメキ上達するに決まっている。

鮨屋屋台の若手職人は、一日に二百貫、三百貫という凄まじい数を握る。しかも稽古ではなく、客の口に入る鮨を、である。

習うより慣れよ。

これは上達を目指す者の鉄則である。

早刷りは一日に二千枚を摺る。十人で手分けしたとしても、ひとり一日二百枚を摺る勘定だ。

岩次郎が売り出そうとしている大判を、日に二百枚も摺り続ければ……。

見込みのある職人なら、一年のうちにかならず一本立ちするだろう。

ダメな者は、半年ももたずに暇乞いを言い出すに違いない。

上達を目指す摺り師には、こたえられない仕事……維助も高次も、安い給金で雇い入れるための妙案だと確信していた。

「雇った当初は、見習い弟子ぐれえの腕しかなくても、障りはねえだろう」

「おれもそう思う」

高次は算盤をガチャガチャ鳴らして、維助の言い分に同意した。

「半刻（一時間）で四十枚の摺りを毎日続けりゃあ、半年経《た》ったころには玄人《くろうと》の摺り師の出来上がりだぜ」

高次は算盤を膝元に置いた。

ひとりの見習い職人が、半刻で四十枚を摺る。その程度の腕の若い者でも、十人集めれば半刻で四百枚が摺り上がる。

二千枚の摺り上がりまで二刻半。弘太郎が書くネタの仕上がりが少々遅れても、摺りを案ずることはない。

珠を弾くまでもなく、高次は暗算で勘定を終えた。

「いよいよとなったときは、おれが摺りを助《す》ければいいし、うちには腕利き職人がまだ残っている」

若い見習いを十人集めれば、二千枚の摺りはかならずこなせると、高次は断じた。

「おめえの言う通り、十人の若い者がおめえの下についたら、二千枚を毎日摺るとしても、なんにも案ずることはねえ」

あとは、どうやって十人の若い者を集めるかだ……維助がこう口にしたら、高次はわけありげな顔つきになった。

「妙案ありだと言いたそうなツラじゃねえか」

「あるともさ」

強い口調で応じた高次は、湯呑みを手にした。

話し合いを始める前に、高次は熱々の焙《ほう》じ茶をいれていた。

気が乗ったときの高次は、おそろしく早口になる。舌の回りをよくする焙じ茶は、高次には欠かせなかった。

「佃町の摺り富士の番頭が、地震のあとはめっきり仕事が減ったとこぼしてた」

摺り富士は、佃町蓬莱《ほうらい》橋たもとの摺り屋である。職人を二十人も抱えているだけに、大きな摺り仕事の請け負いは、釜田屋とほぼ二分していた。

大地震のあとは、摺り仕事が激減した。七カ月が過ぎて世の中が落ち着いてきたいまでも、摺り仕事の発注は減ったままである。

摺り富士は、毎年のように五人から七人、若い弟子を受け入れていた。一年間は無給だが、寝起きと三度の食事は摺り富士持ちだ。

仕事が回っていたときはなんでもなかった食費が、いまは摺り富士の足を引っ張っていた。

「摺り富士が抱えている弟子を、うちで引き受ける。それを向こうの番頭と談判するてえのはどうでえ」

「妙案だ」

摺り富士には渡りに船だろうと、維助は膝を叩いた。

「明日にでも、連れ立って摺り富士に出向こうじゃねえか」

維助はすっかり乗り気になっている。つい先刻、佐賀町河岸で見た、見習い職人の姿を維助は思い返していた。

十六

蓬莱橋は、大横川の両岸を南北に結ぶ橋である。

大横川は二十間（約三十六メートル）も幅のある大きな運河で、深さも二尋（約三メートル）あった。

この幅と深さがあれば、大型のはしけや荷物船、それに杉や檜の丸太を組んだいかだでも、充分に行き来ができた。

しかも大横川は大川にも仙台堀にもつながる、重要な水路だ。夜明けとともに、数多くの船が行き交った。

五月十九日、五ツ半（午前九時）。

維助と高次は連れ立って、蓬莱橋を渡っていた。

ほんのいっとき、朝の川面から船影が消えることがある。船頭たちが岸や船着き場に船を寄せて、一服を楽しむからだろう。

蓬莱橋周囲の川面を、一杯の船も滑ってはいなかった。

「見ねえな、あのボラを」

橋の真ん中に立った高次が、静かな川面を指差した。夏陽に照らされた大横川を、大型のボラが青い背を見せて泳いでいた。

「地震のあとは、いっときこの川からボラがいなくなったてえ話だったが、すっかり戻ってきたようだぜ」

釣り好きの維助は、ボラの群れを見て顔をほころばせた。

「戻ってきたもなにも、朝っぱらから何人も釣りを始めてるぜ」

高次が呆《あき》れ顔になっていた。

上天気の五ツ半過ぎである。だれもが仕事に精を出すころあいだろうに、何人もの男が釣り糸を大横川に垂らしていたからだ。

「朝の五ツ半から釣り糸を垂らせるのは、大店の隠居と、非番の御家人ばかりだと、地震前までは決まってたはずなのによう」

「たしかにそうだった……」

高次の言い分に相槌《あいづち》を打った維助が、ふっと半町（約五十五メートル）先にある、桜の根元に目を凝らした。

「おい、高次」

相方の半纏のたもとを維助はチョン、チョンと引っ張った。

「あすこを見ねえな」

維助の指差した先を見て、高次がおおっと短い声を漏らした。

「あの格好は……」

「安兵衛《やすべえ》さんに間違いねえ」

維助と高次が、歌舞伎の渡り台詞《ぜりふ》のような話し方をした。

桜の古木の根元に腰をおろした太った男が、長い釣竿《つりざお》を川面に向けて突き出している。まぎれもなく、摺り富士の番頭、安兵衛だった。

大横川の両岸には、桜の古木が並木を拵えていた。

いまから百三十年ほど昔に、八代将軍吉宗は江戸の随所に桜の苗木を植えさせた。

「桜が育ったのちには、多くの花見客がその地をおとずれる。そうなれば町が栄える」

桜を植えた向島《むこうじま》、飛鳥山《あすかやま》などは、まさしく吉宗が思い描いた通りになった。

大横川の桜も、同じ時季に苗木が植えられた。花見ごろの両岸は、見物客で埋めつくされる。

が、夏陽が降り注ぐこの時季の朝は、茂った緑葉が陽除けの役を果たしていた。

維助と高次は、足を速めて安兵衛に近寄った。

「朝っぱらから番頭さんが釣り三昧《ざんまい》とは、結構なご身分じゃありやせんかい」

軽口をきくような調子で、高次が話しかけた。

安兵衛と高次とは、十五年来の長い付き合いである。地震前までは、年に何度も酒を酌み交わしていた。

ところがふたりに向けた安兵衛の目には、親しさはかけらもなかった。

「朝っぱらから釣りをしようが、ゴロ寝をしようが、おめえさんたちから、とやかく言われることはないだろう」

安兵衛は、目つきも口調も尖っていた。

「こいつあまた、番頭さんとも思えねえごあいさつだぜ」

そんなに不機嫌にされちゃあ、話がやりにくいやと、高次はおどけた口調で話を続けた。

「あたしが話をしてくれと、あんたに頼んでいるわけじゃない。用があって出張ってきたのは、おめえさんたちだろうが」

安兵衛はさらに不機嫌さを募らせた。

「おれの物言いが気に障ったんなら、勘弁してくだせえ」

番頭の機嫌を損ねたままでは、先の話がやりづらい。高次は詫びを言ってから、用向きを安兵衛に聞かせた。

川面を渡る風が、頬《ほお》に心地よい。その風が、安兵衛の気持ちを落ち着かせたのかもしれない。

高次の話を、仕舞いまで口を挟まずに聞き取った。

「そこまでで、あんたの話は終わりかい？」

念押しをされた高次は、そうですと応じて口を閉じた。

「釜田屋さんが瓦版売りを始めるらしいと、周りから聞かされていたが、うわさはどうやら、ほんとうらしいな」

番頭の口調は、さらに尖りを増していた。

「せっかくのお話だが、うちも大仕事を控えているもんでね。職人の人手は、幾らあっても足りないぐらいだ」

石垣に座り込んでいた安兵衛が、大儀そうに立ち上がった。

背丈は五尺五寸（約百六十七センチ）で、さほどに高いわけではない。ところが目方は二十三貫（約八十六キロ）もあるのだ。

ひとたび座った安兵衛は、立ち上がるのが大仕事だった。

「あたしのところじゃあ、役に立つことはできない」

高次と維助に、帰ってくれと言わんばかりの応じ方である。

「忙しいというわりには……」

高次があとの毒づきを言う前に、維助は半纏のたもとを引っ張った。

「朝の忙しいところを、とんだ邪魔をしやした」

高次は、わざとていねいな口調を残して、安兵衛から離れた。

大横川の真ん中で、大きなボラが跳ねて高次と維助を見送った。

十七

まねきの腰掛けに座った高次は、立て続けにため息をついた。

「安兵衛さんから、あんな物言いをされるとは思ってもみなかったぜ」

気のおさまらない高次は、左の手のひらに、こぶしに握った右手を叩きつけた。

「朝からずいぶん、ご機嫌がわるいのね」

おゆきが湯気の立っている焙じ茶と、小ぶりのもなかを皿に載せて運んできた。店の商いはまだだが、ふたりは大事ななじみ客である。おゆきは茶菓でもてなした。

もなかはやぐら下の菓子屋、岡満津《おかまつ》名物の『辰巳《たつみ》八景最中《もなか》』である。

まねきの親爺光明は、酒もやるし甘味も大好きという両刀遣いだ。同じ町内の岡満津のもなかは、光明の大好物だった。

「ありがてえ。甘いモンがほしかったところだ」

維助は茶を呑む前に、もなかを口に運んだ。高次はそんな維助を、目一杯にしかめた顔で見詰めた。

「どうした高次。食いたくねえんなら、おれがもらうぜ」

「きたねえ手を出すんじゃねえ」

伸びてきた維助の手のひらを、叩いた。

摺り師の手のひらは、ひと一倍大きい。ピシャッと、乾いた音が立った。

「そんなに本気になって、叩くことはないでしょう」

維助の代わりに、おゆきが強い調子で文句を言った。

高次がきまりわるそうな顔をしているところに、流し場から光明が顔を出した。仕込みに一段落がつき、一服を楽しむためだ。

「どうしたい、めずらしく機嫌がわるいじゃねえか」

提げてきた煙草盆《タバコぼん》を腰掛けに置いた光明は、太い銀ギセルに煙草を詰め始めた。

「親爺さんに教わった佐賀町の鮨屋を見て、ちょいと思いついたことがありやしてね」

若い見習い職人たちが威勢よく鮨を握るさまに、維助と高次は深く感心した。

「あの職人たちを見たことで、新しく始める瓦版の摺り師をどうするか、その思案を思いついたんでさ」

高次と維助は、代わる代わるに早刷りのあらましを光明とおゆきに話した。

安兵衛は、釜田屋が始める瓦版のうわさを耳にしていた。遠からず、早刷りの名も知れ渡るに違いない。

光明とおゆきは、安心して話のできる相手だ。半端なうわさを耳にされるよりは、あらましを聞かせたほうがいい……そう判じた維助と高次は、自分たちの口で早刷りのあらましを語った。

「日に二千枚も摺るというのは、途方もねえ話だぜ」

早刷りは日刊で二千枚を売る。それを知った光明は、新しい煙草を詰める手をとめて驚いた。

「そんなことになったあとも、維助さんはいままで通りに、うちに顔を出してくれるの？」

おゆきにとっては早刷りの行く末よりも、維助が顔を出すかどうかが気がかりらしい。

「あたぼうじゃねえか。なにがあっても、ここにはくるさ」

憎からず思っている維助は、おゆきの想《おも》いが嬉しいらしい。答え方には気が入っていた。

「そいでおめえさんたちは、二千枚の摺りをこなすために、見習い職人を雇い入れようとかんげえたわけか」

「その通りでさ」

仕事のない見習い職人を引き受けるつもりで、摺り富士をたずねた。ところが番頭からは、けんもほろろな応対で追い返された。

「いまの摺り富士は、仕事がなくて往生しているはずなんでさ。せっかくの助け舟を出したてえのに、あの安兵衛さんの振る舞いはとんだ了見違いでさ」

先刻のやり取りを思い出した高次は、またもや声を尖らせた。

腰掛けの煙草盆に、光明はキセルを戻した。

「了見違いはおめえだろう」

光明の口調を聞いて、だれよりもおゆきが驚いた。

元々、光明は愛想よく振る舞う男ではなかった。

「料理人に無駄口はいらねえ。出した料理のひと皿ひと皿が、お客さんに話しかける」

これが光明の流儀である。

しかし愛想は言わない代わりに、ひとをあからさまに叱りつけることもしなかった。

そんな光明が、気のおけないおなじみさんとはいえ、店の客にきつい言葉をぶつけたのだ。

「おとっつあん……」

呼びかけたおゆきの顔が、こわばっていた。

十八

なじみ客ふたりを前にしたまま、光明は立て続けに煙草を吹かした。

維助と高次は、光明の煙草好きを知っている。また、滅多なことでは光明が声を荒げたりはしないことも、承知していた。

きつい声を投げつけられたふたりは神妙な顔つきで、光明がキセルを置くのを待っていた。

着る物にも持ち物にも頓着しない男として、光明は通っていた。

「着道楽なんぞを口にするやつは、真っ当な職人じゃねえ」

「巾着《きんちゃく》は野田屋じゃなきゃあだめだなどというなら、いっそ野田屋に婿入りすりゃあいい」

近頃のモノにこだわる風潮を見るにつけ、光明は顔を大きくしかめていた。

そんな光明が、たったひとつおのれに許しているぜいたくが、煙草吸いの道具一式である。

まろやかな味が光明の好みだ。が、あいにく仲町の煙草屋は、そんな葉は扱っていなかった。

職人が多く暮らす深川では、一服だけで吸った気分が満喫できる、強い味の葉が好まれた。

光明は数日おきに、青物町の木俣屋《きまたや》に出向いた。魚河岸に近い木俣屋は、明け六ツ（午前六時）から商いを始める煙草屋である。

煙草の葉も、葉を持ち運びする煙草入れも、太い羅宇《らお》の銀ギセルも、すべて光明は木俣屋で誂《あつら》えていた。

光明のキセルは、火皿（雁首《がんくび》）が純銀で、吸い口は四分一《しぶいち》（銀が一、銅が三の合金）、羅宇は真紅《しんく》の漆塗りという彩りに富んだ作りだ。

遠目にも拵えのよさが分かるキセルは、光明自慢の一品だった。

「ひとと犬猫とはなにが違うか、おめえにはわきまえがあるか？」

灰吹きに吸殻を叩き落とした光明は、真正面から高次に問いかけた。

考えてもみなかったことを問われた高次は、言葉に詰まった顔で首を振った。

「おめえはどうでえ？」

維助も答えが思い浮かばず、高次と同じ首の振り方をした。

「こいつは創玄《そうげん》先生からの受け売りだが……」

創玄先生とは、黒江町に住む論語素読の師匠だ。

歳は三十五。五尺七寸（約百七十三センチ）の偉丈夫《いじょうふ》で、やわらの師範でもある。

土地の者から「黒江町の先生」と呼ばれる創玄には、大店の番頭といえども敬いをもって接した。

創玄の受け売りだと聞くなり、維助と高次の背筋が伸びた。

「どんな者でも、ひとは誇りを持ってる。誇りのあるなしが、ひとと犬猫との違いだぜ」

「分かりやすくいうと、ひとには面目があるてえことですかい？」

高次の問いにうなずいた光明は、創玄の受け売りを続けた。

「おまえたちはのっけから、摺り富士には注文がなくて、職人が遊んでいると決めてかかった。そうだろうがよ、高次」

「まあ……そんなところでさ」

高次は小声でつぶやいた。

「安兵衛てえ番頭さんが、どんな思いで朝から釣り糸を垂れていたか、おれには分からねえ。ことによると、釣りはその番頭さんの大事な道楽かもしれねえ」

おれのキセルと同じだと言って、光明は銀ギセルを手に持った。

「そんな番頭さんに向かって、おめえはなんと言ったか、もういっぺんなぞり返してみねえな」

強い口調で迫られた高次は、ついさきほど安兵衛に言った言葉を思い返した。

「朝っぱらから番頭さんが釣り三昧とは、結構なご身分だと……こんなことを言ったはずでさあ」

その通りに言ったたと、維助も相槌を打った。

「おめえは、軽い調子で言ったんだろうがよ。もしも番頭さんが、ほかにやることがなくて釣り糸を垂れてたとしたら、さぞかし面目を傷つけられただろうよ」

いやな心持ちを抱いている安兵衛に向かって、見習い摺り職人を引き受けてもいいと、高次は言い放った。

まさに摺り富士番頭の体面を、土足で踏みつけたも同然だった。

「どんなに物言いを上手に取り繕《つくろ》ったとしても、それを口にする者が隠し持ってる本心てえやつは、言ってるそばから透けてめえるもんだ」

見習い職人を引き受けるという申し出には、相手を見下している高次の本心が透けて見えていたのだろう。

「もしもおれだったら、おめえを大横川に叩き込んだだろうよ」

言い終えた光明は、ていねいな手つきで刻み煙草を詰めた。

細かく刻んだ三種類の葉に薩摩焼酎《さつましょうちゅう》を吹きかけた、木俣屋特製の刻み煙草である。たゆたう煙は、甘い香りに満ちている。光明にあたまを下げた高次の鼻は、香りをかいでひくひくと動いていた。

十九

深川には八軒の湯屋（銭湯）があった。どこも湯銭は、おとな十二文で同じだ。

しかし湯屋の作りには、八軒それぞれに違いがあった。深川っ子にもっとも人気が高いのは、黒船橋南詰の『梅乃湯』である。

三百坪もある敷地の一面は、大横川に面していた。梅乃湯は川に面した部分によしずを張り、露天の湯船を拵えていた。

男湯の露天風呂には、押上《おしあげ》村から運んできた大岩が据え置かれている。岩を取り囲む形に湯船ができており、一度に十五人のおとなが浸かることができた。

「ここの湯のしょっぱさが、なんとも身体にいいからよう」

「熱海《あたみ》の温泉よりも、梅乃湯のしょっぱい湯のほうが効き目があるらしいぜ」

大きな露天風呂に浸かりながら、客は大声で湯を褒めた。

梅乃湯の露天風呂が塩辛いのは、汲《く》み上げた井戸水をそのまま沸かしているからだ。

深川は徳川家康が江戸に幕府を開いたのちにできた、海の埋立地である。ゆえにどこを掘っても、塩辛い井戸水しか出なかった。

飲み水には使えない。

洗濯をしても、塩水では汚れが落ちにくい。

さまざまな文句のタネとなった井戸水の塩辛さを、梅乃湯は逆手にとった。

『海辺の露天風呂』

塩辛さが売物となっていた。

深川には海辺《うみべ》大工《だいく》町の町名もあるように、いまだに海が近い。梅乃湯の前を流れる大横川も、先をたどれば海につながっていた。

『たったの十二文で楽しめる、海辺の温泉』

この売り文句につられて、連日、多くの客が梅乃湯に押し寄せた。

埋立地の深川には、砂地が多い。五月も十九日となったいまは、昼間は夏の陽差しで、潮風も強い。

一日の仕事を終えた職人たちは、梅乃湯の露天風呂に浸かり、身体の汚れを落とした。

「夏場の梅乃湯に誘ってくださるとは、なんとも粋なはからいじゃないですか」

井筒屋《いづつや》の手代膳四郎《ぜんしろう》が、湯船のなかで顔をほころばせた。井筒屋は門前仲町の口入屋で、膳四郎はなじみの手代である。

「そんだけおめえさんに喜んでもらえりゃあ、誘った甲斐《かい》があるてえもんだ」

維助は両手にすくった湯を、顔に浴びせた。

六ツ半（午後七時）過ぎ。夜空のあちこちには、大きな星が埋まっていた。

「五ツ（午後八時）には、釜の火を落とすてえからよう。あんまり、のんびりもできねえが……」

維助は大岩のわきに身体を移し、膳四郎を手招きした。膳四郎が動くと、湯が揺れた。

口入屋の手代を湯に誘おうと思いついたのは、維助だった。

今日の昼前、高次と維助は光明から強く叱責《しっせき》された。

「親爺さんの言う通りだぜ」

諭《さと》しが骨身にしみたふたりは、口入屋の手代に、見習い職人の周旋を頼むことにした。

口入屋の手代は、職人周旋の玄人である。気心の知れた手代なら、およその話が訊《き》き出せる……そう判じた維助は、井筒屋の膳四郎を湯に誘うことにした。

膳四郎は外回りの手代だ。

五尺二寸（約百五十八センチ）の背丈なのに、目方は二十貫（約七十五キロ）もある。

夏場の外回りは、並の身体つきの手代でも汗にまみれた。ましてや、太めの膳四郎にはきつい。

梅乃湯への誘いを、膳四郎は大いに喜んだ。

「なにか、格別のお話でもあるんでしょうか？」

維助に近寄った膳四郎は、親しげな声で問いかけた。

「ちょいとおめえさんに、訊きてえことがあるんだが、いいかい」

「いいですとも」

膳四郎は大きくうなずいた。

「てまえで分かることなら、なんなりとお答えいたしますから」

膳四郎の丸顔には、目一杯の愛想笑いが浮かんでいた。

湯銭の十二文をおごってもらったぐらいで、膳四郎はこうまで喜びはしない。手代の愛想がいいのは、店に断って外に誘い出してくれたからだ。

「ちょいと膳四郎さんに頼みがありますもんで、今夜は一刻半（三時間）ばかり、外に付き合っていただきてえんでさ」

維助はていねいな口調で、井筒屋の三番番頭に頼み込んだ。

維助は釜田屋の職人頭である。井筒屋の得意先の職人の頼みを、三番番頭はこころよく聞き入れた。

維助のおかげで、膳四郎は梅乃湯の露天風呂に浸かることができたのだ。しかも湯から上がったあとは、やぐら下のまねきで冷やし酒を楽しむこともできる。

それを思うと、ついつい顔がほころび、声が弾んだ。

「訊きてえのはほかでもねえ、職人の周旋の話だがよう」

声を一段低くした維助は、摺り師の見習い職人を雇うにはどうすればいいかと問うた。

「摺りの見習い職人を雇うですって？」

膳四郎の声が裏返った。

「そんなでけえ声で、律儀になぞり返すんじゃねえ」

維助はきつい口調の小声で、膳四郎をたしなめた。

仕舞い湯が近いがために、露天風呂の客は減っていた。とはいえ、まだ七人は浸かっている。うかつな声を、だれに聞かれるかしれたものではなかった。

「もっと小声で答えてくんねえ」

膳四郎の耳元に口を寄せて、維助がささやいた。

「それは分かっていますが」

膳四郎の声は、まだ大きい。

維助は自分の唇に、立てた人差し指をくっつけた。

ようやく膳四郎が落ち着いたとき、梅乃湯の釜焚き番が小さな鐘を鳴らした。

湯が仕舞いだという合図である。湯船から客が上がり始めた。

「見習い程度の技しか持ってねえ若い者を、十人ばかり、まとめて雇いてえんだ。その連中を、おめえさんに周旋してもらいてえのよ」

入浴客が周りからいなくなったことで、維助も声を元に戻した。

「維助さんは、本気でそんな周旋をあたしにしろと、言いつけているんですか」

膳四郎の物言いが、きつく尖っていた。

「なんでえ、膳四郎さんよう。どうしてそんなに、気色《けしき》ばんでるんでえ」

「気色ばむのも、当たり前じゃないですか」

気を高ぶらせた膳四郎は、われを忘れて湯船から立ち上がった。維助の目の前で、膳四郎の一物が揺れた。

「はばかりながら井筒屋は、元禄二（一六八九）年の創業から、周旋する者の吟味は念入りのうえにも念入りにするというのが、定めです」

技量の未熟な見習い職人の周旋などは、店ののれんにかけても、断じてやらない。

こう言い切った膳四郎は、湯船のなかで仁王立ちになった。

膳四郎の一物が、維助の目の前で揺れている。つい維助が目を伏せたほどに、一物は、まことにご立派な代物だった。

維助と高次に岩次郎から呼び出しがかかったのは、五月二十四日の四ツ（午前十時）前だった。

毎朝、明け六ツ（午前六時）から昇り始める陽は、容赦なしに大きい。五ツ（午前八時）には、すでに地べたを焦がし始めた。

四ツには庭のケヤキとクスノキの葉が、夏陽に炙《あぶ》られていた。江戸屋の庭木の間をわたる風も、四ツを過ぎると涼味をすっかり奪い取られていた。

維助と高次の前には、茶が出ていなかった。

夏場には、麦湯が供された。和三盆を溶かした麦湯のほのかな甘味が、舌と喉を喜ばせた。

江戸屋名物の麦湯が、いまは供されていなかった。

「まだ四ツだからよう。うまく冷えてねえんだろうよ」

「そうかなあ」

維助の言い分に、高次が首をかしげたとき。庭から凄まじいセミ時雨《しぐれ》が流れ込んできた。何本も植わっているケヤキは、セミには格好の住処《すみか》なのだろう。

「今年のセミは、いささか気が早くねえか」

「言われてみりゃあ、まだ六月にもなってねえな」

立ち上がった高次は、濡れ縁に出た。セミ時雨が、一段と大きくなった。

「去年の大地震のせいで、セミも調子が狂ったのかもしれねえ」

ケヤキを見ながら、高次は大きな息を吸い込んだ。涼味はなくても、木立を抜けてきた風は、緑葉の美味さをたっぷりと含んでいた。

「うめえ風だ」

高次のつぶやきに、ふすまを開く音が重なった。

部屋に入ってきた岩次郎は、いつになく目元を険しくしている。

セミ時雨が、いきなりやんだ。

二十

正面の座につくのを、座敷の外で待っていたのだろう。厚手の座布団に岩次郎が正座をするなり、番頭の遠松に従って職人頭たちが座敷に入ってきた。

物書きの弘太郎。

売り屋の文太。

カンナ職人の杉造。

それに早刷りの広目を受け持つ本多屋壮助である。

「おめえさんたちも一緒だとはちっとも知らなかった……」

維助は心底からの驚き顔を見せた。岩次郎から呼び出されたのは、高次と自分のふたりだけだと思っていたからだ。

「わたしから声をかけて、集まってもらったことだ」

いつになく、岩次郎の口調が堅い。しかも維助を見たときの目つきが険しかった。

維助も高次も、なぜ岩次郎の様子がいつもと違っているのか、わけが分からないらしい。

正座の膝においた両腕を、維助は強く突っ張っていた。

「おまえたちふたりは、見習いの摺り師がほしいと、方々に声をかけている」

声をかけているようだ、でも、いるのか、でもなかった。

岩次郎はきっぱり「かけている」と言い切った。

「維助」

呼ばれた維助は、へいっと即座に応えた。

「おまえは井筒屋の手代さんに、摺り師の見習いを口入れしてもらいたいと持ちかけた」

「へい」

「手代さんはおまえに、どんな返事をしたのだ」

真正面から見据えられた維助は、返事をする前に大きく息を吸い込んだ。

岩次郎は五尺三寸（約百六十一センチ）だが、維助は五尺八寸（約百七十六センチ）だ。

五寸も背丈の高い維助なのに、向き合っているいまは岩次郎のほうが大柄に見えた。

「手代さんが答えたことを、この場でしっかりとなぞり返してみなさい」

問い質《ただ》す口調には、いささかの容赦もなかった。

座に居合わせた職人たちは、岩次郎の口調の厳しさに驚き、息を詰めていた。

「技量の未熟な見習い職人の周旋なんぞは、井筒屋ののれんにかけてもできねえと……膳四郎は、あごを突き出して言いやがったんでさ」

露天風呂の模様を思い返した維助は、つい口調を尖らせた。

「おまえは井筒屋の手代さんに業腹《ごうはら》な思いを抱いているようだが、それは大きな了見違いだ」

維助を見据える岩次郎の目が、さらに鋭さを増した。座にいる全員が、番頭の遠松までもが、膝を動かして背筋を伸ばした。

「井筒屋さんは創業の日から今日にいたるまで、周旋の奉公人を念入りに吟味することで、店の評判を保っておられる」

膳四郎が言ったのと同じことを、岩次郎も口にした。目は維助を見据えているが、言葉は座の全員に聞かせていた。

「なにゆえおまえは、こともあろうに井筒屋さんに、見習い職人の口入れなどという愚かなことを頼んだりしたのだ」

岩次郎は静かな口調で、維助に問い質した。職人たちの目が維助に集まった。

「そんなこたあ、決まりきったことでさ」

維助はふてくされ気味に応じた。

他の職人たちの前で、岩次郎からさらし者にされている気分だったからだろう。

「なにが決まりきったことだ。わたしには、まったく分からない」

「そうまで言われたんじゃあ、黙っちゃあいられねえやね」

正座をあぐらに組み直した維助は、羽織っている半纏の袖《そで》をまくり上げた。

「日に二千枚という途方もねえ数を摺るには、相応の人手がいるに決まってやす」

毎日の摺りに、何人の職人が入用となるか。

高次と試し摺りを重ねて、職人の数をはじき出したと維助は話を続けた。

「十人もの職人を雇うのは、らくなことじゃねえ。高次と思案を続けていたさなかに、佐賀町の屋台鮨に出くわしたんでさ」

見習い職人を巧みに使い、安い値で鮨を食わせる屋台。その知恵を、早刷りに応用しようと考えたと維助は結んだ。

維助が話している間、岩次郎はひとことも口を挟まなかった。腹立ちゆえか、維助は時おりぞんざいな口調になったりもした。

それでも岩次郎は顔色も変えず、維助の言い分はすべて聞き取った。

「それで話は仕舞いなのか？」

「へえ……」

「ならば、わたしが早刷りをどう考えているか、もう一度しっかりと聞いてもらおう」

岩次郎が座り直すと、女中が麦湯を運んできた。全員に勧めたあとで、岩次郎は話を始めた。

「商いには、品物に見合った値段というものがある」

前置きのあとで、岩次郎は麦湯で口を湿らせた。

これから売り出す早刷りは、一部十文である。

長屋暮らしのこどもの小遣いは、一日二文。二文あれば、駄菓子屋で飴玉《あめだま》ならひと粒、せんべいならば四枚も買えるのだ。

職人の女房は、限られたカネをやりくりして毎日の暮らしを支えている。早刷り一部の代金は、こどもの小遣い五日分に相当するカネだった。

先行する瓦版を買い求める客に、長屋の女房連中は皆無に近い。瓦版売りも、最初から女房連中は相手にしてはいなかった。

しかし岩次郎は、長屋の住人こそが大事な客だと考えていた。

「今日の早刷りに出ていたあの話、もう読んだかい？」

長屋の井戸端や路地で評判を呼ばない限り、日に二千枚は売りさばけない。これが岩次郎の考えだった。

ならば、どうやって評判を呼び起こすのか。

なにより大事なことは、だれにでも読める工夫を凝らすことだ。

文字を読むのが苦手な者でも、絵なら分かる。

文字の代わりに、絵で描く。

文字は絵の補いに徹する。

これこそが早刷り一番の特長になると、岩次郎は確信していた。

弘太郎の書いた記事を、すぐさま絵に描く。それができる絵師の手配りを、岩次郎はすでに始めていた。

摺り職人の腕は、早刷りの出来栄えのよさを保つ要《かなめ》である。もしも摺りがぼやけていたら、十文も出して、だれが早刷りを買うというのか。

品物と値段が釣り合っていてこそ、ひとは得心して買い求める。

井筒屋が口入れする職人は、給金が割高である。が、給金が高くても、技量が伴っているのだ。

いいモノには、相応の値がついている。才覚で仕入れ値を抑えるといっても、そこには限りがある。

早刷りは、摺り職人の腕が命。

商いの根幹を危うくするような費えの倹約は、毒でしかない。

静かな口調で話し終えた岩次郎は、麦湯を飲み干した。

「浅はかな知恵しか浮かばなくて、とんだ了見違いをしでかすところでやした」

深くあたまを下げた維助は、心底から詫びた。

「始まる前に、しっかりとわきまえてもらえたならば、なによりのことだ」

岩次郎の顔つきも声音も、いつも通りに戻っていた。

相手の誇りを傷つけぬように、人前で叱責をしないのが岩次郎の流儀である。

しかし今回は、あえてその禁を破った。職人頭の維助をきつく叱ることで、他の職人たちにも、早刷り開業のこころざしを、いま一度思い返させるためである。

維助の度量の大きさと、優れた技量を、岩次郎は知り尽くしている。維助なら分かると信じたがゆえに、あえて全員の前できつい叱責をくれたのだ。

「みなにも、こころして早刷りと向き合ってもらおう」

「へいっ」

声の揃った短い返事が、座敷に響いた。

二十一

大川の川開きは、毎年五月二十八日である。

「五月二十八日、両国橋の夕涼みは今日より始まり、八月二十八日に終わる。茶店や見世物小屋、夜店も立ち並び、今夜より花火をともす」と『東都歳事記』にも記されている。

昨年十月の大地震で、江戸の町屋の多くが潰された。いっときは町が平べったくなっていたが、日を追って江戸は元気を取り戻していた。

季節は地震のあとでも、律儀にめぐってきた。

今年の冬は、何度も雪が積もった。春には向島土手や飛鳥山、上野寛永寺、深川大横川河畔などで桜吹雪が舞った。

そして夏を迎えた、五月二十五日のいまは。

大川端はどこの町の商家も、目前に迫った川開きの支度に追われていた。大地震の傷痕を吹き飛ばそうとして、今年の川開きはいつもの年以上に盛大だとうわさされていたからだ。

五月二十五日の八ツ（午後二時）下がり。売り屋頭の文太は、永代寺仲見世の茶店の縁台で、一服を吹かそうとしていた。

茶店『しみず』は、冬場の甘酒ときんつば、それに真夏の冷やし麦湯と水羊羹《ようかん》が売り物である。

「いただきやす」

前日から文太の配下となった京次《きょうじ》と克五《かつご》には、しみずの夏の名物ふたつが供されていた。

「好きにやってくんねえ」

煙草盆を膝に載せた文太は、種火にキセルをくっつけた。愛想よく答えたつもりだが、沈んだ声音は隠しようがない。

ふうっと煙を吐き出したさまは、まるでため息をついたかのようだった。

岩次郎が維助にきつい叱責をくれた、五月二十四日。その日の午後、井筒屋の手代がふたりの物売りを周旋してきた。

井筒屋との応対は、売り屋頭の文太にゆだねられていた。

「この者は京次と申します」

手代に顔つなぎされた京次は、文太にあたまを下げた。

「京次は魚河岸の魚金《うおきん》で、十五の歳から売りさばきを受け持ってきました」

手代はあらましを記した「人定め書」を、文太に手渡した。

京次はまだ二十二歳だが、魚河岸の若手のなかでも、京次の吟味の確かさは図抜けていた。

大地震の直撃を受けて、魚金当主は不慮の死を遂げた。いきなりあとを継いだ当主の弟は、算盤しか持ったことのない魚の素人《しろうと》だった。

そのくせ当主風を吹かせて、いい加減な指図を下そうとする。何度もぶつかった京次は、今年の五月初旬に暇をもらった。

しばらくは魚から離れていたいと思いつつも、京次はモノを売るのが好きな男である。物売りの腕が活かせる奉公先を求めて、京次は桂庵《けいあん》（口入屋）の井筒屋をたずねた。

日本橋葭町《よしちょう》には、江戸で一番大きい桂庵、千束屋《ちづかや》がある。が、魚河岸地元の千束屋には、周旋を頼みたくなかった。ゆえに京次は永代橋を東に渡り、井筒屋をおとずれた。

遠松は腕利きの物売りが十人以上ほしいと、井筒屋に伝えてあった。京次と面談をした井筒屋の手代は、遠松のつけた条件に京次はかなうと判じた。

早刷りの売り屋という仕事に、京次は気をそそられたようだ。

「よろしくお願い申し上げやす」

ていねいな物言いのあとで、京次は深くあたまを下げた。

振る舞いと物言いの両方が気に入った文太は、即決で雇い入れた。

「この男も、物売りの腕には覚えがあると申しております」

手代は克五を文太の前に招き寄せた。

「去年の十月初めまで、克五は賭場《とば》の出方《でかた》についておりました」

手代の顔つなぎは、尋常ならざる言葉で始まった。

「先《せん》の地震で、克五は母親を亡くしておりまして……」

母親と死別したことで、克五は賭場の出方をやめた。

克五が仕えていたのは、浅草花川戸の貸元《かしもと》、えびすの嘉六《かろく》である。

「おめえは出方の腕も大したもんだが、いい客を引き込む星の強さを持っている」

嘉六は克五の運の強さを高く買っていた。

嘉六の賭場は丁半のサイコロ博打《ばくち》が売りで、『いかさまなしの賭場』という評判が高かった。

丁半博打は、両方の駒《こま》（賭《か》け金）が揃わなければ、勝負が始まらない。

「半方《はんかた》に、あと十両足りやせん」

盆に賭けられた駒札を素早く勘定し、足りないほうの駒を賭けさせるのが出方の役目である。

出方の腕がわるければ、いつまでたっても駒が揃わない。そんなときは、賭場が足りない駒を埋めて勝負を始めたりもした。

ところが賭場の駒埋めは、いかさまにつながった。みずからの賭け金を、いさぎよく負けにする貸元は少ない。賭場が駒埋めをすると、壺振《つぼふ》りはサイコロの出目を賭場有利に操った。

克五は、張りのある掛け声と、身体から放つ気合とで、客を足りない目のほうにいざなった。

「丁半、駒が揃いやした」

克五が出方をつとめた盆は、駒の不揃いは一度もなかった。

「次の代貸はおめえだぜ」

去年の十月一日の夜、克五は嘉六から口約束を得た。

が、その翌日、賭場は大地震に襲われ、嘉六は命を落とした。

地震で落命したのは、嘉六だけではなかった。

十月二日の賭場は、いつも以上に賑わっていた。

江戸の大店は、一年に二回の節季払いで得意客と商いを進めた。

支払い時季は『盆・暮れ』『三月・九月』『六月・十二月』などのように、店ごとに異なる。が、半年に一度というのは、いずこの商家も同じだった。

九月は、この節季払いの集金月である。大店の多くは、十月月初はふところが豊かになった。

集金に明け暮れた九月を無事に乗り越えたことで、十月月初の大店の当主は、気持ちが楽になっている。

料亭で存分に酒肴を楽しんだのちに、賭場に足を運んだ。

大地震に襲われた十月二日の賭場は、大店の旦那衆で大いに盛っていた。当然ながら貸元は賭場に居合わせて、遊び客の借金願いなどを差配した。

次の代貸はおまえだと克五が口約束をもらったのは、一日の夜のことだった。

貸元が起居する母屋は、盆の開帳場所とは別棟である。普請にうるさい嘉六は、母屋は重たい本瓦《ほんかわら》葺《ぶ》きにしていた。

板葺き屋根とは異なり、本瓦は雨漏りがほとんどない。寒暖の変化も、屋根瓦が座敷への侵入をはばんでくれる。

本瓦葺きは費えはかさむが、板葺きとは比べ物にならぬほどに快適だった。

皮肉なことに、快適だった本瓦葺きの屋根が嘉六の命を奪った。母屋から逃げ出す間もなく、嘉六は瓦屋根に押し潰された。

板葺き屋根の賭場にいた克五は、さほどの怪我《けが》も負わずに助かった。

克五の母は、手もなく潰れた長屋の下敷きとなり命を落とした。

「なんでもいいんだよ。世間さまに顔向けのできる、真っ当な仕事についておくれ」

母親の口ぐせを、克五は遺言だととらえた。

嘉六の横死は、賭場に跡目争いを引き起こした。そのゴタゴタに嫌気がさしたこともあり、克五は渡世人稼業から足を洗った。

井筒屋の手代との面談で、克五は正直に出方だったことを明かした。そのうえで、おのれの特技を売り込んだ。

ひとの息遣いを読み取ることができる。

ひと目見ただけで、ものごとの先行きが見通せる。

「奉公先次第では、きっと喜ばれることでしょう」

特技を書き留めた「人定め書」の中身が気に入り、文太は克五も配下に引き入れた。

ふたりを引き連れて、文太は何軒もの商家を回った。売り込んだものは、早刷りへの広目（広告）掲載である。

高さが三寸（約九センチ）で、横幅は九寸（約二十七センチ）。

この細長い枠が、早刷り広目の基本枠である。

「うちで摺る早刷りは、見ての通りの大判でやしてね」

文太は早刷りの試し摺りを番頭に差し出した。菊判半切《はんせつ》の四つ切りという、堂々とした大判だ。

試し摺りの下部には、維助が彫った「梅乃湯温泉」の広目が、紅と墨の二色で摺られていた。

「これを毎日二千枚も、あっしら売り屋二十人が江戸中で売りさばきやす。長屋のカミさん連中が買って帰ったあとは、周りの十人に見せびらかしやす」

二千枚を十人が見れば、その数、じつに二万人ですと、文太は声の調子を上げた。

「早刷りに広目を載せてもらえやしたら、毎日、江戸で二万人のひとに売り文句が届くという次第なんでさ」

それだけ効き目がある広目が、一回たったの八両。

こう締めくくったあと、文太は番頭の顔を見詰めた。

「八両といえば、ゼニで四十貫文でさ。二万人の江戸っ子に、ひとりたったの二文という、ばかな安値でおたくさまの売り文句が届くという勘定でさ」

文太の売り込みを、京次と克五は感心して聞き入っていた。

ところが。

「せっかくのありがたいお勧めだろうが、うちはその手は見合わせることにしているから」

どこの番頭も、同じような断り文句を口にした。

二日間で、文太は二十三軒の商家に売り込んだ。その二十三軒すべてに、きっぱりと断られた。

ふうっ……。

文太の吐き出した長い煙の先端が、麦湯を飲み終えた京次の鼻先に届いた。

「あにいの売り込みは、はたで聞いているおれっちが買いたくなるほどに見事でさあ」

「まったくだ」

克五が調子を合わせた。

ふたりとも、正味で文太の売り込みに感心している。追従《ついしょう》ではないと分かっているだけに、文太は余計にやるせなかった。

まだ一口も、広目枠が売れてはいなかったからだ。

「明日っからは、あっしらにも売り込みをやらせてくだせえ」

仲見世通りを歩く参詣客が、つい足をとめた。それほどに、京次と克五は、威勢がよかった。

二十二

川開きを翌日に控えた五月二十七日は、朝から雨になった。

「散らばって座ってないで、もっと近くに集まってくれ」

朝の四ツ（午前十時）を過ぎた仕事場で、遠松が声を張り上げた。

仕上げ普請が続いている摺り場は、三十畳大の板の間である。四十人を数える職人が集まっていたが、三十畳は広い。

詰めなくても、充分に座ることができていた。

職人たちが詰め寄り終わったところで、岩次郎が姿を見せた。

「うおっ」

四十人が同時に、短い声を漏らした。声がひとつに集まると、どよめきのように聞こえた。

岩次郎は股引《ももひき》・半纏姿だった。うおっとどよめきが起きたのは、色味の派手さゆえだった。

股引は藍色よりも深みのある、藍錆《あいさび》色である。色味が深いだけに、職人の仕事着よりも上品さが感じられた。

半纏は鮮やかな紅梅《こうばい》色だ。

雨降りの日は、四ツどきといえども、薄暗さはぬぐえない。そんななかにあっても、紅梅色の半纏は、色味の鮮やかさを際立たせていた。

半纏の明るい紅梅色と、股引の藍錆色とは、いわば汁粉と紫蘇《しそ》の実漬《みづけ》のような間柄である。

正反対の相手を、互いに引き立てあっていた。

職人たちのどよめきが静まったのを見計らい、岩次郎はその場で立ち上がった。そして身体の向きを変えて、半纏の背中を全員に見せた。

静まっていた板の間に、もう一度、さきほどよりも一段と大きなどよめきが起きた。

『早刷り』

『深川釜田屋』

二行に分かれた楷書《かいしょ》の文字が、藍錆色で染め抜かれていた。

正面から見たときは、股引と半纏が色味を競い合っている。

後ろ姿のときは、半纏の背中で二色が色比べをしていた。

「明かり取りを、半分だけ閉じなさい」

岩次郎の指図で、職人たちが素早く動いた。板の間の両側には、大きな明かり取りの窓が都合六カ所も拵えられていた。

板の間は、摺りの仕事場である。摺り仕事には、なによりも明るさが大事だ。大きな窓には、杉の引き戸が普請されている。職人たちは、その引き戸を半分だけ閉じた。

板の間の明るさが半減した。

「この明るさは、夏場の七ツ半（午後五時）の見当だ」

岩次郎は職人たちの前で、もう一度身体をぐるっと回した。七ツ半見当の薄暗さのなかでも、股引と半纏は、はっきりと見てとれた。

背中の屋号の染め抜きも、色味の鮮やかさにも、いささかの変わりもなかった。

釜田屋の新しいお仕着せをしっかりと見せてから、岩次郎は腰をおろした。

板の間が静まり返った。

「明日は、いよいよ川開きだ」

落ち着いた口調だが、凛《りん》と立っていた。

「いまこの場にいる四十人は、だれもが早刷りにたずさわる者ばかりだ」

岩次郎が言葉を区切ると、遠松が帳面を開いた。

「職種を読み上げるから、その場に立ちなさい」

最初に読み上げたのは、売り屋の十人である。文太を含めて十人の売り屋が立ち上がった。

「耳鼻達と絵描きで、合わせて十五人」

「へいっ」

弘太郎が、威勢のいい返事と同時に立ち上がった。十四人の男が続いた。

「彫り師が五人に、摺り師が十人だが、揃ってるか」

「揃ってやすぜ」

維助と高次の声が重なりあった。板の間が揺れて、十五人の男が立ち上がった。

売り屋や物書き、耳鼻達などに比べて、摺り師は身体つきの頑丈な職人が揃っていた。

「全員が勢ぞろいしているのは、よく分かった」

四十人を座らせてから、岩次郎は話に戻った。

「明日は八ツ（午後二時）過ぎから、全員がこのお仕着せ姿で両国橋に出向いてもらう」

花火見物には、両国橋周辺が一番である。なかでも両国橋は、とっておきの場所だった。

なにしろ橋の目の前に舫われたはしけから、百発以上の花火が打ち上げられるからだ。

二十八日の両国橋は昼過ぎから、見物客が橋の両側に陣取りを始める。

「橋が落ちるから、二列以上に座ってはだめだ」

両国橋の橋役人が怒鳴り声を発して、見物人を橋の両側に追い払った。

凄まじい人出となるが、幅広の橋の真ん中は充分に行き来ができる。

揃いのお仕着せを着た四十人が、東詰から西詰へ渡ったとしたら……。

「そいつあ、たいへんな評判を呼ぶぜ」

「派手なお仕着せが、ひときわ目立つてえもんだ」

職人たちが、弾んだ声を交わし合った。

「おまえたちに見せたいものがある」

岩次郎の目配せを受けた維助は、配下の彫り職人たちに指図を与えた。

「へいっ」

彫り職人は、周りの面々に見本版を配り始めた。

『大判早刷り、近々登場』

弘太郎が書いた記事を、維助が彫り、高次が摺った見本版である。読みやすいかな文字の記事の中身を、絵が補っていた。

摺り色は、紅色と墨の二色。記事下には高さ三寸・幅九寸の枠が構えられていた。

「深川の塩温泉」

「たったの十二文で、極楽気分」

大きな惹き文句の広目が、早刷りの出来栄えを高めていた。

「大した広目やが……」

本多屋壮助が、文太に目を向けた。見本版の広目売り込みに、本多屋はいささかもかかわってはいなかった。

「こんな大きな広目を出してもええと、梅乃湯はんは承知されてますのか?」

「あたぼうでさ」

文太の代わりに、京次が梅乃湯とのやり取りを話し始めた。

文太が梅乃湯と広目の掛け合いをしたのは、昨日の昼過ぎだった。いままでの試し摺りにも、梅乃湯の広目は摺られていた。

しかし川開きで配るのは、広目売り込みの商家ではない。本番の早刷りを買ってもらう、一般の客である。

いかに見本版とはいえ、いままでの試し摺りの中身をそのまま使ったのでは、効き目が薄い。

「新しい広目を、しっかりと摺らせていただきてえんで」

梅乃湯当主と掛け合った文太は、目に力をこめて訴えた。

「かならず、大きな効き目がありやす。あっしを信じてくだせえ」

文太の目の色を見た梅乃湯の当主は、くどいことを言わずに広目出稿《しゅっこう》を引き受けた。

見本版ゆえ、広目料はいままで通りにただでいいと申し出た文太を、当主は強くたしなめた。

「無料で始めた付き合いで、途中からカネを取るのはまことにむずかしい」

新しく始める早刷りに自信があるなら、無料だなどと安易な申し出をしてはいけない。

効き目があると判じたから、広目を出すのだ。義理で出すわけではない。

値引きという安易な餌《えさ》で釣り上げた客は、値引きをやめたらすぐさま離れる。

「広目を出すからには、言い値で買わせてもらおう。八両の値に見合うだけの効き目を、しっかりと作り出してもらいたい」

梅乃湯の当主の言葉を、文太は身体に刻み付けた。

「おれは売り込みの根っこのところで、大きな了見違いをしていたぜ」

京次と克五に対して、文太はこだわりなくおのれの過《あやま》ちを認めた。

「あっしらも、梅乃湯さんから教わったことを、肝《きも》に銘じやす」

若いふたりが、きっぱりと言い切った。

「揃いのお仕着せ姿で、見本摺りを配ってくれ」

遠松の指図に、威勢のいい返事が板の間に響いた。

二十三

高い空の果てまで青く澄み渡った、五月二十八日の六ツ半（午前七時）。

仕上げ普請を終えた釜田屋の板の間には、四十人の職人が顔を揃えていた。

「今朝はいつにも増して、朝飯をしっかりと食ってくれ。そのことが、今日の上首尾を呼び込んでくれる」

「いただきやす」

職人たちが箸を手に取った。

しじみの味噌汁をすする音。

生卵を鉢にぶつけて、殻を割る音。

醤油さしを手にとる音。

狐《きつね》色の焦げ目がついた鰺の干物を、箸でほぐす音。

四十人の男が、一斉に朝飯を食べ始めたのだ。三十畳大の板の間は威勢のいい音と、生唾がわきだす香りに満ちていた。

朝飯は、四半刻（三十分）もかからずに終わった。調理も、炊き上がった飯の給仕も、まことに滑《なめ》らかに運んだからだ。

川開きの日には、二千枚の見本刷りを両国で配る。それを上首尾に成し遂げて、早刷りの商いに大きなはずみをつける。

岩次郎は、早くからこのことを決めていた。ゆえに二十八日は、朝餉《あさげ》の支度から縁起を担いだ。

「料理人四人と仲居八人を、四十人分の朝飯支度に差し向けていただきたい」

遠松ではなく、岩次郎当人が江戸屋の女将と掛け合っていた。

元禄年間の初めに創業した江戸屋は、大川の西側にも名を知られた格式高い料亭である。

江戸屋は創業当初から、代々の女将が富岡八幡宮氏子《うじこ》総代を務めていた。しかも夏の本祭にあっては、女将も女神輿の梶棒《かじぼう》に肩をいれた。

去年の大地震では、深川の商家も民家も深手を負った。町の復興につながることを、江戸屋の女将はなによりも喜んだ。

「釜田屋さんの早刷りが評判を呼べば、深川にもさらに威勢が戻ってきます」

岩次郎の頼みを、女将はこころよく引き受けた。

美味くて縁起のいい朝飯を食べ終わった四十人は、梅乃湯に向かった。

露天風呂で身体を清めたのちに、お仕着せに着替えた。

「両国橋まで、人通りの多い道を選んで歩くぜ」

「がってんだ」

維助の指図に、男たちの短い返事が揃った。

二十四

維助が先頭に立った一行は、通りを行き交う者にお仕着せを見せびらかしながら歩いた。

小名木川に架かる高橋を北に渡ったのは、四ツ半（午前十一時）の手前だった。

「あのひとが着ている半纏には、なんて書いてあるの？」

父親に手を引かれたこどもが、甲高《かんだか》い声で問いかけた。

「深川釜田屋、早刷りと染め抜いてあるけどよう」

「はやずりって、なんのこと？」

「おれも知らねえ」

薄手の半纏を着た父親が、首をかしげた。

深川と本所を南北に結ぶ大路《おおじ》には、ひとがあふれている。女房とこどもを引き連れた、職人姿の男が数多く目立った。

屋外の普請仕事には、今日はなによりの上天気だ。四ツ半過ぎのいまは、昼飯前の仕事真っ盛りの時分である。

ところがこどもと手をつないだ職人風の男が、群れになって本所の辻を目指していた。川開きの花火見物で、仕事休みをもらったのだろう。とはいえ花火が始まるのは、まだ半日以上も先の話だ。

少しでも見やすい見物場所の陣取りに、女房もこどもも一家総出で向かっていた。

「おいちゃんたち、すっごくきれいな半纏を着ているよ」

「ちゃんも、あんなの着ればいいのに」

大路をゆっくりと歩く維助に、こどもの声が聞こえた。維助が笑いかけると、こどもも笑顔を拵えて手を振った。

四十人全員が、揃いの布袋を肩から斜めに提げていた。

布袋の生地は、股引と同色の藍錆色である。袋の表面には目に鮮やかな紅梅色で、「早刷り」の大きな文字が描かれていた。

親の手をふりほどいたこどもたちが、四十人の男の列に駆け寄ってきた。こどもには維助たちの身なりも、肩から提げている布袋も、めずらしくて仕方がないのだろう。

足取りをはずませたこどもたちが、お仕着せ姿の隊列に並んで歩き始めた。

「これを、ちゃんとおっかさんに渡してくれ」

歩みをとめずに、維助は見本刷りをこどもに渡した。墨と紅色の二色で摺られた、色鮮やかな早刷り見本である。

大判の下部には、梅乃湯の広目が刷り込まれていた。

心地よさそうな顔の男たちが、露天風呂に浸かっている挿絵が、広目を飾っていた。

文字は読めなくても、絵はこどもにも分かる。

「おいらにもちょうだい」

「あたいもほしい」

こどもの小さな手が、四方から差し出された。群れの後ろに追いやられた子は、半泣き顔になっている。

「泣くこたあねえ」

米屋の店先を通り過ぎたところで、維助は足をとめた。こどもたちが声をあげて、お仕着せ姿の四十人に群がった。

「この子らには、ここで配ってやんねえ」

維助の指図を聞いて、こどもの歓声が一段と大きくなった。

両国橋までは、まだ半里（約二キロ）近くの道のりを残していた。が、目の色の変わったこどもたちが、次々に手を突き出してくる。

両国橋のはるか手前の辻で、三百枚の早刷り見本がこどもの手に渡った。

受け取ったこどもは、すぐさま父親に手渡した。

「みねえな、おっかあ」

見本刷りに目を通した父親は、女房に梅乃湯の広目を見せた。

「仲町の梅乃湯てえ湯屋には、塩湯の露天風呂があるらしいぜ」

「なんのことさ、塩湯って」

見本刷りを手にしたおとなが、あちこちで広目や記事を話題にしていた。

「おもしれえもんが、売り出されるみてえだぜ」

「一部十文でこんなでけえ紙が手にへえるなら、買っても損はねえやね」

見本刷りの評判は上々である。陽を浴びた維助の顔が、大きくほころんでいた。

二十五

六月二日も三日続きの雨のまま、暮れ六ツ（午後六時）を迎えた。

永代寺の僧侶は雨だからといって、撞き方を変えているわけではない。しかし本多屋壮助、文太、京次、克五の四人には、暮れ六ツの響きはことさら重々しく聞こえていた。

本鐘の六打目が鳴り始めたとき、文太はキセルを煙草盆の灰吹きにぶつけた。

「こうやって、互いに渋い顔を見合わせていたところでよう。なにも埒《らち》はあかねえやね」

使いふるした煙草盆で、灰吹きの竹は縁《ふち》が欠けている。キセルがぶつかっても、小気味のよい音は立たなかった。

「そらまあ、文太はんの言う通りやが、渋い顔になるのも無理はおまへんやろ」

四人のなかでは、四十五歳の壮助が最年長である。場の雰囲気を読むことに練れている壮助は、やんわりとした口調で文太に話しかけた。

「わてを含めて、売り込みがあんじょう捗《はかど》ってないさかい……」

壮助も煙草のみである。言葉を区切り、一服を吸い込んだ。吐き出した煙は、甘い香りだった。

「ついつい、気持ちがだれてしまいますわなあ」

壮助も文太同様に、灰吹きの竹がボコボコになった煙草盆を使っていた。

が、キセルのぶつけ方が巧みなのだろう。雁首があたると、スコンッと乾いた音がした。

「もういっぺんここで、なんでうまいこと運ばへんのか、見直してみるのも大事や思うけどなあ」

雨の日の暮れ六ツは、宵闇《よいやみ》の足が早い。四人が座っている板の間は、すっかり暗くなっていた。

壮助が新しい一服をつけた。刻み煙草が真っ赤に見える。壮助がキセルを動かすと、煙草の火も一緒に動いた。

色味はまるで異なるが、闇に溶けた岸辺を飛び交うホタルのように見えた。

五月二十八日の見本刷り配りは、すこぶる上首尾に運んだ。

「七月に売り出す段取りの、早刷りでござい」

「絵がたっぷりで、こどもでも見れば分かるてえ趣向でさ」

「一部十文だが、今日はただで持ってってもらいやす」

人ごみで立ち止まったあと、文太・京次・克五が、張りのある声で口上を告げた。

三人が口を閉じるなり、ひとの群れから手が突き出された。

最初の配りは八百枚と決めていた。四十人の配り手ひとりあたり、わずか二十枚である。

あっという間に、八百枚はなくなった。

「次は八ツ（午後二時）の鐘のあとで、またここで配りやす」

残りの見本刷りも、回向院《えこういん》の撞く八ツの本鐘が鳴り終わる前には、すっかり配り終えていた。

「こいつあ、面白い趣向だぜ」

「早く本番を売り出してくんねえな。おれは毎日買うぜ」

見本刷りの評判は、すこぶるよかった。多くの者が、一部十文なら毎日買うと言い切った。

「深川にこんな湯屋があったなんて、まったく知らなかった」

「今度の仕事休みには、ガキとおっかあ連れて、塩温泉てえのにへえりに行くぜ」

二色刷りの梅乃湯の広目も、大好評を博した。

「この大評判は、あっという間に深川にも聞こえてくるぜ」

見本刷りの手ごたえのよさは、尋常ではなかった。文太たち売り屋は往来にいるのも忘れて、肩を叩き合って喜んだ。

二十八日の夜は、百発の花火が打ち上げられた。

「たあまやあーーー」

「かあぎやあーーー」

一発上がるごとに、玉屋、鍵屋の掛け声が両国橋に満ちた。

「かまたやあーーー」

早刷りの売り屋は息を揃えて、釜田屋の屋号を夜空にむけて打ち上げた。

川開きの花火で、江戸は夏本番を迎える。大川端の商家は川開きの翌日から、一斉に夏物ののれんを店先に垂らした。

冬場ののれんに比べて、生地は薄手だし、色は浅い。町の色味が前の日よりも、一段、明るくなっていた。

深川の町が夏模様になった、五月二十九日。文太たち売り屋と本多屋壮助は、四ツ（午前十時）過ぎから広目枠の売り歩きを始めた。

両国橋で目の当たりにした大好評で、売り屋は身の内に熱いものを抱え持っていた。

「七月からの売り出しを、江戸中のひとが待ってやす」

「初日の早刷りは、こちらさまの広目で飾ってくだせえ」

売り屋も壮助も、威勢のいい口調で売り込みを始めた。前日の評判は、きっと深川にも聞こえていると信じ込んでいたからだ。

「先《せん》にもこのことは、お断りしたはずだが……」

応対に出てきた商家の番頭は、相変わらずである。それも一軒、二軒のことではなかった。

「深川の番頭さんたちは、耳が遠くなっちまったのかよ」

その夜、売り屋の面々は口を尖らせた。

この日は十人の売り屋と、壮助が売り込みに回った。ただのひとりも、広目枠の売り込みを果たしてはいなかった。

「昨日の今日じゃあ、打ち返しが鈍くても無理はねえ」

「川開きの翌日は、毎年、町が半分眠ってるからさ」

やぐら下のまねきに繰り出した売り屋衆は、江戸の地酒でこの日の不できを洗い流した。

しかし、日が過ぎても事情はよくならなかった。

「効き目は、思いのほかよくはなかった。大いに楽しみにしていただけに、残念だ」

梅乃湯当主にも、効き目がなかったと失望された。

見本刷りは、間違いなく二千枚すべてを配布した。しかも無理に押しつけたものは、ただの一部もなかった。

だれもが手を突き出して、ほしい、ほしいと奪い取ったのだ。

「深川に出かけたときには、かならず梅乃湯をのぞくからさ」

こんな声も限りなく聞いた。

「明日にでも、浸かりに行くぜ」

世辞ではなく、正味で梅乃湯にすぐさま出かけると言った者も、文太は何人も見ていた。

六月一日になっても、広目を見て梅乃湯をおとずれた客は、わずか八人どまりだった。

「見本刷りと本番の早刷りとでは、効き目も違うだろう」

見本刷りの効き目が薄かったからといって、梅乃湯の当主は声を荒らげはしなかった。

それどころか、早刷り本番初日の広目を、注文までしてくれた。

「お互いさまだ、しっかりやりなさい」

当主に力づけをされた文太は、顔を上げることができなかった。

効き目の薄さに、梅乃湯当主は明らかに失望していた。それが伝わってきただけに、文太はやるせなくて顔が上げられなかった。

「絶対に、こんなはずはねえ」

文太がキセルを灰吹きに叩きつけた。力が強すぎて、竹がへこんだ。

二十六

六月五日になっても、雨は一向に上がる気配がなかった。

やぐら下のまねきは、本瓦葺きである。太い雨粒が瓦を打ち続けていた、七ツ半（午後五時）過ぎ。

まねきの土間には、文太を含めて十人の売り屋と、本多屋壮助が集まっていた。

「雨続きのなかの売り込みは大変だろうてえんで、おかしらからねぎらいの酒をいただいた」

配下の売り屋衆に向かって、文太は岩次郎のことをおかしらと呼んだ。

「売り込みがうまく捗らなくて、みんな、くさくさしてるだろうが、それはおれもおんなじだ」

「わてもそうや」

わきから口を挟んだ壮助に、文太は強くうなずいた。壮助も一緒の売り屋仲間だと、みなに分からせるうなずき方だった。

「知っての通り、早刷りは七月一日から毎日売り出す段取りだ」

文太は卓に座った面々を見た。

あらためて言われるまでもなく、七月一日が初日だとだれもが分かり切っていた。

「今日は六月五日だから、もうひと月も残っちゃあいねえ。それなのに、売り込みの具合はまるっきりだめだ」

売り屋たちが、こわばった顔で文太を見た。文太は、不意に目元をゆるめた。

「うまく運ばねえからといって、目つきを尖らしてたらよう。気持ちばかり先走って、ろくなことにはならねえ。おかしらは、それを案じていなさった」

今夜のまねきには、ほかの客はへえってこねえ……文太は、大きくほころんだ顔を拵えた。

「今日は好きなだけ呑んで、明日っから目一杯に売り歩こうじゃねえか。今夜の飲み食い代は、そっくりおかしらのおごりだからよう」

文太が言い終わるのを待って、おゆきがチロリを運んできた。灘の燗酒《かんざけ》がはいった、三合の大きなチロリである。

「燗酒は灘の福千寿だ。どんだけ呑んでも、明日には残らねえという上物だからよう。今日までの不ツキは、福千寿にきれいさっぱりと洗い流してもらおうじゃねえか」

全員の盃が満たされたのを確かめて、文太が最初に飲み干した。売り屋の面々があとに続いた。

見本刷りの広目は、効き目が薄かった。にもかかわらず、梅乃湯の当主は文太に不満をぶつけることはしなかった。

「初摺りは、うちの広目で飾ってもらおう」

早々と、初日号への広目出稿を決めてくれた。男気に富んだ梅乃湯当主の振る舞いに、文太たちは大いに勢いづいた。

「梅乃湯さんのご恩に報いるためにも、あとに続く広目を売りまくるぜ」

降り続く雨もいとわず、売り屋たちは商家に売り込みをかけた。

ところが。

「おたくさんたちの甘い言葉に乗ったばかりに、梅乃湯さんは大損をこうむったそうじゃないか。その次第は、あたしの耳にも入っています」

応対に出てきた番頭や手代頭は、冷えびえとした物言いを売り屋にぶつけた。

「梅乃湯のご当主は、ああいうご気性のかただからねえ。文句も言わず、初日号の付き合いまで決められたそうだが、うちはそんな甘いことはしない」

番頭はあごを突き出した。

梅乃湯の当主は外に向かっても、ひとことの文句も口にしてはいなかった。そんな当主のあり方を見て、釜焚きだの下足番だの、三助《さんすけ》だのの奉公人が、強い怒りを募らせた。

「旦那様のひとのよさにつけ込んでよう。一度ならまだしも二度までも、あんな紙くずの早刷りに載せる広目を、八両てえ高値で売りつけやがって」

腹立ちのおさまらない奉公人たちは、話に尾ひれをつけて周りに言いふらした。

わるいうわさは、韋駄天《いだてん》である。深川をかけめぐるうちに、話はとめどもなく大きく膨らんだ。

「売り屋を名乗る連中が、束になって梅乃湯の釜焚き場に押しかけたてえんだ」

「そいつあひでえや」

「なかのひとりは、火のついた薪ざっぽうを振り回してよう。広目を出さねえなら、薪の山に火いつけると凄んだらしい」

わるいうわさは、文太たちの知らないところで膨らみ続けた。

「釜田屋さんともあろうものが、そんなあこぎな売り込みをするとはねえ……」

行く先々の商家で、売り屋は顔をしかめられた。

「なんだっておれたちは、あんな根も葉もねえことを言われちまうんでえ」

新しく雇い入れられた売り屋たちは、顔を見交わしてため息をついた。

うわさは岩次郎と遠松の耳にも届いていた。

「うちを貶《おとし》めるうわさの火元には、見当はついている」

それがだれだとは、岩次郎は口にはしなかったが……。

「ひでえことを言いふらしているのは、初田屋の連中にちげえねえ。そうでやしょう?」

文太は鼻の穴を膨らませて岩次郎に問うた。岩次郎は返事をしなかったが、それは違うと否《いな》むこともしなかった。

売り屋の面々は互いにうなずき、業腹な思いを声高に交わし合った。

そのざわめきが鎮まったのを見定めてから、岩次郎は文太に目を合わせた。

「おまえたちの振る舞いには、いささかの落ち度もない。うわさなどは気にせず、しっかりと売り込みを続けなさい」

岩次郎はねぎらいの言葉だけではなく、験直《げんなお》しの酒盛り代を文太に手渡した。

「おかしらは、なにがあっても早刷りを始めると、肚《はら》をくっていなさる」

岩次郎は売り屋の振る舞いを信じている……それを聞かされて、全員が顔つきを引き締めた。

新しい燗酒を運んできたおゆきは、大きなチロリを文太の卓に置いた。

「あたしにひとつの思案があるんだけど……」

おゆきは文太に、小声でささやいた。小声なのに、周りに伝わったのだろう。土間が静まり返った。

二十七

六月五日の雨は、初田屋の屋根も叩いていた。

普請の費えにつましい初田屋昌平は、屋根のほとんどを板葺きにしていた。瓦を使っているのは、昌平が寝起きをする十二畳の居間だけだ。

帳場の屋根も板葺きである。上がり框《かまち》の先の三坪の土間には、ポツッ、ポツッと雨粒が垂れ落ちていた。

昌平にはしかし、雨漏りは気にならないらしい。笠をかぶり、垂れてくる雨をよけながら、土間の掘り返しを始めた。

昌平がしわいのは、普請の費えだけではなかった。明かりの油代にも口うるさい。ろうそくを使うなどは、もってのほかだ。版木を彫り、読売を摺る仕事場の明かりでも、行灯《あんどん》しか許さなかった。

使用人にうるさく言うだけではない。昌平はおのれの暮らしの明かりにも、ろうそくや菜種油などをむやみに使うぜいたくは許さなかった。

なにによらず、おのれのカネを遣うのがいやなのだ。明かりが暗かろうが、メシが冷めていてまずかろうが、そんなことはどうでもいい。

カネが手元から出て行きさえしなければ、なんら暮らしに不便は感じなかった。

昌平が穴掘りをしている土間には、瓦灯《がとう》がひとつだけ置かれていた。

素焼きの器に安価なイワシの魚油《ぎょゆ》を注ぎ、イグサの芯をひたしたものが瓦灯である。

細い芯の明かりは頼りないし、油が燃えると生臭い。

裏店《うらだな》の貧乏所帯でしか使わない、つましい明かりが瓦灯だ。しかし昌平には、生臭さも乏しい明るさも、安いがゆえに苦ではなかった。

土間を一尺半（約四十五センチ）掘り下げたところに、昌平はふた付きの瓶《かめ》を埋めてある。さまざまな種類の証文を、油紙に包んで詰めた瓶である。

土間を掘り返すときは、昌平は砂津鐘といえども帳場に近寄ることを許さなかった。

昌平は穴掘り用に、小型の金鍬《かなくわ》を誂えていた。柄の長さが一尺、さき（土を掘る金具）が七寸（約二十一センチ）の金鍬なら、五尺（約百五十二センチ）しかない昌平でも楽に扱えた。

しかも屋根から漏れ落ちた雨水が、土間の土をやわらかくしている。掘り始めて幾らも経ぬうちに、金鍬の先がふたにぶつかり、コツンと音を立てた。

昌平は金鍬を土間におき、しゃがんだまま伸びをした。ふうっと息を漏らしたら、瓦灯の細い明かりが揺れた。

伸びをしてから立ち上がった昌平は、土間の隅に移った。屋根の隙間から、ポタリ、ポタリとひっきりなしに雨水が垂れ落ちている場所だ。

酒屋から巻き上げた四斗樽が、雨水受けにおいてあった。

若い者に言いつけて、昼前に一度カラにしていた。が、安普請の屋根は、雨漏りがひどい。七ツ半（午後五時）のいまは、半分以上も雨水が溜まっていた。

昌平は樽に手を突っ込み、土間の土を洗い落とした。溜まった雨水は、お誂え向きの手水《ちょうず》なのだ。

帯にはさんだ手拭いで手を拭いてから、瓶まで戻った。

ふたを取ると、油紙の包みが見えた。しゃがんだまま、昌平は帳場のほうに振り返った。

ふすまはきちんと閉じられていた。ひとの近寄ってくる物音がしないことを確かめてから、昌平は瓶から包みを取り出した。

右手に油紙の包み、左手には瓦灯を持った昌平は、上がり框に腰をおろした。もう一度ひとが近寄ってくる気配のないのを見定めてから、包みを開いた。

半紙一枚を二つ折りにした、ぺらぺらの証文。

何枚もの紙を束ね、端をこよりで綴じた証文。

厚紙を用いた沽券状。

種類も形も異なる証文が、三十通以上も油紙に包まれていた。

半紙一枚のものは、どれも貸金証文である。ぺらぺらの証文だけで、二十通を超えていた。

貸金証文の束の一枚目は、なんと手下の砂津鐘が差し入れたものだった。

昌平はそれを手に取った。

瓦灯の頼りない明かりが、証文をぼんやりと照らしている。

『金五十両也』

砂津鐘は、五十両の借金証文を昌平に差し入れていた。雨漏りを笠に受けながら土間を掘り返したのは、砂津鐘の証文を取り出すためだった。

読み進んでいるうちに、昌平の目つきがいやらしくゆるんだ。

『安政三年六月十日をもって、元金五十両と利息五両の一切を返済いたします。約定《やくじょう》を違《たが》えたときは、いかなる仕置きをも受け入れます』

証文の末尾には砂津鐘の署名と、墨肉の爪印《つめいん》が押されていた。

爪先に墨肉をつけ、印形《いんぎょう》の代わりに押して証とするのが爪印だ。

署名は、砂津鐘当人が書いたものである。

「あっしはそんなものを書いた覚えはねえ」

たとえ砂津鐘が言い張ったところで、爪印が押してあるのだ。

砂津鐘の爪の形と、押された爪印とを照らし合わせれば、言い逃れはできない。

元金と利息の合計五十五両の返済期日が、五日後に迫っていた。

昌平が薄笑いを浮かべた。

瓦灯の生臭さが、いきなり強くなった。

二十八

「なんでえ、思案てえのは」

文太の声が、土間に響き渡った。思いもよらないことを聞いて、声の加減を忘れていた。

「そんなにおっきな声で言われたら、話すのがきまりわるくなっちゃうじゃない」

おゆきの頬が赤くなった。

「すまねえ、おゆきさん。でけえ声を出したりして、かんべんしてくだせえ」

立ち上がった文太は、軽くあたまを下げて詫びた。

おゆきが維助にこころを寄せているのは、文太も知っている。維助に対する遠慮から、ついついていねいな物言いになった。

「そんな……あたしに詫びたりしないでください」

おゆきの頬が、ますます赤くなった。

「そんなことは、とりあえずわきにおいといてもろて」

腰掛から立ち上がった壮助は、おゆきに近寄った。

「思案というのんを、わてらにも聞かせてもらえまへんか」

どうやねん、みんなはと、壮助は売り屋衆に問いかけた。

「ぜひとも聞かせてくだせえ」

京次が大声で応じた。

腰掛から立った売り屋の面々が、おゆきを取り囲んだ。

「分かりました」

きっぱりと答えたおゆきは、壮助に目を合わせた。

「広目の隅に、福引札みたいなものを摺ったらどうかなあって思ったんです」

おゆきは帯にはさんでいた、福引札を取り出した。

深川は材木の町である。木場の材木問屋には、杉の木っ端《こば》は幾らでも転がっていた。

仲町の商家とやぐら下の飲み屋や一膳飯屋は、盆暮れの二回、福引大売出しを行った。

商家も飲み屋も飯屋も、百文のカネを遣った客に一枚の福引札を配った。杉の木っ端をカンナで削り、屋号を墨押ししたものが福引札である。

夏場は八月十二日から十六日までの、盆の五日間。冬場は十二月二十二日から二十六日までの五日間。仲町の辻に、よしず張りの福引小屋を拵えた。

杉箱のなかに、小豆が詰まっているのが福引箱だ。札一枚で、福引一回である。客は箱のなかから、ひと粒の小豆を摘《つま》み出した。

金色に塗られた小豆が一等賞で、賞品は米三俵。塩一升の五等賞まで用意されていた。

「百文の買い物で米三俵が当たったら、いい正月になるぜ」

福引は大きな評判を呼び、いまではわざわざ大川を渡って買い物客が押し寄せてきていた。

「そいつあ、まったく妙案だ」

文太が土間で小躍りした。

文太配下の若い者より先に、本多屋壮助が福引札を手に取った。

杉の木っ端をカンナで薄く削ったものに、墨の印が押してある。おゆきが帯に挟んでいたのは、まねきが客に配った福引札の余り物だった。

『やぐら下　まねき』

屋号の左脇には『安政二年八月』の文字が記されていた。

去年の十二月は、深川にはまだ大地震の傷痕が深く刻みつけられていた。

「さすがの深川も、地震には歯が立たなかったのか」

去年の十二月下旬、福引目当てに他所《よそ》からおとずれた者は、ため息をついた。

おゆきの手元に残っていたのは、地震前の福引札である。

「ほんまにええ知恵や。正味なところ、びっくりしたわ」

軽々しくはひとを褒めない壮助が、両目を見開いて福引札を見詰めていた。

「そいで、おゆきさん……」

文太は顔つきも口調もあらためて、おゆきを見た。

「福引札みてえなものと言ったと思うが、どんな思案を持っていなさるんで？」

「そんなにあらたまった物言いをされると、答えるのが照れくさいけど」

答える前に、おゆきは大きく息を吸い込んだ。気を落ち着けてから、文太に向き直った。

「広目が摺られた早刷りを持ってきたら、たとえば小物をおまけにつけるとか、値引きをするとか、なにか得することがあればいいと思うんだけど……」

うちも広目を出さしてもらいます、そして日替わりの小鉢をひとつ、おまけにつけます……おゆきはすでに光明と、まねきがなにをするかの思案も固めていた。

「おとっつあんが拵える小鉢のなかから、日替わりで一品、おまけ用の別誂えを拵えます」

小鉢によそう量は、売り物よりも減らす。しかし味付けはまったく変えないというのが、光明の考えだった。

「おまけの小鉢を気に入ってもらえたお客さんには、次からおカネを払って注文してもらえます。おまけの費えぐらいは、次からいただく注文で幾らでも取り返せますから」

売り上げが増えれば、費えは回収できる。盆暮れ二回の福引の大成功で、仲町の商家はどこもそのことを知っている。

これがおゆきの言い分だった。

「広目のおまけが評判になれば、早刷りだって、さらに多く売れるでしょう?」

おゆきは目に力をこめて、文太を見た。

「いやはや、めえりやした」

文太は大げさな身振りで、卓のうえに両手をついた。参りましたと、身振りで示した。

おゆきがまたまた頬を赤らめて、文太にやめさせた。身体を起こした文太は、真《ま》っ直《す》ぐにおゆきを見詰めた。

「本来なら、おれたちがその知恵をひねり出さなきゃあならねえところだ」

わきに立っている壮助は、何度も深くうなずいた。

「広目まで出してもらって、さらにこのうえもねえ妙案まで授けてもらえたんだ。両手づきをするぐれえは、当たり前のことでさ」

文太は配下の者にあごをしゃくった。

「ありがとうごぜえやす」

「ほんまにおおきに」

売り屋と壮助の礼の言葉が、まねきの土間に大きく響いた。

「やるじゃねえか」

流し場にいる光明は、ひとりごとをつぶやいて娘を褒めた。両方の目元が、大きくゆるんでいた。

二十九

「見事な思案だ」

文太の話を聞くなり、梅乃湯の当主多七《たしち》は膝を打った。

「盆暮れ二回の福引には、うちは仲間入りをさせてもらえなかったが……」

多七の口調からは、隠し切れない口惜《くや》しさが感じられた。

梅乃湯のような湯屋稼業は、福引に加わることができないのだ。

多七は、福引目当ての客がほしいわけではない。福引という、その土地が賑わう祭りに加わりたかった。

広目ながらも、多七の強い願いはこれでかなうことになるのだ。

「広目持参の客に湯銭を値引きしても、さほどにおもしろい趣向じゃない」

気を大きく高ぶらせた多七は、その場であれこれと思いつきを口にした。多七の喜ぶ思いを強く感じ取った文太は、一緒になって思案を始めた。

腕のいい売り屋というのが、文太の大きな自負である。ところが今回の広目思案においては、おゆきに大きく先を越された。

なんとしても梅乃湯さんには、妙案を思いつきたい……気合をこめて思いを巡らせていたら、口のなかがカラカラに渇いた。

番茶で構わねえ。いますぐに一杯呑ませてもらいてえ。

あたまのなかに、湯気の立つ番茶を思い描こうとした。そのときいきなり、思案が浮かんだ。

「冷たい麦湯……」

話し始めたが口のなかが渇ききっていて、舌がうまく回らない。

「麦湯がどうかしたのか？」

問われた文太は懸命に唾を溜《た》めて、水を一杯呑ませてほしいと頼んだ。

「そんなことならお安い御用だが、水よりも一杯のほうがよくはないかね」

広目が福引代わりに使えると分かり、多七はすっかり上機嫌である。文太の返事も聞かず、女中に酒の支度を言いつけた。

「冷や酒でいいから、チロリにいれて持ってきなさい」

ほとんど間をおかず、女中は二合入りのチロリに酒を満たして運んできた。大きめの、ぐい飲みが添えられていた。

「口がうまく湿ったら、麦湯がどうしたのか、続きを聞かせてもらおう」

すこぶる上機嫌の多七は、自分の手で文太にチロリの酒を注いだ。

梅乃湯の当主が、自分の楽しみに呑む酒である。チロリの中身は、極上の灘酒だった。

一気に飲み干したあとで、文太は酒の美味さに驚いた。口を湿すための酒だったのに、ぴちゃぴちゃと音をさせて舌を動かした。

「代わりはまだ、たっぷり入っているが、麦湯の話が先だろう」

ピシャリと言ったものの、多七の目元はゆるくなっていた。

「面目ねえこって」

ぐい飲みを膳に戻した文太は、両手を膝においた。

「広目を持ってきた客には、別誂えの麦湯を一杯振る舞うてえのはいかがでやしょう？」

「おもしろいっ」

いきなり立ちあがった多七は、文太の肩に手を乗せた。

「うちの塩温泉で温まったあとなら、真冬でも冷えた麦湯が格別に美味い」

砂糖を利かせた、飛び切り美味い麦湯を拵える。カネを出しても呑めない。広目持参の客に限って呑める、別誂えの一杯……。

思いつくままをしゃべる多七は、上気のあまりに頬が朱に染まっていた。

「もしもひと月のうちに、百人の客が早刷り持参であらわれてくれたら」

向こう一年の間、月に三度はうちが広目を出させてもらうと、多七は文太に約束した。

「このうえなしに、ありがてえ話です」

嬉しさゆえに、文太の口がまた渇いていた。

三十

ときどき小止《こや》みにはなるものの、一向に雨は上がらない。

六月十日も雨降りとなった。

この雨じゃあ、またもや今日も、元締の不機嫌に付き合わされるのか……。

土間を見詰めながら、砂津鐘はため息をついた。

売り屋がたむろする十六畳間は、土間に面している。板葺き屋根の隙間から、ひっきりなしに雨が土間の桶に垂れ落ちていた。

雨降りの日は、瓦版の販売ができない。売れなければ、一文の銭も入ってこないのだ。

今日は六月十日である。その日付を考えると、砂津鐘は胸の奥底にいやな心持ちを覚えた。

なぜなのかは、定かには分からなかった。はっきりしているのは、今日は昌平と顔を合わせたくないということだった。

雨降り続きで、昌平は不機嫌のきわみである。こんな日に向き合うと、ろくなことにはならない。砂津鐘の本能が、今日は昌平から逃げていろと教えていた。

初田屋自慢の売り屋衆二十五人が、十六畳間で寝転んだり、板壁に寄りかかったりしている。

所在なげな振る舞いを見た砂津鐘は、昌平とは顔を合わせたくないと痛感した。

「なんといっても初田屋さんは、二十五人の凄腕《すごうで》の売り屋を抱えていなさる」

「江戸で一番の瓦版だと豪語されても、あの売り屋の群れがいる限りは仕方がない」

同業の版元たちは、初田屋が抱える売り屋衆には敵《かな》わないと尻尾を巻いた。

「いったい初田屋さんは、どんな給金を払ってあの連中を引き止めているのかね」

悔しさ半分、うらやましさ半分の面持ちで、同業者は初田屋の売り屋のつなぎ止めに言い及んだ。

売り屋は一匹狼である。

「やり方をそっくり、おれに任せてもらえるならよう。日に百枚でも、読売を売りさばくぜ」

「広目の注文とりなら、江戸中探し回っても、おれの上を行く者はいねえだろうよ」

売り屋は「謙遜《けんそん》」という語を忌み嫌った。好みの言葉の極めつきは「おれが一番」である。

ひとを押しのけて前に出ることには、痛みなど覚えないという連中だ。

なにの物売りを請け負っても、手間賃は出来高払い。売れば売るほど実入りが増えるということが、売り屋と雇い主との取り決めだ。

出来高払いはしかし、売れなければ一文の実入りにもならない。雨降りで瓦版が一枚も売れなければ、売り屋の実入りはないということだ。

初田屋の商売敵たちは、雨降り続きで腐っている売り屋の、一本釣りを試みた。

「うちにきてくれたら、雨降りでも煙草代と酒手《さかて》を出そう」

「雨降り一日あたり、銀十匁を補おうじゃないか」

版元たちは、破格の厚遇を初田屋の売り屋に示した。

「そんな涙金で動くような、安い身体じゃあねえ」

売り屋は、ただのひとりも釣られはしなかった。

「いったい初田屋さんは、どんな給金を払って……」

売り屋に振られた版元衆は、小料理屋の二階で愚痴をこぼしあった。

「初田屋さんは、目の玉が飛び出るほどの引き止め賃を払っているに違いない」

「悔しいが、カネのある相手には敵わない」

ひとり一日、銀三十匁（二分の一両）は引き止め賃として払っているに違いない……

そう結論づけをしてから、版元衆は悔しげに盃を干した。

ところが初田屋昌平は、一文のゼニも払ってはいなかった。

初田屋に雇われた売り屋は、初日に酒宴のもてなしを受けた。

「明日から存分に働いてもらうために、今夜は店のおごりで呑んでもらおう」

売り屋を並木町の縄のれんに連れて行くのは、砂津鐘の役目だった。

酒が回ったところで、砂津鐘は売り屋を賭場に誘った。

売り込みの腕に覚えのある者は、おおむね博打好きである。賭場と聞いて、目の色を変えた。

まれに博打は嫌いだという者がいた。男はその場で、砂津鐘からお払い箱を言い渡された。

「遊びは好きだがよう、あにい。いまはふところが寒くて、どうにもしゃあねえ」

売り屋の多くは、上目遣いに砂津鐘を見た。

「ゼニなら用立てるぜ」

賭場に着くなり、砂津鐘は五両を限りにカネを融通した。

「うちの身内も同然だが、ゼニの貸し借りはきちんとしておかねえといけねえ」

あらかじめ用意してあった貸金証文を賭場の文机に置いた。

まだ働いてもいない者に、五両もの大金を無担保で貸し付けるという。遊びたい一心の売り屋は、証文の中身も読まずに署名し、爪印を押した。

並木町の貸元、赤鼻の五里蔵の賭場である。腕利きの壺振りは、ほどほどに遊ばせたあとで、かならず駒札のすべてを巻き上げた。

賭場の遊ばせ代は一両。

これが五里蔵と昌平とで取り交わした約定である。

駒札五両のカネは、とりあえず砂津鐘が立て替える。賭場は全額を巻き上げたあとで、四両のカネを砂津鐘に返す。

このからくりで、昌平は一両のカネで五両の貸金証文を手に入れた。しかも貸金の五両は、月一割の高利である。

売り屋がどれほど気張って売り込みを続けても、実入りはほとんど利息で消えた。

カネに詰まった売り屋には、月に銀三十匁を限りに、カネを用立てた。もちろん、月一割の高利でだ。

踏み倒して逃げ出した者は、五里蔵配下の渡世人が探し出し、売り屋たちに仕置きを見せつけた。

いまではただのひとりも、逃げ出す売り屋はいなかった。

「元締がお呼びです」

雨漏りを見ていた砂津鐘の顔がこわばった。

三十一

砂津鐘が長火鉢の前に座っても、昌平は目を合わせようとはしなかった。

鉄瓶の口から、強い湯気が噴き出している。砂津鐘は長火鉢の炭の熾《お》き方に目を走らせた。

深みのある赤い色に、炭火が熾きている。砂津鐘は息を吸い込んで、気を引き締めた。

雨降りで昌平の機嫌がよくないことは、あらかじめ察していた。しかしここまで不機嫌だとは、考えてもいなかった。

長火鉢の炭火が強く熾きている。六月だというのに炭火が勢いよく熾きているのは、不機嫌のきわみにいるあかしだった。

「耳鼻達と呼ばれている連中を、おめえは知ってるか？」

相変わらず目を合わさぬまま、昌平が問いかけてきた。語尾が強く上がっていた。

「へえ、釜田屋が新しく雇った連中のことでさ」

「なにをやるんでえ」

「てめえの耳と鼻を使って、町に転がってる話のタネを拾い集めるてえ話でさ」

耳と鼻が達者だから、耳鼻達と名づけられている……聞き及んでいる限りのことを、砂津鐘は答えた。

「その耳鼻達という連中は、歳は幾つぐらいだ？」

砂津鐘から答えは出なかった。

「どんな身なりなんでえ」

「背丈はどれぐらいだ？」

「連中は太ってるのか、やせてるのか、どっちでえ」

昌平は矢継ぎ早に問い詰めた。どの問いにも砂津鐘は答えられず、唇を噛《か》んでうつむいた。

「おめえは耳鼻達を知ってると、したり顔で答えなかったか？」

粘り気の強い物言いが、砂津鐘に突き刺さった。昌平は強い目で砂津鐘を見据えたまま、火箸で炭を動かした。

薄くかぶっていた灰が剝《は》がれて、炭火に勢いが戻った。鉄瓶から噴き出す湯気が強さを増した。

昌平が長火鉢に使っている炭は、値の高い備長炭《びんちょうたん》である。姥目樫《うばめがし》を材料とする、紀州熊野特産の極上の炭だ。

元禄時代に紀州田辺の備中屋長左衛門《びっちゅうやちょうざえもん》が、この炭を売り出した。

硬く引き締まった炭は、火をつけるのが難儀だ。しかしひとたび熾きたあとは、強い火力が長持ちする。

モノの費えにはつましい昌平が、楢《なら》炭の五倍も高い備長炭を使っていた。わけは火が長持ちするがゆえに、つまるところ長火鉢の炭代が安くてすむからだ。

とはいえ、炭火の無駄遣いはしない。昌平が長火鉢に強い炭火を熾《おこ》すのは、わけのあるときに限られた。

昌平は配下の若い者や売り屋連中に、目一杯のこわもてで接した。その脅しが利いているのは、赤鼻の五里蔵と深い付き合いがあると思われていたからだ。

まことは、そうではない。

昌平は折りにふれて、五里蔵のもとに儲け話を持ち込んだ。あるときは、ふところの温かい客を賭場に案内した。

売り屋が摑んできた商家の内輪揉めを、五里蔵に耳打ちもした。五里蔵はすぐさま、配下の渡世人をその店に差し向けた。

「御用の筋に、洗いざらい聞かせてもいいんだぜ」

応対に出てきた番頭相手に、渡世人は凄んでみせた。

奉公人に使い込みをされる。

盗賊に押し込まれる。

いずれも被害者は商家である。しかし多くの場合、みずから訴え出ることはしなかった。

役所の詮議《せんぎ》は、被害者にも厳しい。調べを進めるなかで、何度も奉行所や自身番小屋への呼び出しを受けた。

使い込まれたり、盗まれたりしたうえさらに、呼び出しに応じなければならない。しかも奉公人のみならず、当主まで出頭を命じられることもあった。

大店の当主は、役所への出頭をなによりも嫌った。それに訴え出たところで、被害に遭った金品が返ってくるのはまれだった。

そんなわけで、被害者の商家は訴え出ることをしなかった。

初田屋の売り屋は、この手の話を仕込む耳は大きかった。聞き込んだ話は、砂津鐘を通じて昌平に伝えられた。

昌平はあらましをしたためた書状を、五里蔵に差し出した。

上客を案内して、賭場を儲けさせる。

商家の不祥事の耳打ちで、ゆすりのタネを与える。

このふたつを差し出すことで、昌平の後ろ盾役を担っているように、五里蔵は周りに思わせた。

昌平には五里蔵がついている。

このことに怯《おび》えて、若い者も売り屋も昌平に従った。

ひとり砂津鐘だけが、昌平は張子《はりこ》の虎《とら》だと知っていた。

砂津鐘に見抜かれているのは、昌平も承知している。それゆえ砂津鐘の振る舞いは、探りで使う併六に抜かりなく見張らせた。

砂津鐘が気に染まない動きを見せると、すぐさま呼びつけた。そのときは常に、鉄瓶が強い湯気を噴き出していた。

「おめえは釜田屋の耳鼻達連中には、ただのひとりも会ってはいねえ」

昌平は決めつけを口にした。砂津鐘は口答えをしなかった。

昌平が決めつけ口調のときには、なにか尻尾を摑んでいると砂津鐘には分かっていたからだ。

「動きが面倒なのは、耳鼻達ばかりじゃねえ」

分厚い座布団の上で、昌平は目一杯に背筋を張った。

おのれが小柄であることを、昌平は常から気にしている。ゆえに長火鉢を挟んで向き合うときには、厚み五寸（約十五センチ）の座布団に座っていた。

「新たに雇い入れたという、売り屋連中も、ほどほどに腕利きらしいと、おれの耳には届いている」

おまえはそれも知らないだろうと、昌平の口調が砂津鐘を責めていた。

砂津鐘は余計な口を開かず、昌平に話を続けさせた。

「このあたりで釜田屋を叩き潰しておかねえと、先々で面倒なことになる」

昌平が初めて真正面から砂津鐘を見た。両目の端がつり上がり気味になっていた。

「売り屋のケツを蹴飛《けと》ばして、外歩きをさせろ」

「雨のなかを、でやすかい？」

砂津鐘は気乗りしない口調で応じた。

ネズミを前にした猫のように、昌平の瞳が細められた。

「釜田屋の売り屋は、雨でも五ツ半（午前九時）過ぎには外歩きを始めてるぜ」

砂津鐘を睨みつけたまま、一枚の半紙を差し出した。書き損じた反故紙《ほご》の裏を、昌平自筆の尖った文字が埋めていた。

『釜田屋はカネに詰まっている』

『早刷りは騙《かた》り。毎日摺るというのは嘘《うそ》っぱちで、八両の広目代を騙《だま》し取る気でいる』

『六月十日だというのに、七月一日から売り出すという早刷りは、影も形もない』

このうわさを売り屋を使ってばら撒けというのが、昌平の指図だった。

「読売作りには、釜田屋はズブの素人でさ」

「それがどうした」

「ここまでやらねえでも……」

「うるせえ」

昌平の尖った声が、砂津鐘の口を抑えつけた。

「どこまでやるかを決めるのは、おめえじゃねえ」

長火鉢の猫板に積み重ねてある証文の束から、一通を抜き出して砂津鐘に見せつけた。

砂津鐘の手が、証文に伸びた。

素早く引っ込めた昌平は、左手で砂津鐘の手を払いのけた。

「今日は六月十日だ」

再び証文を開いた昌平は、借用金額と返済期日の部分を砂津鐘に見せつけた。

「四の五の言うなら、おめえの証文を臼田屋《うすだや》に売り飛ばすぜ」

「その証文は形だけのことで、ただの紙っきれだと言ったじゃねえですか」

「知らねえな、そんなこたあ」

昌平は突き放した。

「爪印が押してある証文が紙きれかどうかは、臼田屋が判ずるだろうよ」

昌平の赤い舌が唇を舐めた。

臼田屋は、五里蔵の賭場と同じ町内の証文買いである。

貸金証文に書かれた額面の半値で、臼田屋は買い取った。配下に抱えた七人の渡世人が、かならず取り立てると分かっているがゆえの証文買いである。

臼田屋と聞いて、砂津鐘の顔から血の気がひいた。

「臼田屋に凄まれたくなかったら、とっとと部屋にけえって、売り屋のケツをひっ叩《ばた》け」

ずいずいに研がれた声が、砂津鐘に投げつけられた。

鉄瓶のふたが湯気で動き、カタカタと鳴った。

三十二

久々に晴れた、六月二十日の七ツ半（午後五時）過ぎ。仲町の辻に、ひとだかりができていた。

永代橋から富岡八幡宮へは、広い道幅の表参道が通っている。その通りの両側が、ひとで埋もれていた。

夕餉《ゆうげ》の買い物を済ませた、長屋の女房連中。その母親に手を引かれたこども。

道具箱を肩に担いだ、普請仕事の通い職人。

得意先回りを終えて、お店への帰り道を急いでいる奉公人。

雑多なひとが、火の見やぐらの下に群れを拵えている。だれの目も、仲町の辻を北に折れようとしている荷車を見詰めていた。

荷車は四台で、車力《しゃりき》も後押しも釜田屋の売り屋である。

「あのお仕着せは、川開きの日にも見た覚えがある」

「ちげえねえや。おれも見たぜ」

見物人の多くは、荷車を引く売り屋の装束を覚えていた。

四台の荷車が運ぶのは、早刷りに使う土佐紙の束だった。

「ご隠居よう。おれにゃあ、なにが書いてあるか読めねえ」

道具箱を担いだままの職人が、隣に立つ白髪頭の年配者に問いかけた。

「のぼりになんと書いてあるのか、おせえてくだせえ」

のぼりは漢字交じりである。職人は、漢字が苦手らしかった。

「早刷り御用の土佐紙ただいま到着、としてある」

赤地に黒文字で描かれた、目立つのぼりである。読み終えた隠居は、別の荷車に目を向けた。

四台それぞれに、違う色味ののぼりが立っている。書かれた文字も、それぞれが異なっていた。

『荷車一台につき十日分』

『早刷りは一日に二千枚』

『七月一日、堂々初刷り』

沈みゆく夕陽が、四種類ののぼりを照らしていた。

「あの荷車は、四台とも早刷りの紙を運んでるてえんで？」

「一台につき十日分だというから、あれだけの紙を四十日で使い切るということだ」

「豪気な話でやすぜ」

「まことにそうだ」

職人と隠居が、ともに得心してうなずきあった。

岩次郎は荷車屋に言いつけて、荷車の台から梶棒までの杉を、紅色に塗り替えていた。

車輪は黒一色だ。荷車の紅色と車輪の黒が、際立った色比べをしていた。

西空の夕陽が仲町の辻に向けて、光の矢を放っている。

売り屋のお仕着せ。色違いののぼり。紅色の荷台と真っ黒な車輪。

それぞれの色味の違いを、夕陽が浮かび上がらせていた。

四台の先頭に立っているのは、文太である。

みんなしっかりと、この紙の量を見届けてくんねえな。

文太は胸の内で強く念じた。

梅乃湯に広目の福引札の思案を持ちかけたのが、六月六日である。

「またとない妙案だ」

梅乃湯のあるじは、膝を叩いて喜んだ。

梅乃湯とまねきが、相次いで広目出稿を請け合ってくれた。それがいい縁起となり、深川商家の風向きが順風へと変わりつつあった。

「九月の新柄が出揃ったあとで、もう一度話を聞かせてもらいましょう」

「十月には、上方から大きな荷が入る。それの売り出しに、広目で景気づけをさせてもらうかもしれない」

広目出稿の確約は、どこからも得られなかった。しかし、商家の多くが本気で文太たちの売り込みに耳を傾けてくれ始めた。

「風向きが変わってきたぜ」

「おゆきさんの知恵が、大きな助けになってくれやした」

売り屋たちが顔をほころばせた矢先の、六月十二日。

ひどいうわさが、小名木川と仙台堀を渡って深川に流れてきた。

「そう言ってはなんだが、釜田屋さんは相当にご無理をなされていないかね」

「日に二千枚もの早刷りを拵えるという割には、支度が進んでいるように見えないが」

釜田屋はカネに詰まってはいないかと、遠回しに質した。なかには、婉曲《えんきょく》な物言いをしない番頭もいた。

「釜田屋さんは早刷りを一枚も摺らず、八両の広目代を騙し取る気だと、妙なうわさが飛び交っている。あんたはそれを、耳にしてはいないのか？」

「根も葉もない、ひでえうわささでさあ」

文太は血相を変えて言い返した。うわさは岩次郎も耳にした。

「言い返しても無駄だ。形で示すほかはない」

すぐさま紙屋と車屋に出向いた岩次郎は、早刷りの用紙を深川まで運ぶ段取りを組み上げた。


「七月一日から売り出しやす」

「一日に二千枚、この荷車の紙で摺りやす」

車を引く売り屋たちが、声を張り上げた。

三十三

六月二十二日、四ツ（午前十時）どき。回向院がまだ四ツの鐘を撞き終わらぬうちに、両国橋東詰の半鐘が鳴り始めた。

朝餉はとっくに終わった刻限だ。さりとて民家が昼飯の支度を始めるには、まだ早過ぎた。

回向院の裏手には、火を使う鍛冶屋《かじや》が何軒も仕事場を構えていた。火事の火元となっても、なんら不思議はなかった。

しかしいまは、まだ陽が昇っているさなかの四ツどきである。

くたびれ果てた職人が、うっかり火の始末をしくじったというには、刻限が早過ぎた。

空は晴れ上がっており、夏空から降り注ぐ陽差しは強烈だ。町が明るいだけに、目を凝らしても火の手は見えなかった。

昼と夜の火事では、ひとのこころの動きがまるで違う。

夜の火事は、遠くでも身近に感ずるのが常である。火元から一里（約四キロ）以上も離れていても、紅蓮《ぐれん》に染まった夜空を見ると、ひとは怯えた。

真夏の昼火事は、まるで逆だ。

隣町が燃えていても、炎よりも空から降り注ぐ陽差しのほうが強かったりする。すぐ身近なところまで火が迫ってこない限り、火事はどこか他人事《ひとごと》なのだ。

六月二十二日の四ツに、半鐘の三連打を聞いたとき、小名木川河畔の住人には、さほどの深刻さはなかった。

半鐘を叩いているのは、両国橋東詰の火の見やぐらだ。高橋《たかばし》の北詰の自身番小屋からだと、半里以上も離れていた。

「こんな時分に火を出すとは、いったいどういう了見をしてやがるんでえ」

「火元になった抜け作を見つけたら、ただじゃあおかねえ」

自身番小屋に詰めている下っ引きが、口々に毒づいた。が、火元は相当に遠くである。

どの顔にも、締まりはなかった。

ところが不意に高橋の火の見やぐらが半鐘を打ち始めた。

「なんでえ、いきなり」

「煙の様子が変わってるぜ」

下っ引きの物言いが、差し迫った調子になっていた。

「てえへんだ」

「どうしたよ」

「中組の連中が出張ってきた」

「なんだとう」

下っ引きが声を裏返しにしたとき、凄まじい音を立てて高橋が揺れた。

二百人を超える数の火消し人足が、高橋を駆け下りてきた。

「なんだってまた、あの連中が」

ゆるんでいた下っ引きの顔つきがこわばった。

火消し人足が、本所深川『中組』のなかの、五組・七組・八組の三組だったからだ。

本所深川を受け持つ火消しは、全部で十六組ある。その十六組は受け持つ町により、『南組』『中組』『北組』の三組に大わけされていた。

中組は、五組・七組・八組・九組・十組・十六組の、都合六組である。

六つの火消し組が受け持つのは、小名木川から北の各町と、本所の一部と定められていた。

中組のなかの五組・七組・八組の三組が受け持つ町には、大名の中屋敷や下屋敷、それに徳川家直参《じきさん》御家人が暮らす武家屋敷が少なくなかった。

これらの町から火が出たときでも、もちろん火消しは駆けつけた。が、大名屋敷には、町火消しは近寄らなかった。

下屋敷といえども、敷地は二千坪を大きく超えている。その屋敷を守るために、大名は独自の『大名火消し』を屋敷内に持っていた。

手伝いを頼まれない限り、町火消しは大名屋敷には近寄らなかった。

が、御家人が暮らす武家屋敷には遠慮をしなかった。

「ここで食い止めろ」

火消しのまとい持ちは大まといを振り、炎を食い止める境界線を示した。

まといの手前までは、燃えるに任せる。

まとい持ちが立っている場所で家屋を壊し、それ以上は火が燃え広がらないようにする。

これが江戸の火消し、破壊消防の常道だった。

火事の食い止め境界線にかかると、まだ燃えてもいない家屋が壊されるのだ。

「お互いさまだ、仕方がない」

町人は歯をくいしばって、壊されるわが家を見詰めた。

武家屋敷が境界線にかかったときは、火消しと御家人との間で騒動が生じた。

「わが屋敷を壊すなど、太刀にかけても許さぬ」

「ばか言ってんじゃねえ。すっこんでろい」

命をかけて炎に立ち向かう火消しは、武家の脅しには一歩も引かなかった。

本所深川中組の五組・七組・八組の三組は、火事のたびに町内に暮らす武家と向き合っている。

「あの連中にだけは、近寄らないほうがいい」

気性の荒さを知っている土地の者は、五・七・八の火消し半纏を見ると道の端に身をよけた。

「火元の見当は、回向院の裏手だろう」

自身番小屋の下っ引きが、いぶかしげな声で仲間に問いかけた。

「だとしたら、なんだってあの三組が、わざわざそんな遠くまで出張って行くんでぇ」

「煙はその方角だ」

「油が燃えてるてえ話だ」

「そいつあ、大ごとだ」

下っ引きの顔が引きつった。

回向院裏の火事は、油がらみの火事だった。火が湿るまでに、一刻（二時間）近くもかかった。

燃え盛る炎を七組の火消し人足七十四人が、身体を張って消しとめた。

刺子《さしこ》半纏の表面は、炎に炙られて黒焦げになった。しかし七組は、ただのひとりも大怪我を出さなかった。

三十四

火事が湿ったあとの、六月二十二日七ツ（午後四時）過ぎ。釜田屋の仕事場が、何十人ものひとで埋まっていた。

招集号令を発したのは岩次郎である。

「今日の回向院裏の火事について、聞き捨てならない話をふたつ、耳にした」

岩次郎の話が始まるなり、弘太郎配下の耳鼻達たちは、帳面と矢立《やたて》を取り出した。いずれも釜田屋が別誂えして、耳鼻達に貸し与えた道具である。銅製の矢立にも、帳面は赤表紙で、『早刷り』と墨色で描かれている。『早刷り』の三文字が彫金されていた。

「ひとつは付け火（放火）だといううわさが、地元のあちこちで交わされているということだ」

仕事場の気配が、いきなり張り詰めた。

付け火は、市中引廻《ひきまわ》しのうえ、火焙《ひあぶ》りの刑に処される大罪である。ひとたび火事が起きたあとは、財産も人命も危うくなる。風向きがわるければ、町ぐるみ焼け落ちるのもめずらしくはない。

付け火の下手人《げしゅにん》が、火刑に処されるのは当然だった。

「しかも燃え方を確かなものとするために、油を含ませたボロ布が何枚も使われていたらしい。聞き捨てにできない話のふたつ目は、このボロ布のことだ」

付け火はすべて、人非人《にんぴにん》の所業だ。なかでも今回の下手人は、油を使っている。老若男女の区別は不明だが、この下手人は断じて許してはならない……岩次郎の両目の奥で、怒りが炎となって燃えていた。

「油がらみの火事では、火消し衆はことさら命を危うい目にさらすことになる」

岩次郎は常から、火消し人足には深い敬いの念を抱いている。その思いが、口調にあらわれていた。

「高橋から回向院裏まで出張った七組の火消し衆は、半纏を焦がしながらも、見事に油まみれの火を消し止めた」

七組が命がけで消火にあたらなかったら、焼け落ちた町があと幾つ出たことか。

「今回の火事のような出来事を、みんなに詳しく、分かりやすく、そして一刻も早く報せるのが、まさに早刷りの務めだ」

岩次郎の言葉に、弘太郎は何度も深くうなずいた。十二人の耳鼻達は、だれもが筆を走らせて岩次郎の言葉を書き取っていた。

歩く。見る。聞く。書き留める。

いずれも耳鼻達に課せられた、基本の動きである。筆を走らせる手は、十二人ともに滑らかだった。

「おまえたちはたったいまから、二組に分かれて聞き込みに動いてくれ」

ひと組は、火事場周辺の聞き込みを始める。

もうひと組は、七組の火消し宿に向かう。目的はおもだった人足たちから、油火事の火消しの仔細を聞き取ることである。

「弘太郎の指図に従い、細かなことまでも聞き漏らさず、しっかりと書き留めてくれ」

火事場の聞き込みには、絵描きをひとり残らず連れて行くように……岩次郎は歯切れのよい物言いで指図を下し、あとを弘太郎に預けた。

「しっかりやります」

弘太郎の両手は、ぶるるっと武者振いを見せていた。

三十五

「おめえたちも知っての通り、早刷りは七月一日から、毎日二千枚を売り出す段取りだ」

耳鼻達十一人と絵描き三人を前にして、弘太郎は話す声に張りを加えた。

「七月一日にひとたび初刷りを売り出したあとは、なにがあっても休むことはできねえ」

早刷りの休刊日は八月十六・十七の両日と、一月十六・十七日。夏と正月の藪入《やぶい》り休みの四日間だけである。

「正月三が日についちゃあ、おめでてえ別刷りを出そうと、おかしらはかんげえておいでだ」

三が日も休まず発行するというのは、耳鼻達には初耳だった。座にざわめきが生じた。

「おれたちが摺りの元を書かねえことには、早刷りは一枚も出せやしねえ」

正月も休みはないと思えと、弘太郎は強い口調で一発かました。

「今のおめえたちは、あれこれとあたまでかんげえてる」

弘太郎は配下の十一人を、ひとりずつ見回した。耳鼻達は、ひとりも目を逸《そ》らさなかった。

「だから正月休みもねえと聞いて、ぶつくさ胸の内で文句を垂れてやがるんだろうが……」

弘太郎は、ふっと目元をゆるめた。ひとが釣り込まれそうになる笑みが浮かんだ。

「いざ動き始めたら、耳鼻達稼業はおもしろくてたまらねえと、気づくだろう」

なぜだと思う……弘太郎は耳鼻達のひとり、多助《たすけ》に問いかけた。

二十五歳の多助は、店子《たなこ》の七割が五十歳以上という深川の裏店に暮らしている。耳が遠くなった年配者を相手に、苦にせず話せるのが多助の売りどころだった。

「分かりやせん」

多助はきまりわるそうな顔を拵えた。

「おめえはどうでえ」

弘太郎は多助の隣に座っている雅彦《まさひこ》に問うた。

「自分で書いたモノを、ひとに読んでもらえるのが、きっと嬉しくなるんだと思います」

大地震の前まで、雅彦は貸本屋の手代だった。強《したた》かな本読みであると同時に、雅彦は書く楽しさも知っていた。

「まさにその通りだ」

雅彦の答えを褒めてから、弘太郎は話の続きに戻った。

「おめえたちがしっかりした話を書けば、早刷りはかならず評判を呼ぶ。早く新しい早刷りを読みてえと、お客が売り屋を待ち焦がれるようになるにちげえねえ」

言葉が染み透るように、弘太郎は間合いをとった。顔つきを見定めてから、また話を始めた。

「今日の四ツ火事で焼け出されたひとには、気の毒このうえねえが、早刷りを始めるおれっちにはまたとねえ稽古の折りだ」

弘太郎が口調を変えた。

耳鼻達十一人が、上体を弘太郎のほうに乗り出した。

「おかしらの話にあったように、この火事は油を使った付け火にちげえねえ。そうじゃなけりゃあ、四ツ（午前十時）にあんなでけえ火が出るわけがねえ」

弘太郎はすでに、付け火のうわさを耳にしていた。

「本所の聞き込みには、耳鼻達七人と絵描きふたりに出張ってもらうぜ」

弘太郎は本所に差し向ける耳鼻達と絵描きを名指した。

「おめえたちは焼け出されたひとから、火事が起きたときの様子を聞き出してくれ」

まだ焼け跡はくすぶっている。そんなさなかの聞き込みゆえ、物言いには充分に気を使うようにと釘をさした。

「聞き込むわけのひとつは、付け火の下手人を炙り出すためだと、はっきり言い切ってこい」

もしも見慣れない者を見かけていたり、火事の手前で不審な振る舞いに及んだ者を見かけたりしていたら。

「そいつの様子を細かに聞き出して、その場で似顔絵を描きあげるんだ」

多くの住人から聞き込むことで、話の本筋が見えてくる。火事場をうろついていた下手人の似顔絵も、確かなものになる。

「付け火の下手人は、かならず火事場を離れず、火の手の様子を見ているはずだ」

しっかり聞き込んで、人非人を洗い出そうじゃねえかと、弘太郎は言葉を結んだ。耳鼻達七人が、威勢のいい声で応えた。

残る四人の耳鼻達と絵描きひとりは、七組の火消し宿に向かうことになった。

早刷り作りが動き始めた。

三十六

六月二十三日の早朝から、耳鼻達七人は聞き込みを始めた。

勢いの強い朝日を浴びた焼け跡は、まだ焦げ臭いにおいを強く漂わせている。

耳鼻達たちは目を大きく見開き、耳を澄まして、焼け跡で話を拾って回った。

「どんなに細っけえことでも構いやせん。ようく思い出して、話を聞かせてくだせえ」

七人の耳鼻達は、ていねいな口調で問いかけた。耳鼻達も絵描きも、揃いのお仕着せを羽織っている。首からは、焼印《やきいん》の押された三寸（約九センチ）角の杉札をぶら提げていた。

『早刷り　深川釜田屋』

杉板に焼印された屋号が、耳鼻達と絵描きの素性をしっかりと明かしていた。

「付け火だといううわさが、町に広がってやす」

耳鼻達たちは、付け火に絞り込んで聞き込みを続けた。

「火付けの下手人は、かならず火事場に踏みとどまって一部始終を見届けておりやす」

火事場にいた野次馬のなかに、見かけたことのない顔はいなかったか。

火元の近くで、あやしい振る舞いに及んでいた者はいなかったか。

耳鼻達は焼け跡を回って、同じことを問い続けた。

火付けの下手人を挙げる手伝いをする……これを言われた住人たちは、いやな顔をせずに耳鼻達に応じた。

火元となった魚屋魚浜《うおはま》の近所では、様子のおかしい男を見たという話が渦巻いていた。

魚浜はその日に売れ残った魚をすり身にし、ゴボウの笹掻《ささがき》を混ぜて揚げた『魚浜揚げ』が名物の店である。

ゆえに魚屋にしてはめずらしく、店先には油鍋が置いてあった。しかし、油鍋を載せたへっついに火が入るのは、七ツ（午後四時）を過ぎてからだった。

七ツまでの魚浜は、魚をすり身にしたりはせず、鮮魚として商った。そのほうが、揚げ物よりもはるかに稼ぎが大きいからだ。

名物ではあっても『魚浜揚げ』は、その日の余り魚を売りさばくための方便だった。

回向院裏の魚浜周辺から火の手が上がったのは、四ツ（午前十時）の手前である。陽は空を昇る途中で、町は明るい。

多くの住人が焼け出されたが、逃げ惑って焼け死んだ者はほとんどいなかった。

ところが火元と目されている魚浜は、店主の浜次郎《はまじろう》はもとより、女房もこどもも焼け死んだ。

店の火を自分たちで消し止めようとして、油の燃える炎に包まれてしまったのだ。

「火元はたしかに、魚浜さんかもしれねえがよう。浜次郎さんてえひとは、火の始末にはことのほかうるせえひとだった」

「でえいち朝の四ツどきには、魚浜じゃあ油に火なんぞはへえってねえんだ。火元になるてえのが、おかしな話だぜ」

魚浜の近所に暮らしていた者は、全員が焼け出されていた。にもかかわらず、浜次郎を責める者はひとりもいなかった。

その代わりに、あれは付け火に間違いないと、住民の多くが声をひときわ大きくした。

「亡くなった浜次郎さん一家のためにも、一刻でも早く火付けの下手人をとっつかまえてもらいてえ」

火付けの下手人を挙げる手伝いなら、なんでもやる。

耳鼻達の問いに、住人たちはなんでも答えた。江戸中で二千枚を売ると知ったあとは、耳鼻達に聞かせる声に力がこもった。

「背丈は五尺二寸（約百五十八センチ）の見当だった」

「眉毛は薄くて、狐みてえにズルそうな目をしてたぜ」

火が出た刻限は、四ツの手前である。火元となった町は、路地の隅にまで真夏の陽が降り注いでいた。

町内をうろついていた、他所者。多くの住人が、その男の人相を詳しく覚えていた。

「ひとを化かす狐のように、細くてズルそうな目」

「左の手に巻いていた、幅広の白い布」

他所者を見咎《みとが》めただれもが、このふたつのことをはっきりと覚えていた。

耳鼻達と一緒に話を聞いていた絵師は、その場で筆を走らせて似顔絵を描いた。

六月二十三日、四ツ半（午前十一時）。聞いた話をもとに、何度も手を加えた一枚の似顔絵が仕上がった。

「そうそう、そんな顔つきだったわよ」

「てえしたもんだ。あのやろうにそっくりだぜ」

「手に巻いてた布も、その幅とおんなじだ」

住人たちは似顔絵の出来栄えに、太鼓判を押した。

三十七

火元の聞き込みに回っていた耳鼻達七人と絵描きふたりは、九ツ半（午後一時）に仕事場に戻ってきた。

すぐさま板の間に、昼飯の膳が供された。

醤油を塗ったあと七輪の炭火であぶった、焼き握り飯。ていねいに焼かれた表面は、上物のせんべいのような香ばしさを漂わせていた。

甘味と刻みネギを混ぜて、ゴマ油で焼き上げた厚焼き玉子。砂糖をぜいたくに使った玉子焼きには、ゴマ油が美味さをそそる焦げ目を加えていた。

味噌汁は、朝採りのしじみ。

香の物は、白瓜《しろうり》の糠漬《ぬかづけ》である。

「早刷り作りのもとは、丈夫な身体だ。仕事場に用意した三度のメシに、遠慮は一切無用」

岩次郎の意を受けた番頭の遠松は、メシの費えを惜しまなかった。

仕事場で食うメシに、遠慮は無用。釜田屋の決め事だが、他方では早食いも強く求めていた。

早刷り作りには、なににも増して素早さが入用だったからだ。

食べ始めてから五百も数えないうちに、全員が板の間から立ち上がった。膳に載っていた握り飯も玉子焼きも、きれいに平らげられていた。

仕事場の大広間には、岩次郎を筆頭に、早刷り作りの全員が顔を揃えていた。耳鼻達と絵描きが座についたのを見定めて、遠松が口を開いた。

「いよいよ、たったいまから、早刷り作りが始まる」

立ち上がった遠松は、一同の顔を見渡した。

毎日のように、早刷り作りにかかわる職人を雇い入れている。広間に集《つど》っている人数は、すでに五十人を超えていた。

「今日が初顔合わせという者も、ここには何人もいる。釜田屋に奉公を始めての日々は、ひとによって長い短いはある。さりとて、今日が早刷り作りの本番初日であるのは、だれもが同じだ」

広間の面々が、深くうなずいている。動きが静まってから、遠松は話を続けた。

「世間には、早刷りの売り出しは七月一日だと約束をしている。それは、いまも変わりはない」

明日から六月晦日《みそか》まで売り出す早刷りは、どれも七月一日売り出しに備えての号外だと、遠松は続けた。

「号外だが、拵える段取りは七月一日のものとまったく同じだ。御府内各町の辻で、一部十文で売り出すというのも本番そのものだ」

号外作りだからといって、いささかも気を抜くなと言い置いてから、遠松は一同を職種ごとの群れに分けた。

すぐさま職人たちは、仕事の段取りを話し始めた。大広間を男の声が飛び交った。

早刷りの記事を書くのは耳鼻達である。記事には、絵描きが挿絵を添えた。

仕上がった原稿と絵は『枠切り』に回された。

菊判半切《はんせつ》四つ切りが、早刷りの大きさである。下部の広目枠を除き、一段十二文字組みが五段。左右一杯を文字で埋めれば、三十行まで使えた。

早刷り一段の原稿文字数は、三百六十文字。五段合わせて千八百字が、一日分の記事に使える文字数である。

これ以上に文字数を増やそうとすれば、一文字が小さくなり、彫り師が難儀をする。また、目の力が衰えた年配者には、小さな文字は読みにくい。

五段組千八百文字が、読みやすい早刷りの限りといえた。

しかし千八百文字すべてを、記事に使えるわけではなかった。

読みやすさを補うために、早刷りは挿絵を多用すると決めていた。挿絵が入れば、その分、使える文字数は減った。

読みやすさを重んずるなら、大見出し、小見出しの工夫も入用だ。とりわけ大見出しは、その日の早刷りの中身をひとに訴える、大事な要素だ。

大見出しと小見出しに、どれだけの枠を使うのか。

挿絵の大きさをどうするのか。

人目を惹くと同時に、読みやすさをどう作り出すのか。

それらを按配《あんばい》するのが、枠切りの仕事である。枠切り職人は、頭を含めて四人。

人目を惹く大見出し作りも、枠切り頭に課せられた仕事のひとつだった。

彫り師頭維助の下には、新たに雇い入れた五人の『段彫り』職人も配されていた。枠切り職人たちが描きあげた按配絵図に従い、版木を彫るのが段彫りである。

段彫りの五人は、いずれも文字を彫ることに長《た》けていた。挿絵や大見出しを彫るのは、段彫りとは別の職人である。

　維助はすべての彫り仕事に目を配るのが役目だ。手が足りないときには、みずから道具を手にして彫りの手伝いを担った。


「ばか言うんじゃねえ」

　広間に耳鼻達の怒鳴り声が響いた。火事場の聞き込みに汗を流した多助の声だった。

「せいぜい削っても、三行が限りだ。十行とれとは、なにをかんげえてやがんでえ」

「おめえも、とことん呑み込みのわるいやろうだぜ」

　多助に言い返しているのは、枠切りの俊吉《しゅんきち》だ。多助より一歳年長の俊吉は、目方が十七貫（約六十四キロ）ある。いささか太めで、声は甲高い。

　俊吉当人は穏やかに話しているつもりでも、声は広間の隅にまで聞こえていた。

「おれのどこが、呑み込みがわるいんでえ」

　気色ばんだ多助は、俊吉のひたいにくっつくほどに顔を突き出した。

「汗臭いツラを、突き出してくるんじゃねえ」

　多助の顔を強く押し戻してから、文字数が多すぎて、挿絵がうまく入らないと言い渡した。

「せっかくおめえたちが聞き出してきた、下手人のでえじな似顔絵じゃねえか」

たとえ三十行の記事をそっくり削ってでも、似顔絵を大きくしたほうが伝わりやすい

……俊吉は一歩もひかずに言い返した。

「なんでえ、その言い草は」

三十行の記事を削ってでもと言われて、多助のこめかみには青い血筋がくっきりと浮かび上がった。

「おれが書いてるのは、三十行そっくり削ってもいいような、与太記事だというのか」

「そう聞こえたんなら、それもしゃあねえだろうさ」

「このやろうっ」

蒼白になった多助は、両手を伸ばして俊吉につかみかかった。

わきに座っていた雅彦が、多助を羽交い締めにして引き離そうとした。

「とめさせましょうか？」

怒鳴りあいの始まりから様子を見ていた遠松が、岩次郎に問いかけた。

岩次郎は、ゆっくりと首を左右に振った。

「早刷りを、より読みやすくするためのいさかいだ」

本番発行の七月一日までには、幾つも同じような小競り合いが生ずる。それらを乗り越えてこそ、一部十文で買ってもらえる早刷りが生まれる……。

多助と俊吉のいさかいを見る岩次郎の目は、大いにやれと、ふたりの振る舞いを称え

る光を宿していた。

三十八

文太は早刷り第一号の売り出し場所を、富岡八幡宮の大鳥居前に定めていた。

おれが早刷り第一号を売り出すのは、八幡様の大鳥居前だ。

岩次郎から初めて話を聞かされたその日に、文太は売り出し場所を決めていた。

いままで生きてきたなかで、文太は数々の分かれ道を通り過ぎてきた。進む道が枝分かれしていると感じた都度、文太は富岡八幡宮の大鳥居をくぐった。

そして石段を上り、社殿前に置かれた賽銭箱《さいせんばこ》に一文銭を投じた。

が、願い事を口にしたわけではなかった。

分かれ道に差しかかるまで、文太は怪我もせず、大病に罹《かか》ることもなく、息災に生きてこられた。そのことの御礼を、神様に伝えたのだ。投じた賽銭は、御礼の気持ちのあかしだった。

「神様には、あれこれと頼みごとをしちゃあいけねえ」

文太はこども時分、町内の長老からこれを教わっていた。

「拍手《かしわで》を打ち、深い辞儀をして、今日も一日、息災に生きられたことの御礼を、神様にお伝えするんだ。そうすりゃあ、また次の日も無事を守ってくださる」

遠い昔に長老から聞かされた教えを、文太はいまもしっかりと守っていた。

初めての早刷りを売り出す場所は、深川の鎮守様の大鳥居前しかねえ。

六月二十四日の明け六ツ（午前六時）に、文太は仕事場で井戸水を浴びた。しっかりと沐浴《もくよく》をすませてから、富岡八幡宮に参詣した。

本殿前に立った文太は、天保通宝五枚を賽銭箱に投じた。

ゴトンッと響いた音が、初売りにのぞむ文太の背中を押した。

三十九

富岡八幡宮から仕事場に戻った文太は、炊き立てメシで腹拵えを済ませた。

売り屋の面々が、刷り上がりを二十枚ずつに束ねている。脇を通り過ぎて、仕事場の濡れ縁に出た。

強い朝陽が庭を照らしている。濡れ縁に座った文太は、まともに朝陽を浴びた。

大きく息を吸い込み、丹田《たんでん》に力をこめたまま濡れ縁の上で座禅を組んだ。

朝陽がまぶしくて目を閉じると、目蓋《まぶた》の裏側に赤く燃える色を感じた。

吸い込んだ息を、静かに吐き出した。膝に乗せた手のひらから、邪気が漂い出ていくのが感じられる。

静かな息遣いを繰り返して、文太は気持ちを落ち着かせた。

今日がいくさの初日だ。

それをおのれに強く言い聞かせた。静かな息遣いを続けているうちに、文太は過ぎた数日の出来事を思い出していた。


六月二十日の夕刻、文太は配下の売り屋全員を呼び集めた。大量の用紙を仕事場に運び込んだあとだった。

「仕事場から一里（約四キロ）四方の内側なら、御府内のどこで売ろうが勝手次第というのが、瓦版売りの決めごとだ」

文太は声を張り上げた。

冬木町を軸にしての一里四方には、両国橋西詰の盛り場も、日本橋の高札場《こうさつば》も入っていた。

ひとが集まる場所としては、江戸でも図抜けた二カ所である。そのうえさらに、深川全域が加わるのだ。

「おれたちが売りを受け持つ早刷りは、たかだかひとり百枚だ」

文太は配下の者を見回した。どの顔にも気力が満ちていた。

「おれっちは、こんだけ売り場所に恵まれてんだ。身体を張って、百枚を売り切るぜ」

文太が言い終わると、十九人の配下がおおうっと声を揃えた。

「一緒にきておくれ」

遠松に文太が呼び出されたのは、売り屋が気合をこめて雄叫《おたけ》びをあげているさなかだった。

「なんでやしょう」

気を高ぶらせたままの顔で問いかけると、遠松は口を開く前にごくっと唾を呑み込んだ。

「元締から……」

いつの間にか遠松も、岩次郎を旦那様ではなしに、元締と呼び始めていた。

「売り屋の数を、あと五人増やすようにと指図を受けた」

「えっ？」

息を呑んだ文太は、上気していた顔をさらに赤くした。

「元締は、相応の胸算用をお持ちのようだ」

遠松は文太を見る目に力をこめた。

当初から岩次郎は、売り屋軍団は二十人の大所帯にするとの考えを定めていた。

文太たちは早刷り発行に先立ち、広目の売り込みに汗を流している。目覚ましい成果を挙げたというには、まだまだ大きな隔たりがあった。

が、それでも売り屋連中も本多屋壮助も歩みはとめず、確かな足取りで前に進んでいた。

彫り師の維助と摺り師の高次は、頭の面目にかけて配下の職人たちを鍛え上げている。

岩次郎が胸算用している職人の数には、彫り師・摺り師ともまだ届いてはいなかった。

とはいえその人数でも、職人が力を合わせれば明日からでも二千枚の摺りはこなせる。

その手ごたえを、岩次郎は感じ取っていた。

毎日の記事を書く弘太郎たちも、文章稽古と挿絵の稽古を怠ってはいない。

新たに雇い入れた枠切り、段彫りの職人たちも、耳鼻達とひたいをくっつけあって、終日稽古を続けていた。

耳鼻達と枠切りの間では、日に何度も怒鳴りあいが起きた。その声を耳にするたびに、岩次郎はふっと目元をゆるめた。

「早刷りは、かならず江戸中で大評判になる」

職人たちの働きぶりを見極めたうえで、売り屋をあと五人増員するようにと遠松に指図した。

二十人の売り屋でも、相当な大所帯である。そのうえさらに五人の増員とは……。

番頭という役目柄、遠松は渋い顔つきを拵えた。人手を増やすには、それなりに確かな算盤勘定が入用だと思ってのことだった。

「多くの者が、汗を流して拵える早刷りだ」

岩次郎は背筋を張って番頭を見詰めた。遠松は思わず尻を動かした。

「その早刷りを売り切る手立てを講ずるのは、わたしが負うべき責めだ」

いつも通りの静かな口調だったが、目は強く光っていた。

遠松は深い辞儀をして、おのれの不明を詫びた。

「元締は売り屋の働きぶりを、とりわけ高く買っておいでだ」

日刊発行開始まで、十日ほどとなったいまになっての、大増員である。文太はあごをぐっと引き締めた。

焼け出されたひとには気の毒きわまりないが、早刷り発行を間近に控えた六月二十二日に、本所で大火事が起きた。

聞き込みに回った耳鼻達と絵描きは、見事な記事を仕上げた。

仕事に命がけの職人たちが、早刷り作りで怒鳴りあいを繰り返した。少しでも読みやすく、人目を惹く早刷りを拵えようとしてのことだ。

摑みあいまでやった末に、物書きと枠切りは力を出し切り、号外初刷りを仕上げた。

『付け火の下手人はキツネ目』

『左手にアザを隠す白木綿《もめん》』

枠切り頭の龍五郎《たつごろう》がつけた、二本の大見出しである。見出しは二本とも、朱色で刷られていた。

顔に仙台堀の川風を浴びて、目蓋の裏の赤色が動いた。座禅をほどいて立ち上がった文太は、両手をこぶしに握った。

ふううっ……。

三度、深呼吸を繰り返した。

「見事な出来栄えの早刷りだ、売れねえわけがねえ」

声に出して、おのれに言い聞かせた。

よしっ。

平手に戻した両手で、頬を叩いた。バシッと小気味よい音がした。

「みんな、集まってくんねえ」

文太のひと声で、二十四人の売り屋が板の間に集まってきた。

文太が口を開く前に、永代寺が五ツ（午前八時）を撞き始めた。

討ち入りを告げる陣太鼓のような響きだった。

四十

号外初売りのために、釜田屋は高さ一尺五寸（約四十五センチ）の踏み台を拵えていた。

人ごみの後ろからでも目立つように、燃え立つ緋色《ひいろ》に塗られている。踏み台に立つ売り屋は、濃紺の腹掛け・股引を身につけ、同じ色合いの足袋《たび》を履いていた。

「号外、号外」

文太が声を張り上げると、身体が揺れる。身体が揺れたら、腰に吊《つ》るした真鍮《しんちゅう》の鈴がリンリンと涼しげに鳴った。

六月二十四日、四ツ（午前十時）過ぎ。

富岡八幡宮大鳥居前の地べたには、夏陽が照りつけていた。空の真ん中を目指して昇る陽が、文太のほぼ真上にいる。

濃くて短い真夏ならではの人影が、くっきりと地べたに描かれていた。

文太が羽織っているのは、夏場の半纏である。色味は山吹色で、背中には『早刷り深川釜田屋』の文字が、墨で描かれていた。

半纏は山吹色。腹掛け・股引と足袋は濃紺。

立っている踏み台は、緋色。

強い彩りの取り合わせを、真夏の陽が際立たせていた。

「なんでえ、号外てえのは」

「おれも知らねえが、踏み台に乗ってるのは釜田屋の文太だぜ」

「ちげえねえ、あれは文太だ」

地元で顔の売れている文太である。なにごとかと通りがかりの者が、たちまち大きなひとの輪を拵えた。

存分にひとの気を惹きつけてから、文太は板に貼り付けた号外を目の前に掲げた。

幅二尺半（約七十六センチ）、高さ三尺（約九十一センチ）の桐の薄板に、早刷り六枚が貼り付けてある。

『付け火の下手人はキツネ目』

『左手にアザを隠す白木綿』

朱色で刷られた大見出しが、薄板いっぱいにちりばめられている。大見出しは人垣の後ろからでも、はっきりと見てとれた。

号外初刷りには、キツネ目男の似顔絵が描かれている。

「その男が、本所の大火事を引き起こしたてえのか」

職人風の男が、早刷りに目を釘付けにしたまま問いかけた。

「まさに、その通り」

男に向かって、文太はしっかりとうなずいた。

「回向院裏を丸焼けにさせたのが、このキツネ目だ。こいつがどんなにひでえやつかを知りてえなら、号外をしっかりと読んでくんねえ」

早刷りは一枚十文。

この早刷りを持って行った客には、梅乃湯が麦湯を振る舞ってくれる。

ゼニをどれだけ積んでも、早刷り持参でなければ呑めない、別誂えの麦湯。

文太は声を限りに触れた。

腰が大きく揺れて、鈴が鳴り続けている。

百枚の早刷りは、わずかな間に一枚残らず売り切れた。

目を見張る成果は、文太に限ったことではなかった。

両国橋西詰でも、日本橋高札場でも、まったく同じだった。

初田屋お滕元の本所では、あえて六カ所に売り屋が立った。いやなうわさをばら撒いた初田屋に、岩次郎は真正面から勝負を挑んだのだ。

火元から近いだけに、売り屋を取り囲んだ群れは口上の始まりから凄まじい熱気を発していた。

一枚十文だと告げるなり、売り屋に客が殺到した。

「おれが先だったじゃねえか」

「ふざけんじゃねえ。ゼニを渡したのはおれだ」

その早刷りはおれの物だと、客同士が殴りあいを始める始末である。

客が群がるさまを見て、初田屋の売り屋たちは地べたに唾を吐き捨てた。

四十一

六月二十五日には、号外二号を売り出した。

『油火事を退治したのは、本所深川七組』

七組の大まといと火消し半纏が、三段抜きの挿絵となっていた。

油を含んだ火にも怯《ひる》まず、火消し人足は火事に立ち向かった。

腕を痛めながらも怪我人を背負い、二町（約二百二十メートル）の道のりを走り続けた火消し。

焼け出されたひとから聞き込んだ話には、火事場にいるかのような迫力があった。

火消し人足の働きが、どれほどひとの助けになったのか。号外二号は、感謝の言葉に溢《あふ》れていた。

命をかけて火事と向き合う火消し人足は、目一杯に男ぶりを売る稼業だ。

見栄っぱりで、しかも褒められ好きが揃っている。

号外二号は、七組を始めとする火消し衆を褒め称えていた。

「すまねえが、なんとか二百枚を売ってくんねえな」

二十五日の夕刻、七組の面々が釜田屋の仕事場をたずねてきた。

「あいにく売り切れまして、ただの一枚も残ってはおりません」

応対に出た遠松は、火消しに深くあたまを下げて詫びた。

「だったら、摺り損ないの反故紙でもいいからよう」

「そんなモノはございませんが、てまえどもの取り置きが一枚ならございます」

遠松は店の取り置き一枚を、火消し人足に差し出した。代金を払うと言い張る火消しに、遠松は頼み込んで受け取ってもらった。

火消し人足と遠松のやり取りを、多くの職人と売り屋が見ていた。どの顔にも、いぶかしげな色が浮かんでいた。

「おれは番頭さんと掛け合ってくる」

火消し人足が帰ったあとで、文太はこめかみに青い血筋を浮かべて遠松に詰め寄った。

号外二号を摺った版木は、まだ壊さずに残っていた。

用紙は、仕事場に山積みになっている。摺り師もいるし、摺りに使う絵具も入用な色はすべて揃っていた。

「わざわざ七組の火消し衆が、店まで買いにきてくれたんじゃありやせんか」

売り切れだと追い返さなくても、半刻（一時間）もあれば増し刷りを拵えることはできる。

「二百枚も買ってくれるという客を、売り切れだと言って追い返しちまった、番頭さんの了見が分からねえ」

文太がこめかみに青筋を立てて怒ったのは、このことだった。

「おまえの言い分は分からないわけでもないが」

遠松は煙草盆の灰吹きに、穏やかな手つきで雁首を打ちつけた。

「了見違いだというなら、それはおまえのほうだ」

「なんでまた、おれが」

食ってかかる文太に、遠松はキセルの雁首を突き出した。

「二千枚が限りだというのが、早刷りの値打ちだ」

「それとこれと、どんなかかわりがあるんでえ」

文太はさらに声を荒らげた。

「早く買わなければ売り切れになるという、その評判の立つことが、いまは一番大事なときだ」

日暮れ近くに二百枚をほしいと言われて即座に用意できたら、いったいどんな評判が立つのか。

「売り切れというのは嘘っぱちで、釜田屋に行けばたっぷり余っておりますと、世間に言いふらすも同然じゃないか」

「あっ、そうか」

得心した文太は、こぶしでおのれのあたまを叩いた。ゴツンという音を聞いて、遠松は呆れ顔を拵えていた。

四十二

安政三年六月は三十日までだ。

七月一日の本番発行を二日後に控えた、六月二十九日の五ツ半（午前九時）過ぎ。富岡八幡宮大鳥居前には、すでにひとだかりができていた。

昨日の夕暮れ前に、回向院裏の付け火下手人が捕まった。そのうわさは、昨夜のうちに深川にも届いていた。

大鳥居前にできていたのは、売り屋の文太を待ち焦がれているひとだかりだった。

六月二十八日の七ツ半（午後五時）。日本橋馬喰《ばくろ》町の路地を、無数のこうもりが飛び交っていた。

「抜かりはねえか」

「まかせといてくんねえ」

十手を握った男が、胸を叩いた。

取縄《とりなわ》を手にした自身番小屋の下っ引き五人が、馬喰町の旅籠《はたご》『えびすや』の土間で履物を脱いだ。五人とも雪駄《せった》履きである。

履くのも脱ぐのも楽な雪駄は、機敏な動きが欠かせない下っ引きには格好の履物だった。

「その者は、二階奥の三の間におります」

応対に出た番頭は、下っ引きに部屋名を告げた。板の間に立った下っ引き五人は、足音を忍ばせて三の間に向かった。

馬喰町には町名通り、博労《ばくろう》が多く集まっていた。馬のよしあしを吟味し、馬の売り買いを生業《なりわい》とするのが博労である。

江戸は百万を超えるひとが暮らす、桁違いに大きな町だ。

ひとが多ければ、モノの売り買いが盛んになる。その旺盛《おうせい》な売買を目当てに、多数の荷が諸国から運び込まれた。

江戸に運ばれてくる物資の多くは、水路を使った。しかし佐賀町、湊《みなと》町、蔵前などの河岸に荷揚げされたあとの横持ち（配送）には、陸路を多く使った。

荷車を引くのは、車力もしくは馬である。なかでも車力の五倍もの荷を楽々と運ぶ馬は、江戸で大いに重宝がられた。

ゆえに馬喰町には、関八州《かんはっしゅう》の博労がひしめきあっていた。地元で馬を売るよりも、江戸で売ったほうがはるかに高値となるからだ。

馬を引いて江戸に出てきた博労は、馬喰町の旅籠に投宿した。この町の博労宿は、一泊素泊りなら五十文で宿泊できた。

他町の旅籠は部屋定員の相部屋でも、朝夕二食つきで一泊二百五十文はする。

「素泊りでええがね。もっと安くならねっか」

旅籠賃を値切ろうとすると、番頭は相手にせず、その客を追い出した。

「はばかりながら、うちは五十年も続いた旅籠だよ。安宿がお望みなら、馬喰町に行っとくれ」

番頭はあごを突き出した。

馬喰町の旅籠は、どこも『かいこ棚』の拵えだった。

一畳大の二段棚が、部屋にずらりと並んでいる。客は一泊五十文を払い、棚のひとつを寝床にするのだ。

かわやはついているが、内湯はない。湯につかりたければ、近所の湯屋（銭湯）に行く。メシも町内の一膳飯屋ですませるのが、博労宿の流儀だった。

えびすやも、もちろんかいこ棚の旅籠である。

下っ引きに教えた三の間には、二段のかいこ棚が十台並んでいた。十八畳大の部屋に、二十人の客が寝起きしているわけだ。

客の多くは博労である。三の間に限らず、博労宿の部屋には馬のにおいが充満していた。

下っ引きが三の間に押しかけたとき、男は棚の下段で眠りこけていた。

「目をあけねえかよ」

下っ引きのひとりが、十手の先で男の頬を叩いた。

男は面倒くさそうに目を開いた。閉じていたときと、目の大きさはさほどに変わらなかった。

まさしく、キツネのように細い目である。下っ引きを見た男は、慌てて両目をこすった。

左手の甲には、はっきり星形と分かるアザがあった。

「それにつけても、あの早刷りてえのは、てえしたもんだぜ」

「まったくだ」

道具箱を肩に担いだ職人が、相棒に向かって大きくうなずいた。

「下手人の居場所を自身番小屋におせえたのは、えびすやの番頭だがよう。その番頭は帳場の壁に、早刷りを貼り付けて客の人相と見比べてたてえ話だ」

職人ふたりのやり取りに、周りのひとだかりが聞き耳を立てていた。

「下手人がとっつかまった折りの顚末《てんまつ》を、今日はかならず早刷りにするだろう」

「そのことさ」

職人の肩で、道具箱が大きく揺れた。

「それを書いた早刷りが買いたくて、仕事場には向かわずにここで待ってるてえのに……」

「売り屋さんがきたわよ」

女の甲高い声で、職人の言葉が押し潰された。

ひとの群れが、文太に向かって一気に動いた。強く押された職人は、肩から道具箱を取り落とした。

「なにしやがんでえ」

職人は目を吊り上げ、声を荒らげた。ひとの群れはいっさい取り合わず、文太に向かって殺到していた。

四十三

文太は深川三十三間堂前の道を、一歩ずつ踏みしめて歩いていた。四ツ（午前十時）が目前で、地べたはすでに焦がされている。

小脇に抱えているのは、摺り立ての早刷り百枚だ。絵具の乾きはいいはずだが、なにしろ五ツ（午前八時）前に摺り上がったばかりだ。

売り場所には、一刻も早く行き着きたいと思っている。が、摺り立ての早刷りを気遣うあまり、歩みはのろかった。

足取りがゆっくりなのは、もうひとつ大きなわけがある。文太に限らず釜田屋の全員が、昨夜からほとんど寝てはいなかった。

遠松は眠らない職人を気にしていた。が、仕上がりを思うと眠ろうにも寝られなかった。

その疲れが足に出ていた。

三十三間堂の辻で立ち止まった文太は、踏み台を地べたに置き、早刷り百枚の束を載せた。

手が自由に使える。

文太は両手で顔を張った。

ふうっと息を吐き出したら、眠気がきれいに吹き飛んだ。

売り出しの四ツが目前なのは、身体が分かっていた。今朝はいつも以上に早刷りが奪い合いになるのも、たやすく察しがついた。

『下手人、御用だ』

『やっぱりキツネ目の男』

今朝の早刷りには、緋色の特大見出し二本が躍っていた。

この早刷りを拵えるために、全員が夜通し働いたのだ。

六月二十八日の暮れ六ツ（午後六時）直前に、かっ飛び猪牙舟《ちょきぶね》が冬木町の船着場に着いた。舷側《げんそく》を赤く塗った猪牙舟が、かっ飛び舟である。

江戸には三千杯を超える猪牙舟があった。いずれも速さが自慢だが、赤塗りが近寄ると猪牙舟でも脇にどいて水路を譲った。

赤塗りは、わずか三十杯。猪牙舟全体の、百分の一のみだ。

下げ潮に逆らい、永代橋から今戸橋まで、千五百を数えるうちに遡《さかのぼ》ること。

これを成し遂げて、初めて赤塗り猪牙舟の櫓《ろ》が握れた。

岩次郎は六月二十五日に、今戸橋・柳橋・浜町・水道橋の船宿をおとずれた。

赤塗り猪牙舟を、月極めで使わせてもらいたいと談判するためである。

「早刷りは速さが命です。なにとぞ、てまえどもの足として使わせていただきたい」

船宿のあるじに、岩次郎は早刷りを見せた。売り切れ続出のうわさは、あるじの耳にも届いていた。

「手伝いやしょう」

釜田屋の焼印を押した杉板を示せば、すぐさま赤塗り猪牙舟を出す……四軒とも、この約定で岩次郎の頼みを受け入れた。

耳鼻達たちは、主だった町の自身番小屋近くに、手先を埋めていた。月極めで小遣いを渡すとともに、大事な報せを届けてきたときには、相応の報奨金も払うという取り決めである。

急ぎの報せには、今戸橋・柳橋・浜町・水道橋のうち、最寄《もよ》りの船宿から赤塗りが使えることになっていた。

えびすやで下手人が捕縛されてから半刻（一時間）も経ぬうちに、報せが釜田屋に届いた。

ただちに耳鼻達と絵描きが馬喰町の自身番小屋へと飛んだ。

下手人に縄を打った下っ引き。

えびすやの番頭と、泊り客。

耳鼻達の聞き込みに、抜かりはなかった。

「こう早く下手人を御用にできたのは、おめえさんたちのおかげだぜ」

自身番小屋の下っ引きは、耳鼻達と絵描きに、まことに好意的に接してくれた。

「似顔絵つきの早刷りを突きつけたら、野郎も観念したらしくてよう。石を抱かせるまでもなしに、すっかり吐き出したぜ」

耳鼻達が自身番小屋に到着したときには、下手人は洗いざらい白状に及んでいた。

上席同心の許しを得て、絵描きは下手人の顔を描き取った。

耳鼻達と絵描きが馬喰町から冬木町に戻ってきたのは、すでに四ツ（午後十時）が近い時分だった。

「ごくろうさん。まずは、腹拵えをすませなさい」

早く記事をと、耳鼻達は気を高ぶらせていた。それを押し止《とど》めて、岩次郎は握り飯と椀《わん》の汁を口に入れさせた。

握り飯を頰張るなかで、はやる気持ちを耳鼻達は落ち着かせたらしい。

「このたびの早刷りは、見出しが命だ。記事は四十行でまとめろ」

枠切りのきつい注文にも、耳鼻達は素直に応じた。

自身番小屋で描いた、下手人の人相描き。

男がひそんでいた、えびすやの三の間の見取り図。

絵描きはこれらの絵を清書して、枠切りに手渡した。
下手人捕縛のうわさは、日暮れごろには深川にも届いていた。
「明日は早刷りが読めるんだろうねえ」
日暮れたあとの釜田屋に、何十人もの住人が翌朝の早刷り発行を確かめにきた。
「四ツには売り出しやす」
応対に出た職人は、胸を張って応じた。
真夜中を過ぎたころ、枠切りが仕上がった。
『下手人にお縄が打たれた』
『やっぱりキツネ目の男』
二本の大見出しが、岩次郎に差し出された。
「キツネ目はいいが、お縄うんぬんは歯切れがよくない」
しばし思案したのち、岩次郎は筆を朱墨にひたした。
『下手人、御用だ』
大見出しを見て、枠切り頭の龍五郎から感嘆のうなり声が漏れた。
大見出し二本が決まり、記事は段彫りに回された。
早刷り作りは、夜鍋《よなべ》仕事を避けることはできない。
「世間では夜は寝るものだが、うちは違う。翌朝、摺り立てを売り出すために、夜を惜しまず拵える。それが早刷りだ」

遠松はこのことを言い続けていた。

夜鍋仕事を滑らかに運ぶためには、なによりも明かりが大事だ。遠松は高橋の行灯屋に、特製・特大の龕灯《がんどう》を発注していた。

百目《ひゃくめ》ろうそく十五本を一度に灯《とも》す龕灯で、内側は銀粉で塗装してある。

龕灯一基を灯せば、三十畳間が昼間のように明るくなった。

「この龕灯を四基使えば、仕事場の隅まで明かりが届くはずだ」

遠松の読みは的を射ていた。

二十三日、二十四日の両日にわたり、特製龕灯が灯された。が、四基を使うにはいたらず、半分の二基で仕事場の明るさは充分に足りた。

下手人捕縛を報せる早刷り作りでは、初めて四基すべてに灯が入った。

仕事場の四隅に、高さ五尺（約一・五メートル）の台が置かれた。龕灯はその高い台の上に据付けられた。

四隅の高いところから、百目ろうそく十五本の光の束が板の間を照らすのだ。

名刹《めいさつ》本堂の法会《ほうえ》でも、百目ろうそくを十五本も灯すことはまれである。釜田屋の仕事場にはその四倍、じつに六十本の百目ろうそくが灯されていた。

しかも明かりを強めるために、龕灯の内側には銀張り細工がほどこされていた。

ここまで大掛かりな明かりを構えながら、遠松は段彫りの机には、ひとり一張りずつ小型行灯を用意していた。

百目ろうそくは一本で百五十文の高値である。しかも一刻（二時間）で燃え尽きてしまうのだ。

龕灯四基がすべて灯されたのは、真夜中の九ツ（午前零時）だった。そのあとは明け六ツの日の出まで、三刻（六時間）も灯し続けたのだ。

使った百目ろうそくは、じつに百八十本。ろうそく代だけで、二十七貫文（約五両半）という途方もないカネを費やしていた。

「費えを案ずることはないと、元締は言い切られた。思いっきり、いい仕事をしてくれ」

岩次郎の言葉を、遠松は職人たちに伝えて回った。

ろうそく代がどれほど高額かは、職人のだれもが知っている。言葉ではなく、明るさで岩次郎は職人たちを励ました。

惜しまずに灯した百目ろうそくは、岩次郎がどれほど職人を信頼しているかのあかしだった。

「今夜は本番前の大勝負だぜ」

二千枚目の早刷りは、五ツの鐘の間際に摺り上がった。

よしっ。

気合声を発した文太は、踏み台と早刷りを手に取った。向かう先は富岡八幡宮の大鳥居前だ。

辻を曲がるなり、前方に黒山のひとだかりが見えた。

文太が足を速めると、腰の鈴がリンリンと鳴った。

四十四

どこの町でも同じだが。

深川冬木町の大木戸脇にも、雑貨を商う木戸番小屋が普請されていた。

一間（約一・八メートル）間口の小さな平屋で、土間の奥が木戸番の住まいとなっている。

三坪の土間には、町内のこども相手の駄菓子を飾った台が置いてある。台の周囲にはタワシ、ちりとり、竹ぼうきなどの雑貨が所狭しと並べられていた。

冬木町の木戸番は、五十二歳のよそ吉《きち》である。川越が在所のよそ吉は、五年前に木戸番として冬木町に雇われた。

雇われて迎えた、最初の冬。よそ吉も他町の番太郎（木戸番）同様に、焼き芋売りを始めた。

「いいひとに番太郎になってもらえて、ほんとうによかった」

長屋の女房連中は、よそ吉の木戸番勤めを大いに喜んだ。在所の川越から取り寄せる芋が、飛び切り美味だったからだ。

冬場の番太郎は、どこの町内でも焼き芋を商った。

町が支払う木戸番の給金には限りがある。焼き芋や雑貨商いの儲けは、番太郎の実入りの足しとなった。

よそ吉の焼き芋は、すこぶる評判がよかった。

芋の美味さはもちろんだが、壺焼きを拵える素焼きの壺の火加減が絶妙なのだ。

皮はパリッと焦げているのに、身はほこほこの黄金色である。

「栗より美味いという評判通りの味だぜ」

よそ吉の焼き芋目当てに、冬場は一日中、番小屋の前にひとだかりができた。

芋を買いにきた客は、ついでにタワシなどの雑貨も買い求めて帰る。ゆえに焼き芋時季のよそ吉の商いは、なかなかに実入りがよかった。

しかしよそ吉の焼き芋売りは、三月から十月までの八カ月は休みとなった。川越の農家がこの期間は米作りに追われて、芋は作らなかったからだ。

芋が手に入らない限り、焼き芋売りは休むしかなかった。

「芋を売らないときのよそ吉さんは、まるで別人みたいに愛想がないわねえ」

町内の女房連中は、よそ吉の無愛想ぶりに眉をひそめた。

しかし冬場になれば、よそ吉には愛想のよさが戻ってくる。そのことを女房連中は知っていた。

それによそ吉の芋は、深川一の美味さなのだ。しかも愛想はなくても、夜回り仕事に骨惜しみはしない。

よそ吉が木戸番を務め始めてから、冬木町で盗賊騒動は一度も起きてはいなかった。

よそ吉の愛想がどれほどわるくても、文句をつける者はいなかった。

「少々、おたずねしますが……」

冬木町をたずねてきた者が、最初に道をたずねるのは木戸番である。しかしよそ吉は、相手が番小屋の雑貨を買う客ではないと分かると、木で鼻をくったような応対しかしなかった。

苦情は肝煎《きもいり》の耳にも、もちろん届いていた。

「気をわるくしたひとには気の毒だが、いまの時季、よそ吉の愛想がわるいのは仕方がない」

焼き芋売りが休みの間は、町の肝煎までもが、よそ吉の無愛想には目をつぶっていた。

ところが。

六月二十九日のよそ吉は、まったくいつもとは異なる振る舞いを見せた。

四ツ（午前十時）を過ぎたころから、いつもは見かけない顔の者が、ひっきりなしに冬木町の木戸番小屋に押しかけ始めた。

「すまねえが、釜田屋てえ早刷り屋にはどう行けばいいのか、道順をおせえてくんねえな」

見かけない顔は、申し合わせたように釜田屋への道を問うた。

「ようがすぜ」

愛想よく返事をしたよそ吉は、驚いたことに、大木戸から釜田屋までの道順を描いた刷り物を手渡した。

「絵図にも描いてあるが」

よそ吉は、手渡した刷り物と同じ絵図を広げた。

「この道をまっすぐ一町（約一〇九メートル）ばかり北に歩いたら、仙台堀にぶつかるからよ。その辻を左手に折れた先の、仙台堀沿いに立ってるのが釜田屋さんだ」

三つのガキでも分かる道だと言ってから、よそ吉は愛想よく笑いかけた。

「今日のよそ吉さんは、いったいどうしたんだろうねえ」

木戸番小屋近くに暮らす女房連中は、目一杯に見開いた目を見交わした。

四十五

永代寺が撞く四ツ（午前十時）の鐘は、釜田屋にも流れてくる。

捨て鐘の一打が鳴り始めるなり、岩次郎は居室から仕事場へと移った。

広い板の間では、摺り師と彫り師の一団が雑魚寝《ざこね》をしていた。職人たちは、夜明かしで二千枚の早刷りを拵えたのだ。

耳鼻達と売り屋の面々も、もちろん夜通しで手伝いをした。文太のように、一睡もせずに摺りを手伝った者もいた。

しかし売り屋の本分は、いま鳴っている四ツの鐘を合図に、江戸の方々で早刷りを売りさばくことだ。

耳鼻達は本番発行のために、新たな聞き込みに飛ぶのが課せられた役目である。

「おまえたちの手伝いは、そこまでにしておきなさい」

いつまでも摺り仕事を手伝おうとする売り屋たちを、遠松は強い口調で追い払った。

そして無理やり、床につかせた。

彫り師と摺り師は、一睡もせずに夜明けまで仕事を続けた。

特製の龕灯の明かりを落として回ったのは、維助と高次のふたりである。

「四ツになったら、叩き起こしてくだせえ」

遠松に頼み込んで、維助は横になった。わずか三つを数えるまでもなく、維助も高次も深い眠りに落ちていた。

岩次郎が仕事場に顔を出したとき、職人たちはまだ眠りこけていた。

「すぐに起こしますので」

遠松が板木《ばんぎ》を叩こうとして、木槌を手に取った。

「まだいい。あと四半刻（三十分）は、寝かせておいてやりなさい」

岩次郎は仕事場の隅に移り、板の間に正座をした。

座布団も敷かずに正座をするのは、物思いを進めるときの岩次郎の流儀だった。

彫り師と摺り師が横になったのは、五ツ（午前八時）前である。五ツの鐘が鳴り終わったとき。

岩次郎は売り屋と耳鼻達のなかから、若手ばかり十人を選び出して居室に呼び入れた。

「おまえたちふたりは、いまから木戸番のよそ吉さんをたずねてくれ」

岩次郎の膝元には、百枚の道順絵図が束になっていた。早刷り作りのかたわらで、職人が摺り上げたものだ。

早刷りの四分一《しぶいち》の紙に、冬木町大木戸から釜田屋までの道順が摺られていた。

「おまえたちが売り出す今日の早刷りは、いままで以上の早さで、たちまち売り切れとなる」

岩次郎の言葉に、売り屋の面々は深くうなずいた。

早刷りの効き目で、火付けの下手人が捕まったのだ。

『下手人、御用だ』

岩次郎が書き上げた大見出しの出来栄えには、釜田屋の全員が心底、舌を巻いていた。

売り切れになるのは分かりきっていながら、二千枚の枚数は一枚たりとも増やしてはいない。

売り出すなり、奪い合いになるのは目に見えていた。

「売り切れに得心できない者は、うちに押しかけてくるに決まっている」

他町の者が釜田屋の場所を問いかけるのは、番太郎である。しかし焼き芋を商っていない時季のよそ吉は、すこぶるつきの無愛想者だ。

釜田屋の場所を知りたくて、今日、わざわざ冬木町まで出向いてくる者といえば。

「早くうちに来たくて、気が急いているはずだ。そうでなくても早刷りの売り切れで、苛立《いらだ》っているに違いない」

そんな他町の者と木戸番が、もしも早刷りが元でいざこざを起こしたりしたら。

「うちに落ち度がなくても、世間様はそうは思わない。咎める声が大きくなったら、せっかくの早刷りに傷がつく」

騒ぎを引き起こさないためには、木戸番に愛想よく振る舞ってもらう。そのための費えを、惜しんではならない。

若い耳鼻達ふたりに道理を説いてから、岩次郎はよそ吉の元に差し向けた。

摺り上げた道順絵図は、百枚。

紙を手渡し、道順を説明する手間賃として、一枚につき五文を支払う。

岩次郎は百枚の束と、一枚で百文通用の天保通宝五枚を若い者に持たせた。

ふたりが出たあと、岩次郎は残る八人を膝元に呼び集めた。

「おまえたちは、店の脇に掲示板を据えつけなさい」

八人には、岩次郎は大型の掲示板据えつけを言いつけた。

横幅は一間で、高さは五尺（約一・五メートル）もある屋根つきの掲示板である。

過日の火消し人足のとき同様、今日の釜田屋には大勢の客が、早刷りを売ってほしいと談判にくる……岩次郎はそう判じていた。

よそ吉が道順絵図を手渡すのも、その客である。

押しかけられても、売る早刷りは一枚も残ってはいない。さりとて「一枚もありません」というだけでは、今日は到底おさまらないだろう。

なにしろ売り切れるのは『下手人、御用だ』の大見出しが躍っている早刷りだからだ。

大型の掲示板に張り出しておけば、手にはできなくても、見ることはできる。掲示板の前にひとだかりができれば、それはそれで評判を呼ぶことにもつながる。

そのために新調させた、掲示板だった。

五尺二寸（約百五十八センチ）の背丈があるおとなが、早刷りを目の高さで読めるように。

岩次郎は掲示板に、二尺（約六十一センチ）の足を造作させた。

「多くのひとに、一度に読んでいただくのだ。道幅の広いところに据えつけなさい」

「がってんでさ」

威勢のいい返事とともに、若い者は掲示板の据えつけに飛び出していった。

木戸番への手配りも、掲示板の据えつけもすっかり終わったあとで、売り出しの四ツを迎えた。

二十カ所で売り出した早刷りは、どこでも凄まじい奪い合いを引き起こした。

一カ所につき、百枚しかない売り出しである。売り屋を取り囲んだ者の大半が、買いそびれた。

「こうなったら釜田屋に乗り込んで、直談判《じかだんぱん》するしかねえ」

岩次郎の読み通り、気が立った多くの者が、冬木町の大木戸を目指した。

「釜田屋さんてえのは、ここだろうな」

四ツを四半刻過ぎたころ、最初の客が釜田屋に押しかけてきた。

応対には遠松が出た。

この日は七ツ（午後四時）過ぎまで、客足が絶えなかった。

四十六

「あんたも、ほんとうに分からないひとだねえ」

ろうそく小売り、田中屋の二番番頭治助《じすけ》が声を荒らげた。

「おたくにもう広目を出さないと決めたのは、あたしでも一番番頭さんでもないんだ」

治助は苛立った手つきで、刻み煙草をキセルに詰めた。雁首を種火にくっつけたが、あいにく種火が消えていた。

「まったく、もう」

強い舌打ちをした治助は、小僧を帳場に呼びつけた。

「種火を切らしてはいけないと、何度言えば分かるんだ」

治助のこめかみには、青い血筋が浮かんでいた。

「うちは江戸で一番と言われるろうそく屋だ。種火を切らせるような、縁起に障ることをするんじゃない」

きつい口調で小僧を叱りつけた。小僧はこわばった顔でうなずいたあと、種火を取りに駆け出そうとした。

「待ちなさい」

さらに尖った口調で呼び止めた治助は、煙草盆を突き出した。

「これがなければ、種火を持ってこられないだろう」

うつむいて近寄ってきた小僧のあたまを、治助は小突いた。打たれたところがわるかったらしい。小僧の顔が歪んだ。

「人前で、そんな顔をするんじゃない」

治助の小言がおさまらない。

こらえきれなくなった小僧は、煙草盆を握ったままの手で、目をこすった。盆が揺れて、ガチャと音が立った。

「おまえというやつは」

治助が一段と声を荒らげようとしたとき、初田屋の売り屋共蔵《ともぞう》が立ち上がった。

「どうやら今日の番頭さんは、虫の居所がわるそうだ」

帳場から出ようとした共蔵を、治助が呼び止めた。

「いまも言いかけた通り、おたくに広目を出さないと決めたのは、旦那様ご当人だからね」

この先、何度談判されても、二度と広目は出さない……治助は吐き捨てるような物言いを、共蔵にぶつけた。

「今日のところは、そのままうかがっておきやしょう」

それ以上のことは言わず、共蔵は帳場を出た。きつい小言を喰らい続けた小僧が、種火の入った煙草盆を提げて立っていた。

「おめえも今日は、とんだ災難だったな」

あたまを撫《な》でると、小僧の目から涙がこぼれ落ちた。

四十七

早刷り本番第一号発行は、七月一日である。

その前々日六月二十九日に売り出した号外第三号は、御府内のあちこちで凄まじい評判を呼び起こした。

早刷りの売り出し場所は、釜田屋から一里（約四キロ）四方の内側で、二十カ所限り。売り屋ひとりにつき、売れるのは百枚だけ。売りたくても、二千枚しか摺らないから、売りようがない。

摺り元の釜田屋まで押しかけても、無駄足になるだけ。ただの一枚も余りはない。

これらはいずれも、岩次郎の狙《ねら》い通りの評判だった。

「どんだけ売り切れが続いても、早刷りは二千枚しか摺らねえてえんだ」

「たったの二千枚だからよう。売り出しと同時に奪い合いになるのも、無理はねえさ」

たったの二千枚。

売り屋ひとりは百枚だけ。

町の評判は、早刷りの枚数の少なさを声高に言い募っていた。

これもまた、岩次郎が目論《もくろ》んだ通りにことが運んでいた。

ひとは、たった二千枚だという。しかし毎日摺る二千枚は、途方もなく多い枚数なのだ。

初田屋を筆頭とする読売瓦版のたぐいは、早刷りに先行して何種類もすでに発行されていた。

しかしそれらの瓦版は、大手の初田屋といえども、二千枚には遠く及ばない数しか摺ってはいなかった。

数のことだけ言っても、二千枚は桁違いに多い。そのうえ早刷りは、毎日その枚数を摺り続けるというのだ。

「早刷りが、売り切れを続けられるかどうか……決め手となるのは、売り出し前の評判だ」

岩次郎はこれを言い続けた。

「売れる早刷りを拵えるために、入用な手立てはなんでも講ずる。始める前から費えを惜しむのは、おのれの手で首を絞めるに等しいおろかごとだ」

常にこれを言い切ってきた岩次郎は、考えうる限りの手立てを講じた。

おもしろい話を聞き込み、そして読みやすい記事にするために、耳鼻達《じびたつ》と絵描きを雇い入れた。

見やすい早刷り作りのために、腕利きの枠切りと段彫り職人も集めた。

彫り師・摺り師・売り屋の雇い入れにも、抜かりはなかった。

早刷り作りは、毎日が夜明かしとなる。徹夜仕事でなによりも入用なものは、充分な明かりだ。

百目ろうそくを使う別誂えの龕灯を、四基も用意した。

「こんな化け物みてえな龕灯を、いってえ何に使う気なんで？」

誂え注文を受けた職人が、半身に構えて使い道を問い質した代物である。

職人に約束したことを、岩次郎はすべて果たした。売れる早刷り作りに入用だと判じたことは、即座に聞き入れた。

早刷り作りの備えは、記事を書くことも、毎日摺る段取りも、そして売るための手立ても、念入りに講じてきた。

そこまで成し遂げながら、岩次郎はそれだけでは足りないと言い続けてきた。

「ほかの読売より、二文も高値で売ろうというのだ。おもしろいのも、読みやすいのも当たり前のことだ。そんなことは、なんの自慢にもならない」

いい評判こそが命だと、岩次郎は毎度強い口調で言い切った。

早刷りはおもしろい。

早刷りは、すぐに売り切れる。

早刷りの記事は、ほかの読売では読めない。

この三つの評判が広まれば、二文高い早刷りでも名指しで買ってくれる……これが岩次郎の信念である。号外発行においても、岩次郎は信念を貫き通した。

「おれに寄越せと、客同士が殴りあいを始める始末だ」

「あと千枚余計に摺っても、全部売り切ると請け合うぜ」

「売り屋は控えまで加えたら、二十五人もいるんだ。せめてあと、五百枚多く摺ってもらいてえ」

売り屋の言い分は、もちろん岩次郎の耳にも届いていた。

たちまち二千枚が売り切れとなった、号外第一号。その日の夕刻には、遠松も岩次郎に摺り枚数の増加を願い出た。

「売り切れてこそ、評判が高まる。いま慌てて増し摺りを始めたら、売り切れは嘘だとわるい評判を立てることになる」

岩次郎の前で、遠松はおのれの短慮を恥じた。

翌日、文太から増し摺りをしてほしいとねじ込まれたときは、岩次郎から諭されたことを受け売りした。

本番発行の前々日までに、三号の早刷り号外が発行された。回を重ねるたびに、評判は高まった。

下手人捕縛を伝えた六月二十九日は、江戸の方々《ほうぼう》から早刷り目当ての客が釜田屋まで押しかけてきた。

「あいにく、てまえどもには一枚もございませんので」

店先の掲示板を示して、押しかけてきた客にあたまを下げた。

「こうなりゃあ、あさっては明け六ツ（午前六時）からいつもの場所に陣取るしかねえやね」

ぶつくさこぼしながら、客は引き上げた。

いつもの場所。

まだ号外を、三号を売っただけなのに。

売り屋が踏み台を置く所は、『いつもの場所』と呼ばれていた。

四十八

江戸の商家の多くは、明け六ツ（午前六時）から丁稚《でっち》小僧が店先の掃除を始める。六ツ半（午前七時）が奉公人の朝飯で、五ツ（午前八時）は商い始めの刻限だ。それゆえどこの商家でも、五ツから五ツ半（午前九時）までの半刻は、奉公人がことさらせわしなく立ち働いた。

六月三十日の五ツ過ぎに、釜田屋に来客があった。

本番発行を翌日に控えて、釜田屋はだれもが気が急いていた。しかも時分は、どこの商家でも忙しいさなかの五ツ直後である。

「ご用とは」

応対に出たのは、たまたま手のすいていた摺り職人の信二《しんじ》だった。まだ二十四歳だが、摺りの技量は図抜けて高い。

まっすぐな信二の気性を、高次は高く買っていた。

客は身なりの整った、大店《おおだな》の番頭を思わせる男である。応対に出てきたのが職人だと分かり、客はあからさまに顔をしかめた。

「折り入っての話があって伺いましたが、番頭さんにお取り次ぎをいただきたい」

職人では話にならないと、客の口調が言っていた。

「明日の本番初日を控えて、だれもが忙しいさなかでやすんでね。用向きが分からねえ限り、取り次ぎようがねえんでさ」

信二も負けてはいなかった。相手の出方ひとつで、信二の物言いはがらりと変わるのだ。

番頭風の男以上に、信二はぞんざいな口調で言い返した。

「あたしは日本橋田中屋で二番番頭を務めている治助だ」

どうだといわんばかりに、治助は胸を張った。

田中屋は諸国の特産ろうそくを商う、江戸でも名の通った老舗である。

釜田屋が夜鍋仕事に使うろうそくは、伊予国内子《うちこ》産の百目ろうそくだ。釜田屋は地元深川のろうそく屋から買い入れていた。

が、仕入れ元は日本橋田中屋である。ろうそく屋の大店田中屋は、小売だけではなく卸も行っていた。

日本橋田中屋と聞けば、江戸では多くの者がろうそく屋を思い浮かべるだろう。

そこの二番番頭当人が、わざわざ深川まで出向いてきたのだ。屋号を口にして胸を突き出したのも、無理はなかった。

「日本橋田中屋さんてえのは、うかがいやした」

摺り職人にはしかし、屋号の大きさも通じなかった。

「そちらの番頭さんが、こんな朝っぱらから、いってえどんなご用なんで？」

のっけのやり取りの気まずさが、まだ尾を引いているのだろう。信二は、遠松への取り次ぎを渋っていた。

「まったくあんたは、無礼な物言いしかしない男だ」

我慢の切れた治助は、釜田屋の土間で声を荒らげた。

手代から丁稚小僧まで、ざっと五十人の奉公人に日々の指図を与えている治助である。叱りつける声は、通りがよかった。

治助と職人がやり合っているさなかに、富岡八幡宮の参詣から文太が戻ってきた。

いつもの朝は、明け六ツ直後に参詣する。本番を明日に控えた今朝は、朝飯後に二度目の朝参りに出かけ、戻ってきたところだった。

「お客さんに向かって、大声を張り上げるんじゃねえ」

売り屋の頭を務める文太である。ひと目で、客の身分には察しをつけた。

互いの言い分はどうであれ、まずは身内を叱責するのは商いの常道である。

「てまえどもに失礼がありやしたなら、勘弁してくだせえ」

ひとこと治助に詫びてから、文太は話を引き取った。信二は仏頂面のまま引っ込もうとしたが、文太は呼び止めた。揉め事の仔細が、分かってはいなかったからだ。

とりあえず先に、信二を叱った。しかし、もしも信二の言い分が正しければ、顔を立ててやる必要があると文太は判じたのだ。

「失礼だが、おたくさんも釜田屋さんの職人さんですかな？」

治助の問いかけは、冷ややかだった。文太が信二と同じような、職人言葉を遣ったからだろう。

「あっしは早刷りの売り屋頭を務めておりやす文太と申しやす」

治助の名を聞く前に、文太のほうから名乗った。

「売り屋さんなら、うちの屋号に聞き覚えぐらいはあるだろう」

治助はあらためて日本橋田中屋の屋号と、二番番頭の身分を明かした。

「明日っからの早刷りに、広目を出してもいいと思って出向いてきたのだが」

言葉を区切った治助は、信二を強い目で見詰めた。

「そちらの職人さんは、なにが気に入らないのか、番頭さんに取り次いでくれない。そんな次第で、ついつい声を荒らげたのだが」

治助はふうっと、ことさらに大きなため息をついた。

「話によっては、うちの広目を出してもいいと思っているんだが、あんたからでも番頭さんに取り次いでもらえますかなあ」

治助はあごを突き出して、文太に目を当てた。

「用向きのほどは、よおく分かりやしたが、番頭さんに取り次ぐまでもねえ話でさ」

文太は正面から治助を見詰め返した。

「広目のことでやしたら、あっしら売り屋でも分かりやす」

文太は治助のほうに一歩を詰めた。あごを引っ込めて、治助は後ろに下がった。

「それに早刷りの広目は、本多屋という広目屋さんが仕切っておりやす。いつ載せられるかは、本多屋の壮助さんが按配しておりやすんで、この場では返事ができやせん」

できるだけ早く本多屋さんを日本橋まで差し向けやす……文太は売り屋頭ならではの、ていねいな物言いで応じた。

「なんだね、それは」

治助は顔を朱にして気色ばんだ。

「あんたはうちが広目を出してもいいと言っているのに、話も聞かずに追い返す気か」

「滅相もねえことでさ。あっしの物言いがよくねえなら、勘弁してくだせえ」

言葉で詫びても、文太はあたまを下げなかった。

「せっかく日本橋から出張ってきてもらいやしたが、広目の空き具合はうちでは分からねえと、そう言ったまででさ」

広目の空きを本多屋が仕切っているのは、まことの話だった。

号外三号には、すべて梅乃湯の広目を載せた。号外の大評判は、梅乃湯の客を倍増させた。

「約束通り、この先も数多く出させてもらおう」

一気に増えた客を見て、当主の多七はあらためて広目の効き目を感じ取ったようだった。

六月二十九日の夕刻前。遠松、文太、本多屋壮助の三人は、釜田屋の帳場で寄合を持った。

「この先しばらくは、広目枠の取り合いとなる」

遠松が口にした見立てに、文太と壮助は深くうなずいた。

梅乃湯は早々と、出稿継続を文太に伝えている。本番創刊の祝儀代わりに、やぐら下のまねきも早くから広目出稿を請け合ってくれていた。

二十九日の午後には、早刷り寄越せの客に混じって、広目を出したいという商家の番頭が何人もたずねてきた。

それらの状況をふまえての、三人の寄合だった。

「この先は、広目の扱いは本多屋さんに絞らせてもらう。そうしない限り、かならず広目枠の取り合いで揉め事が起きる」

広目の取扱いは、すべて本多屋。

釜田屋の売り屋二十五人は、早刷り売りに専念する。

この取り決めを、遠松は文太と壮助に言い渡した。

「二千枚の売り切れが七月中旬まで続けば、摺りを五百枚増やそうと、胸算用をしている。そのころには控えの売り屋五人も、しっかりと育っているだろう」

そうだろう文太と、遠松は問うた。問いというよりは、かならず育てろと言いつけていた。

「まかせてくだせえ」

文太はきっぱりと請け合った。

「まったくなんという連中だ」

治助は言葉を吐き捨てて、釜田屋の前を離れた。

四十九

本番発行を明日に控えた六月三十日は、四ツ（午後十時）の四半刻（三十分）前まで客が絶えなかった。

ほとんどの用向きは田中屋の治助同様で、広目を出したいとの申し込みだった。

『早刷りの広目は、やぐら下の本多屋が取扱いをいたします』

二十九日の本多屋、文太との話し合いを終えたあと、遠松は刷り物の支度を言いつけた。

あさっての創刊本番を控えて、仕事が山積しているさなかである。

「なにも今日になって、こんなものを摺らなくても」

彫り師と摺り師の両方が口を尖《とが》らせた。

「早刷りを売るも同然の大事だ。すぐにやりなさい」

遠松は、わずかなぶれもない物言いで指図を繰り返した。

職人は遠松の気迫に押されてすぐさま取りかかった。

三十日の朝には、本多屋の場所を記した刷り物が二百枚、美しい二色摺りで仕上がっていた。

本多屋壮助は早刷りの広目売り込みに、命がけで取り組む気でいる……。

二十九日の寄合に先立って、遠松はこのことを確信していた。

早刷りの広目売り込みに、壮助はどこまで本気なのか。遠松には長らく判断がつかなかった。

大坂と江戸とでは、商いの姿勢が大きく異なる。江戸生まれの遠松は、壮助の商い流儀には何度も強い違和感を覚えていた。

遠松は上方訛《かみがたなま》りが苦手である。そのことが、壮助との間の溝を広げていた。

「広目に目を見張るような効き目がないことには、だれも注文してくれまへんで」

早刷りの広目商いが、首尾よく運ばなかったころ。壮助はことあるごとに苦言を口にした。

しかし文句を言う割には、壮助から一向に広目売り込みの成果は出てこない。

遠松の耳に入るのは、壮助がこぼす不満ばかりだった。

「本多屋がどこまで本気なのか、いまひとつ量りかねます」

本多屋と組むのが得策なのかと、遠松は岩次郎に問うた。売り屋のだれもが広目売り込みが果たせず、くさくさしていた六月初旬のことである。

「あの男の本気度合いを、いささかも疑いわれはない」

岩次郎は言い切った。が、なぜ疑いわれがないのかには、ひとことの説明もなかった。

岩次郎の明確な指図があったがゆえに、遠松は壮助とは普通に接した。胸の内で得心できてはいなかったが、顔に思いをあらわすことはなかった。

六月二十日に、大量の紙を運び入れた。釜田屋にかかわる、よくないうわさを打ち消すための、見た目に派手な運び込みだった。

その翌日、仲町の周旋屋が遠松の元をおとずれた。

「つかぬことをうかがいますが」

問いかけられたとき、遠松はまたもや釜田屋のうわさを確かめられるのかと身構えた。方々から釜田屋さんの内証は大丈夫ですかと、問われ続けていたからだ。

ところが周旋屋の問いかけは、まったく別の話だった。

「本多屋さんという広目屋さんと、釜田屋さんは親しい交わりをお持ちなので？」

周旋屋は本多屋の内証のほどを問い質《ただ》しにかかった。

本多屋がやぐら下の空き店を借りたいと言っている。間口二間（約三・六メートル）で、広さは十坪。

品物を店売りするのではない。早刷りの広目売り込みの帳場代わりに使いたい、と。

「店賃《たなちん》は月に銀三十匁《もんめ》で、あの場所としては値ごろです」

壮助は一年分の店賃、銀三百六十匁（六両）を前払いするという。ほかに敷金六十匁も、一匁も値切らずに支払うと言っていた。

「店賃も敷金もすぐに払うと言われましたが、銀三十匁の店賃は、安くはありませんし、品物を商うわけではないとうかがうと、どうにも心配でしてねえ……」

早刷りの広目商いだけで、ほんとうに店賃を払い続けられるのかと問うたあと、周旋屋は唇をぺろりと舐《な》めた。

「本多屋さんの内証なら、いささかの間違いもない」

遠松は強い口調で請け合った。

早刷りの広目商いだけで、ほんとうに大丈夫なのかと問われた遠松は、釜田屋を疑《うたぐ》られたような気になった。

それゆえにことさら強い口調で、本多屋さんなら問題はないと言い切った。

この一件で、遠松は壮助を見直した。岩次郎の眼力にも唸《うな》った。やぐら下に店を出す気でいることなど、壮助はひとことも遠松に明かしてはいない。

言わない代わりに、相変わらず売れる早刷りを作らないことには広目は売れないと、不満を言い募っていた。

早刷り号外が売り切れたことで、壮助の様子が大きく変わった。

六月二十五日の夕刻。壮助が見かけない顔の若い者三人を引き連れて遠松の前に顔を出した。号外売り切れの熱を浴びて、釜田屋のなかが煮え立っていたさなかである。

「売り屋を十人新たに雇い入れますが、手始めの三人ですわ」

どこから集めてきたのか、三人とも上方訛りの強い若者だった。

「わてらも命がけで売り込みしますさかい、ええモンを拵《こしら》えてもらいたいおもてますわ」

あいさつを終えた壮助は、引き連れてきた三人に、立ちこめた熱気を存分に味わわせて仕事場から出て行った。

この夜、遠松は岩次郎と掛け合った。

「文太たち売り屋には、早刷り売りに専念させます。手が空いたときには、耳鼻達では拾いきれない話を、売り屋にも集めさせます」

広目の売り込みは、すべて本多屋に任せたいと申し出た。

「それが最上の方策だ」

即答した岩次郎は、本多屋の口銭《こうせん》を二割五分まで値上げするようにと指図をした。

当初の取り決めは一割五分。一割という、大幅な値上げである。

「壮助は本気だ。うちも本気で応じよう」

広目の売値は八両。二割五分の口銭なら、一回につき二両の実入りである。

早刷りは毎日発行する。三十日ある大の月なら、月に六十両の実入りだ。

店賃三十匁の店を借り受けて、十人の売り屋を雇い入れるなら、六十両の実入りでも楽ではないだろう。

しかし口銭を一気に一割も値上げすれば、壮助は大いに多とするに違いない。

「さぞかし本多屋さんは喜ぶでしょう」

すっかり壮助びいきになっている遠松は、我がことのように喜んだ。

「遠からず、早刷りは部数を伸ばすはずだ。部数が増えたときには、壮助と相談のうえで広目代を決め直す」

口銭値上げと、部数増にともなう広目料金の見直し。

このふたつを、遠松は二十九日の寄合の際に壮助に聞かせた。

「もういっぺん、ふんどしを締め直して、一から気合を入れて踏ん張りまっせえ」

よほどに嬉《うれ》しかったのだろう。見栄《みえ》っぱりの壮助が、遠松と文太の前であるのもはばからず、粒の大きな涙をこぼした。

「四ツになったら、全員仕事場に集まるように、みんなに伝えてくれ」

「がってんでさ」

遠松の指図を受けて、下男の権助《ごんすけ》が野太い声で応《こた》えた。

薄い雲はかかっていたが、今日も暑い一日となりそうだった。

五十

「いよいよ明日が早刷り本番の初日だ」

仕事場に集まった男女を前にして、遠松が声を張り上げた。

夏風邪《かぜ》をひいた岩次郎は、高い熱を出して起きられずにいる。遠松は最初にそのことに触れた。

「今日の真夜中か、明日の明け方に本番一号が仕上がれば、元締の風邪なんぞは吹き飛ぶに決まっている。そう思うだろう、おまえたちも？」

仕事場に集まっている全員が、雄叫びで応じた。

「その声を聞いて、あたしも大いに安堵《あんど》した」

遠松は目元をゆるめた。しかしその目元も顔つきも、たちまち引き締まった。

「いま、この場には総勢で八十五人の仲間が揃《そろ》っている」

五月中旬に元締が早刷りの話をされたときは、七人が顔を揃えたに過ぎなかったと、遠松は話を続けた。

「それぞれの仕事に、いまは頭《かしら》がいる。明日の本番を前にして、全員が互いに顔を覚えてくれ」

手許《てもと》の帳面を見ながら、遠松は職人の名前を読み上げ始めた。

「まずは摺《す》り師だ。頭の高次を筆頭に、十人の摺り師がいる」

目配せを受けて、高次と摺り師九人が立ち上がった。明日からの本番の摺りを担う十人である。

遠松は高次たちを座らせたあとで、維助を頭とする彫り師の集団を立ち上がらせた。

彫り師も摺り師同様、十人になっていた。

売り屋は文太が頭で、総勢二十五人。

耳鼻達は、弘太郎ほか十一人。

絵描きも人数が五人に増えており、頭には胴膳《どうぜん》が就いていた。

六月二十六日の午後、岩次郎は所用で佐賀町に出向いた。看板屋の前を通りかかったとき、仕上げ途中の鯛《たい》の絵を見て、岩次郎の足が止まった。

笹の葉に載った真鯛が、まるで生きているかに見えたからだ。

後先も考えず、岩次郎は看板屋に飛び込んだ。鯛を描いていたのは、まだ年若い職人だった。

「親方はどちらで？」

岩次郎は釜田屋の当主だと名乗った。奥から顔を出したのが、親方の胴膳だった。

胴膳は早刷りを知っていた。

「ご用はどういうことで？」

用向きを問われた岩次郎は、前置きなしに職人をひとり、早刷りの絵描きにほしいと願い出た。

「一年ということで、あたしが引き受けましょう」

ものには驚かない岩次郎が、このときばかりは尻を浮かせた。

「文字ではなしに、絵で分からせようという早刷りのこころざしがいい」

胴膳は、早刷りのあり方を正味で褒《ほ》めたあと、一緒に早刷りを拵えたいと言い切った。

「技というほどのものでもないが、あたしの筆遣いを若いひとに伝えられればなにより だ」

胴膳は風景よりも、人物やモノを描くのを得手としていた。胴膳の技量のほどは、店先にある仕上げ途中の看板からも明らかだった。

早刷りは、今後も似顔絵を多用するつもりである。胴膳の描く人物なら、早刷りの半分を空けてもいいとまで、岩次郎は思った。

胴膳から願ってもない申し出を受けた岩次郎は、身体をふたつに折って礼を伝えた。

胴膳の口利きで若い絵描きをひとり加えたいまは、総勢五人の絵描きが揃っていた。

枠切りは龍五郎以下の五人。

段彫り職人は重太郎《しげたろう》を頭に、やはり五人だ。

摺り終わった版木は、カンナをかけて平らにする。カンナ職人は杉造が頭で三人いた。

広目を受け持つ本多屋には、壮助の下に四人が揃っていた。全員を大坂者で揃えたい

壮助は、あせらずに人数を十人まで増やす腹積もりのようだ。

職人たちの口に入る三度のメシは、めぐみ以下三人で賄《まかな》う段取りとなっている。

飯炊きの力仕事は、下男の権助が手伝っていた。

当主の岩次郎と番頭の遠松を加えれば、総勢八十六人の大所帯である。

「本番一号に向けて、こころをひとつにするぞ」

「おうっ」

五十一

全員の声がぶつかって、仕事場の天井が揺れたように見えた。

本番第一号は、火付けの下手人捕縛の後日談でいくことに決まっていた。

「馬喰町の自身番小屋まで、耳鼻達ふたりと絵描きひとりが出張ってくれ」

弘太郎は十一人の耳鼻達を、五つの組に分けた。

自身番小屋で話を聞く者が一組ふたり。火消し七組で聞き取りをする者が、一組ふたり。残り七人もふたりずつの二組と三人の組に分けた。

「おめえたちは……」

ふたりの組ひとつに、弘太郎は絵描きひとりを加えた。

「深川中の産婆《さんば》の宿を回ってくんねえ」

これは今朝方、弘太郎が思いついた思案だった。

「六月三十日に生まれた赤ん坊を、早刷りで祝ってやるんでえ」

絵描きには、赤ん坊の似顔絵を描かせる。一番可愛《かわい》らしい子は、絵入りで早刷りに載せるというのが、弘太郎の思案だった。

「どこのだれそれに赤ん坊が生まれたてえのを、早刷りでおせえてやりゃあ、祝いに駆けつける者にも都合がいい。なにより、江戸中でその子の誕生を祝ってやれりゃあ、こんなめでてえことはねえだろうよ」

「そいつあ妙案でさ」

耳鼻達のひとりが手を叩《たた》いた。

「そういうことなら、弘太郎」

話を聞いていた胴膳が、その場で思いついた思案を口にした。

「とむらいの名も、載せてやったらどうだ」

ひとの生き死には、どちらも大事だという胴膳に、弘太郎は神妙な顔でうなずいた。

とむらいの聞き込みも、その場で決まった。

早刷り本番が動き出した。

五十二

本番第一号の刊行支度は、すこぶる滑《なめ》らかに運んだ。

聞き込みに飛び回った耳鼻達が、仕事場に戻ってきたのが七ツ（午後四時）前。七ツ半（午後五時）過ぎには、あらかたの記事書きが仕上がっていた。

六月三十日、暮れ六ツ（午後六時）。

三交代最初の夕餉《ゆうげ》が始まった。なにしろ八十人という数の職人が、今夜もまた、ほぼ全員で夜通し仕事に取り掛かるのだ。

夕餉は、飛び切り豪勢な献立が用意されていた。

釜田屋の板の間は相当に広い。そして箱膳や食器も、ある程度の数が揃っていた。

とはいえ、一度に八十人もに供することはできない。メシは一度に三十人分ずつ、三度に分けて供することになった。

最初に席についたのは、摺り師に彫り師、それに段彫りと枠切りを加えた三十人である。

「こいつあ、なんでえ」

「ことによると、肉じゃねえか」

「肉が卵とじになってるようにめえるが……」

膳に供されたどんぶりを見て、職人たちは次々に思った通りを口に出した。

「めぐみちゃんよう」

摺り師頭の高次が、大声で賄いのめぐみに呼びかけた。

「ちょっと待ってください」

大人数の盛りつけを指図しているめぐみは、手をとめることができないのだ。

「すまねえ、せわしねえときに呼びかけたりして」

詫《わ》びを口にした高次は、目の前に供されたどんぶりを手に取った。熱々のメシに、卵とじになった肉がおおいかぶさっていた。

「ごめんなさい、すぐに返事ができなくて」

濃紺の前垂れで手を拭《ふ》きながら、賄い頭のめぐみが高次の元に寄ってきた。

「高次さんが知りたかったのは、この献立がなにかってことでしょう?」

めぐみはまだ十八なのに、岩次郎から賄いの差配《さはい》を任されている娘だ。料理の味付けが上手なことはもちろんだが、ものごとの察しのよさにも抜きん出ていた。

「まさに、そのことだが」

「なぎらやの、猪肉《しし》です」

問われる前に、めぐみのほうから答えた。

「今夜はだれもが夜鍋仕事になるだろうからって……」

職人たちに精がつくようにと、遠松は肉料理をめぐみに言いつけていた。

両国橋東詰には、猪だの鹿だのの肉を商う『なぎらや』がある。権助を連れて両国橋まで出向いためぐみは、一番精のつく肉料理はなにかとたずねた。

人数は九十人分が入用だというと、仕分け場の奥から差配が出てきた。

「おめえさんには余計なことだろうが、いってえなにごとで、そんだけの肉が入用なんで？」

差配はひたいに脂を浮かべて、鼻の下にはひげを生やしている。ひげの何本かは、唇のわきにまで長く伸びていた。

差配の顔つきは、猪《いのしし》そっくりに見えた。

問われためぐみは、釜田屋の賄いだと素性を明かした。

「明日が本番なものですから、今夜は職人さんたちに精のつくお肉を出すようにと、言いつかったんです」

正直に事情を話したら、差配の顔つきが変わった。猪顔が、ひとの顔に戻った。

「うちの職人たちも、おたくの早刷りは大好きなんでね」

愛想のよくなった差配は、いまの時季は猪肉の卵とじが一番だと請け合った。

「拵え方をおせえるから、なかにへえんなせえ」

差配はなぎらやの調理場にめぐみを案内した。なぎらやは肉を商うだけではなく、店で客に料理も供していた。

夏場の一番の売り物が、差配が勧めた猪肉の卵とじだった。

長い柄のついた皿のような鍋に、猪肉とねぎを敷く。それになぎらや特製の割下《わりした》をかけて煮立たせる。

割下が煮え立てばとき卵をかけ、卵が半煮えになったところで、鍋の中身を熱々メシにかければ出来上がりである。

「連れてきた下男に、味見をさせてみな」

差配に言われためぐみは、権助を呼び寄せた。大量の肉を買い付ける気でいためぐみは、権助に荷車を引かせていた。

「こんなうめえもの、食ったことはねえだよ」

権助は見る間に、どんぶりの中身を平らげた。めぐみは猪肉の卵とじにしようと即断した。

「九十人分を決めるにしちゃあ、思い切りがいいじゃねえか」

なぎらやが店で供する卵とじの猪肉は、一人前で二十匁（約七十五グラム）を使うという。

「肉だけで一人前が百文にもつくが、構わねえかい？」

「もちろんですが……」

めぐみが口ごもった。

「なにか言いてえなら、遠慮はいらねえぜ」

差配は、多少の値引きなら応じてもいいという口調だった。しかしめぐみが口に出したのは、まるで違う言い分だった。

「うちの職人さんたちには、もっといっぱい食べてもらいたいんです。一人前を、倍の四十匁にしてもらってもいいですか？」

もちろん買値も、一人前二百文で構いませんと付け加えた。

二百文の九十人分なら、ゼニで十八貫文。ざっと四両に近い買い物である。

「気持ちのいい買い方をしてくれるじゃねえか」

破顔した差配は、すぐさま四十匁の九十人分の支度を言いつけた。仕分け場が大騒動になった。

猪肉を一度に三貫六百匁（約十三・五キロ）も買い付けた客など、これまでだれにも覚えがなかったからだ。

肉をさばく者も、竹皮に包む者も、生き生きと立ち働いた。

仕上がりまでに半刻（一時間）を要した。すべての支度が調ったときには、なぎらやの当主が顔を出した。

「差配から聞きましたが、景気よく猪肉を買い求めてくださったそうで……」

ていねいに礼を言ったあと、当主はふたつの申し出を口にした。

いずれもめぐみが、飛び上がって驚いた内容だった。

ひとつは卵とじ調理用に、特製の割下を二升もただで提供してくれたことだ。

「ひとりあたり、二勺《しゃく》（〇・二合）で充分だが、ゆとりをみて二升出させてもらいましょう」

一升徳利ふたつを、当主はめぐみに手渡した。

もうひとつは、早刷りに広目を出したいという申し出だった。

「号外に載っていた梅乃湯さんには、大層な数のお客さんが押しかけていると聞いています」

早刷りの効き目は大きいという評判を、なぎらやの当主は耳にしていた。

「明日にも本多屋を差し向けさせていただきます」

深い辞儀で礼を伝えためぐみは、差配にポチ袋を手渡した。

小粒銀が六十粒（一両相当）包まれた祝儀袋である。

破格の扱いを受けた折りには、かならず祝儀を渡すようにと、めぐみは岩次郎からいつも言い聞かされていた。

特製割下を二升もただでもらったのだ。醤油《しょうゆ》や砂糖代を思えば、一両の祝儀でも安いぐらいだ。

差配は遠慮をせずに、膨らんだ祝儀袋を受け取った。

なぎらやからの帰り道、めぐみは高橋《たかばし》の青物市場でねぎと卵を買い求めた。

皿のような調理鍋五つも、市場の道具屋で買い揃えた。

「なぎらや仕込みの割下なら、道理でうめえわけだ」

職人のだれもが猪肉の卵とじどんぶりに大満足をした。

売り屋連中の耳には、すでにめぐみのお手柄が聞こえていた。

「なぎらやさんのほうから広目を出したいと言わせたなんぞは、めぐみちゃんも大したもんだ」

文太が正味で褒めると、めぐみは頰《ほお》を朱に染めた。

三交代の夕餉は、五ツ（午後八時）どきに、ようやくお開きとなった。

五十三

五ツ半（午後九時）を過ぎても、釜田屋の仕事場には明かりが溢れていた。

「吉原の大見世でも、うちの仕事場ほどの明るさはねえ」

「まったく昼間のお天道様も、顔負けしてそっぽを向いちまう明るさだぜ」

仕事を続ける職人たちは、威勢がよかった。

風邪で横になっていた岩次郎も、めぐみの拵えた卵とじどんぶりで快復したらしい。

「支度を進めてきたことが、いよいよ明日は形になる。今夜はとことんまで、気を張って頑張ってもらいたい」

岩次郎は張りの戻った声で、職人に思いを伝えた。職人たちは仕事の手をとめて、岩次郎の言葉に大声で応えた。

本番第一号の大見出しは、すでに決まっていた。まだ横になっていたときの岩次郎が、床のなかで決裁した見出しである。

『似顔絵を見た下手人、

おれにそっくりだ、と』

紅と黒の、目立つ色目の大見出しである。挿絵にはもう一度、下手人の似顔絵が使われていた。

仕事場の東の隅では、耳鼻達五人と絵描きふたりが車座になって話し合いを進めていた。

「おめでたと、とむらいの聞き込みに行った先で、肝煎さんがおもしろい思案を聞かせてくれた」

海辺大工町の産婆をたずねた耳鼻達が、声の調子を高くした。

「深川だけでも、二百を超える数の町がある。それら各町の肝煎を順繰りに回って、町自慢をさせたらどうだと……」

深川の町の大半は、富岡八幡宮の氏子である。町内神輿《みこし》を持っている町は、本祭のたびに神輿を繰り出して見栄を張ることができた。

しかし町内神輿を持っているのは、ほんのわずかだ。ほとんどの町に、自前の神輿はなかった。

三年に一度の本祭のたびに、神輿のない町は肩身の狭い思いを抱いた。

町内神輿はなくても、自慢できるモノは幾つもあるはずだ。早刷りが町内自慢を取り上げたら、かならず大きな評判になる。

「町内自慢は早刷りの名物読み物になるというのが、海辺大工町の肝煎さんの言い分だ」

早刷りは明日から、毎日発行される。いつもいつも、今回の付け火のような大騒動があるとは限らない。

なにも出来事がなかったときは、赤ん坊誕生のおめでた記事や、とむらいネタに加えて、町自慢を大きく載せる。

自慢が載った町は、町ぐるみで早刷りを買い求めるに違いない。

大きな出来事がないときのために、町自慢を用意しておく。

「海辺大工町の自慢を載せてくれたら、五百枚を町の費《つい》えで買うと肝煎さんが言い切ったぜ」

車座になった面々が、大きくうなずきあった。

釜田屋の広い仕事場は、どこにも暗がりがない。特大の龕灯四基が、存分に明かりを行き渡らせているからだ。

職人たちは、ひたいに汗を浮かべている。身体がくたびれているのか、ふうっと吐息を漏らす者も何人もいた。

しかし、その吐息を漏らした者ですら、顔つきは明るかった。だれもが、仕事にやりがいを感じているがゆえだった。


釜田屋と同じ瓦版《かわらばん》の版元ながら、初田屋の仕事場はひどく暗かった。

なによりも初田屋の仕事場には、明かりが乏しかった。

二十畳大の板の間に灯されているのは、菜種油を燃やす遠州行灯《えんしゅうあんどん》が一張りだけだ。

勢いのない明かりは、行灯の周りの闇《やみ》の深さに負けていた。

仕事場が暗いもうひとつのわけは、座っているふたりの顔つきが険しかったからだ。

行灯を挟んで、昌平と砂津鐘が向き合っていた。

釜田屋の仕事場は、ひとで埋もれていた。彫り師も摺り師も、段彫りも枠切りも、一刻も早く仕上げなければと、目の色を変えて働いている。

ゆえに五ツ半を大きく過ぎたいまでも、仕事場は明るさと活気に満ち溢れていた。

初田屋の仕事場には、職人の姿はなかった。

売り屋が明日売りさばく瓦版は、五日前に摺った五百枚のなかの残りである。これを売り切るまで、昌平には新しい瓦版を摺る気はない。

ゆえに初田屋の仕事場に、職人の姿はなかった。

「おまえは、きちんと仕事をやってるのか」

ずいずいに先の尖った言葉を、昌平は砂津鐘に投げつけた。眉がぴくぴく動いた。

「言いつけられた通りに、動いてやすぜ」

砂津鐘には、胸の内に抱いた思いを隠す気はないらしい。口調はあからさまにふて腐れていた。

「おれの指図通りに動いているとしたら、どうして釜田屋の早刷りがあんなに、毎度飛ぶように売れるんだ」

昌平が強くキセルの吸い口を吸った。刻み煙草《タバコ》が燃えて、火皿が真っ赤になった。

闇がおおいかぶさった仕事場である。火皿の赤が目立った。灰吹きに雁首《がんくび》を叩きつけた昌平は、砂津鐘を睨《にら》みつけた。

いつの間にか、雨雲が江戸の空にかぶさっていた。

ボツッと落ちたひと粒は、夏の雨ならではの太さだった。

五十四

安政三（一八五六）年七月一日。

釜田屋早刷りの初売りは、あいにくの雨模様で夜明けを迎えた。

ゴオーーン……。

雨の幕を突き破って、永代寺の鐘が深川の町々に明け六ツ（午前六時）を告げていた。

「いけねえ、おっかあ。もう明け六ツが鳴り始めたぜ」

六ツの鐘を床のなかで聞いた屋根葺《やねふ》き職人の長一《ちょういち》は、慌てて飛び起きた。

いつもなら朝飯を食べながら聞くのが、明け六ツの鐘だったからだ。

身体を起こしたあとで、長一は屋根を打つ雨音に気づいた。

ふうっ……。

ひとつ安堵の吐息を漏らしてから、女房に目を移した。

「おい、おますっ」

まだ寝息を立てているおますを、強く揺り動かした。

「どうしたのよ」

おますは片手で長一の手を払いのけた。

「そんなに強く揺さぶったら、おなかの子がびっくりするじゃないの」

顔をしかめたまま、無愛想な声で応じた。

「そいつあ、すまねえ」

長一から詫びの言葉が出た。

「だがよう、おます。今朝は早刷りの初売りだぜ」

「分かってるわよ、言われなくたって」

おますは敷布団に片手をついて、身体を起こした。すでに七カ月目を迎えた身体は、横を向くのも難儀らしい。

「この雨だから、仕事は休みでしょう？」

板葺きの屋根を、威勢のよい音を立てて雨が叩いていた。

「そいつあ、そうだが……」

「わるいけど今朝は、あんたが並んでちょうだい」

おますは自分の右手で、大きく膨らんだおなかをさすった。

屋根を打つ雨音が、さらに大きさを増していた。

ふたりは所帯を構えて八年目である。去年の地震で裏店《うらだな》は潰《つぶ》れたが、幸いにもふたりは怪我《けが》ひとつしなかった。

今年の一月に、建て直しされた黒江町の与八店《よはちだな》に戻ってきた。

与八店は、ふたりにはすこぶる縁起のいい裏店である。

地震のとき、与八店は屋根が落ちてぺしゃんこになった。が、幸いなことに、ふたりで連れ立って井戸端に出ていた。

地震の起きた安政二年十月二日は、昼間から時季外れの暑い一日だった。

夜の四ツ（午後十時）。営みを終えた直後だったふたりは、揃って井戸端で身体を拭《ぬぐ》っていた。

おますが身体を拭き終わったときに、大揺れが襲ってきた。

井戸水が、泡を散らして飛び出してきた。おますと長一の目の前で、与八店は柱が折れて屋根が落ちた。

住人の大半が怪我を負ったが、おますと長一は無傷ですんだ。

新たに長屋の普請が終わったとき、差配の与八はだれよりも先に長一・おますの夫婦を呼び戻した。

「あんたらの縁起のよさを、うちの長屋に裾《すそ》分《わ》けしてくれ」

かすり傷ひとつ負わずに地震をやり過ごしたふたりを、差配の与八は福の神だと称《たた》えた。

縁起のよさは、戻ってきたあとも続いた。

今年の一月下旬、待ち焦《こ》がれていたこどもが、八年目にして授かったと分かったのだ。

「まことにあんたらは、うちの長屋の福の神だ。生涯、よそには越さずに居ついてくれ」

おますのおめでたを喜んだ与八は、店賃の値下げを口にした。

「今月から、いつまでと先の限りはつけずに、あんたらの店賃は五百文にさせてもらう」

与八店の店賃は月に七百文だ。二百文も値下げして、与八はおますのおめでたを祝福した。

他の住人もひがむどころか、おますの縁起のよさを喜んだ。

八年目にしておなかに授かったことで、女房たちには深く思うところがあったのだろう。

「おますさんの縁起のよさに、あやからせてちょうだい」

おめでたをきっかけにして、おますが女房連中のあたまを務めるようになっていた。

早刷りの号外第一号を、おますは運よく手にいれた。大きなおなかを抱えているおますに、文太のほうから一枚を差し出した。

「こんな顔をしたやつなら、きっとすぐに見つかるわよ」

「付け火をするやつだなんて、もしもこの辺を歩いていたら、あたしゃあ石をぶつけるから」

与八店の女房連中にも、おますが買ってきた早刷りは大評判になった。

早刷りがもとで下手人が捕まったあとは、女房連中のみならず、亭主どもも目の色を変えた。

「七月一日は、なんとかおますさんの縁起のよさで、一枚手に入れてちょうだいね」

早刷りは、すぐに売り切れる。

与八店のだれもが、この評判を知っていた。

「まかせてちょうだい」

六月三十日の夕暮れどき。おますは大きなおなかを、ぽんぽんっと叩いて請け合った。

が、手に入るかどうかを、真夜中まで案じていた。雨が降り始めたころに、ようやく深い眠りに落ちた。

「この雨じゃあ、仕事は休みだからよう」

長一は枕元《まくらもと》の煙草盆を手にとった。種火のカイロ灰は、朝になってもまだ火を保っていた。

「おめえの代わりに、八幡様の前に並ぶのはなんでもねえが……」

種火に雁首をくっつけて強く吸うと、刻み煙草に火が移った。

吐き出した煙が、土間へと流れた。雨は西風を連れてきていた。

「買えるかどうかは、行ってみなきゃあ分からねえぜ」

「行く前から、そんなこと言わないでよ」

おなかの膨らみが大きくなるにつれて、おますは短気の度合いを増している。

「わるかったよ」

長一は、また詫びた。

身重の女房相手に、いさかいを起こす気は毛頭なかった。

「それにつけても、雨降りで明けることあ、ねえだろうに……」

屋根を見上げた長一から、ぼやきが漏れた。

深川の方々で、同じぼやきが数知れず漏れていた。

五十五

雨は釜田屋の本瓦《ほんがわら》葺きの屋根も、強く叩いていた。

「雨が降るてえと、のどぐろは吠《ほ》えねえのかよ」

「言われてみりゃあ、おめえの言う通りだぜ」

いつもよりも半刻（一時間）早い朝飯を食いながら、枠切りの俊吉が仲間に応じた。

「なにか物足りねえと思ってたんだが、のどぐろが吠えてなかったぜ」

俊吉と仲間がうなずき合った。

のどぐろというのは、冬木町の木戸番小屋の近くに居ついている野良犬だ。

あたまから尻尾《しっぽ》の先まで、キツネ色の毛におおわれている。が、喉《のど》の周りだけは、二寸（約六センチ）幅で黒毛が生えていた。

のどぐろは、木戸番のよそ吉が名づけ親である。

永代寺が明け六ツを撞《つ》き始めると、のどぐろは木戸番小屋の戸口に近寄った。前足を立ててしゃがんだあとは、永代寺の鐘の音に聞き入った。

三打の捨て鐘が鳴り終わるなり、のどぐろは尾をピンと立てて遠吠えを始める。

ゴオオーーン……。

ウオオーーン……。

鐘に調子を合わせたのどぐろの遠吠えは、釜田屋の仕事場にまで届いた。

雨は前夜遅くから降り始めた。いまでは地べたにぬかるみを拵えている。

のどぐろは、ぬかるみが嫌いなのだろう。強い雨降りの朝は、遠吠えを休んだ。

「冬木町の町内自慢には、のどぐろの遠吠えがお誂《あつら》えだぜ」

「そいつあ、いい思案だ」

耳鼻達の雅彦が、真顔で応じた。

「明け六ツの本鐘にあわせて、律儀に遠吠えを始める犬てえのは、なによりの町自慢になるぜ」

「だったら雅彦あにい」

わきにいた多助が、茶碗を手にしたまま口を挟んできた。

「のどぐろは、町内一のぬかるみ嫌いてえのも、見出しに加えやしょうや」

「そいつはいい。大受け、間違いなしだぜ」

雅彦と多助が、ゆるくなった目を見交わした。

枠切りの俊吉は、膳の一合徳利の酒を盃に注《つ》いだ。早刷り初日を祝って、膳には遠松の言いつけで一合徳利が供されていた。

灘の下《くだ》り酒、福千寿である。

縁起かつぎには、うってつけの名の銘酒だった。

下り酒だが、ひとり一合限りだ。

「呑《の》みすぎては、せっかくの本番初日が台無しになる」

遠松の言い分には、全員が心底得心していた。

「それにつけても……」

一気にあおった盃を、俊吉は膳に戻した。

「なにも今日に限って、朝から降ることはねえだろうに」

雨模様に愚痴をこぼした。

「そいつあ俊吉、おめえの了見違いだぜ」

文太が、いつになく優しい口調で俊吉に話しかけた。

「あっしがなにか、了見違いを言いやしたんで？」

売り屋頭に対する俊吉の物言いは、ていねいだった。

「言ったとも」

立ち上がった文太は、俊吉の前に座り込んだ。

酒は強くない俊吉である。文太を見詰める目は、白目が赤味を帯び始めていた。

「おめえは今朝の雨を、縁起でもねえと思ってるだろう？」

「いいや、それは違いやす」

俊吉は首を強く左右に振った。

「縁起でもねえなどとは、ひとことも言ってやせん」

「たしかにそうだ」

文太は俊吉の言い分を受け入れた。

「おめえが言ったのは、なにも今日に限って、朝から降ることはねえだろうに……だったぜ」

文太は一言も違《たが》えずに、俊吉が口にしたことをなぞり返した。

「だがよう、俊吉」

文太は俊吉の膳の徳利を手にすると、手酌で盃を満たした。その盃を、一気にあおった。

「おめえが言ったことは、いま降ってる雨を恨んでるんだぜ」

そうだろうと問われた俊吉は、素直にうなずいた。

「それが了見違いだてえんだ」

板の間が静まり返っている。だれもが文太の話に聞き耳を立てていた。

「確かに雨降りのなかで、早刷りを売るのは難儀だ。おれだって、底なしに晴れ上がった空の下で、本番一号目を売りてえさ」

雨降りの売り出しは難儀だと、文太は自分の口で認めた。

「だがよう、俊吉。本番初日の雨降りてえのは、八幡様のお恵みにちげえねえ」

文太は正座に座り直して、盃を膳に戻した。俊吉も正座になった。


本番第一号の売り出しに際し、岩次郎の手配りには針の先ほどの抜かりもなかった。

だれもが晴天の初日を望んだ。しかし岩次郎は、雨降りとなった場合の支度も進めていた。

六月初旬、岩次郎は日本橋室町の吉羽屋をたずねた。

大名諸家にも出入りのかなっている吉羽屋は、江戸でも図抜けた身代の大きさを誇る雨具屋である。

手代に素性を明かした岩次郎は、別誂えの雨具を注文した。

雨降りでも人目を惹《ひ》くこと。

大判の早刷りを、濡《ぬ》らさずに売れる工夫が凝らされていること。

雨具と揃いになった、笠と履物が用意されていること。

これが岩次郎のつけた注文である。

岩次郎は、吉羽屋には初めての客だった。しかも応対に出てきた手代は、深川にはほとんど通じてはいなかった。

「ご注文通りに仕立てるとなれば、相当高値の誂えとなりますが……」

見積りの半金を先払いされなければ、引き受けるのはむずかしいと岩次郎に切り出した。

「わたしは初めての客だ。あんたの言い分は、もっともだろう」

半金といわず、全額を前払いすると岩次郎は申し渡した。

「わたしには費えうんぬんよりも、六月下旬に仕立て上がることのほうが、よほどに大事だ」

手代から示された見積書の全額を、岩次郎は近江屋《おうみや》の為替《かわせ》手形に記入した。

近江屋は門前仲町の両替商で、自前の為替手形を発行できる格式だった。

手代はもちろん、近江屋を知っていた。

誂えの見積りは、ひとり分一式で二両二分。岩次郎が発注した三十人分全額なら、七十五両にもなった。

雨具の大店とはいえ、一度の注文で七十五両というのは、それほど数のない大商いである。

為替手形を帳場に持ち込んだ手代は、二番番頭をつれて売り場に戻ってきた。

「雨の日の早刷り売りを、よろしく助けてください」

岩次郎が口にした言葉を、二番番頭は真正面から受け止めた。

雨除け油を染み込ませた刺子《さしこ》の合羽《かっぱ》は、六月二十五日に仕上がった。鳶色《とびいろ》の笠は、雨降りのなかでも大いに目立った。

「こんな雨降りでも、お客は並んで待ってくれる。それこそが、早刷りの真の値打ちだぜ」

文太の諭《さと》しに、俊吉は心底のうなずきで応えた。

五十六

早刷りの売り出しは、どこの売り場も四ツ（午前十時）の鐘がきっかけである。

五ツ半（午前九時）を過ぎたころから、雨脚は一気に強くなった。

「雨降りでも、早刷りは売りにくるんだろうな？」

「あたぼうだろうよ。この雨が野分《のわき》に化けても、連中はくるさ」

早刷りの売り場には、雨脚が強くなった五ツ半過ぎから多くの客が集まり始めていた。

屋号が描かれた番傘《ばんがさ》を手にした、長屋の女房。傘は町内の乾物屋の配り物である。女は雨降り用の高下駄《たかげた》を履いていた。しかし磨《す》り減った歯は、高さが一寸（約三センチ）ほどしかない。

番傘も高下駄も、裏店暮らしの雨具そのものだった。

刺子の半纏《はんてん》をあたまからかぶった職人風の男が、女のわきに立っていた。半纏には強い雨よけ細工を施《ほどこ》してあるようだ。雨は大きな粒になって、半纏の上を転がっていた。

しかし着ている股引《ももひき》・腹掛けは、ただの濃紺木綿である。雨をたっぷりと吸った股引は、濃紺というよりは黒に近かった。

売り屋が踏み台に乗るのは、深川から本所、両国までの二十カ所である。四ツが近くなるにつれて、どこの売り場周辺にも人垣ができていた。

文太の売り場、富岡八幡宮大鳥居前には、十人を超えるこどもがひとかたまりになっていた。

「買うのはおいらだよ」

小豆《あずき》色の番傘をさしたこどもが、甲高い声を張り上げた。周りを囲んでいる仲間が、大きくうなずいた。

「カメちゃんが買いやすいように、おいらたちが、かたまっていればいいんだよね」

身の丈三尺（約九十センチ）少々のちょう吉が、うまく回らない舌で亀吉《かめきち》に話しかけた。

亀吉が早刷りの買い求め役。

他のこどもたちは、亀吉が買いやすくするための助っ人らしい。

「おまえは一番ちびだから、後ろにどいてろよ」

「みそっかすのくせに、前に出てくるんじゃねえよ」

ちょう吉がさしている番傘を、竹次《たけじ》ときんたは自分たちの傘で強く叩いた。

番傘の先には竹の骨が飛び出している。その骨が、ちょう吉の傘の渋紙《しぶかみ》にぶつかった。

使い古しの番傘で、渋紙はへたり気味になっていた。ちょう吉の番傘がボツッ、ボツッと鈍い音を立てた。

うわあんっ。

いきなりちょう吉が、声を張り上げて泣き出した。渋紙には大きな穴がふたつあいていた。

「穴があいたぐらいで、そんな泣き方をするなよ」

きんたが口を尖らせた。

ちょう吉は泣きながらも傘の柄を強く握り、きんたの傘めがけて殴りかかった。

自分よりもはるかに小柄なちょう吉の逆襲など、きんたは考えてもいなかったのだろう。

傘をよけることもできず、ちょう吉の傘の骨が、まともに渋紙に突き刺さった。力の加減もせずに、思いっきり叩きつけた傘の骨である。きんたの渋紙は、バリッと大きな音を立てた。穴ではなく、縦に長く裂けていた。

「ふざけんなよっ」

番傘を放り投げたきんたは、ちょう吉につかみかかった。

ちょう吉ときんたは、背丈で一尺以上の差があった。小柄なちょう吉は、傘を手にしたまま後ろに倒れ込んだ。

「まったくおめえらは、八幡様の鳥居の前で、なんてえばかをやってやがんでえ」

蓑笠《みのかさ》の雨具をつけたおとなが、ちょう吉ときんたを叱《しか》りつけた、そのとき。

ゴオーーン……。

永代寺が、四ツの捨て鐘を撞き始めた。

大鳥居の向こうから、鳶色の合羽と笠をかぶった文太が石畳の上を歩いてきた。

右手には、いつも通りに踏み台を摑《つか》んでいる。

「売り屋がきたぜ」

おとなの声で、ひとの群れが大鳥居のほうへと動き始めた。

きんたとちょう吉は、ずぶ濡れ姿で仲間を追っていた。

五十七

七月一日、正午過ぎ。

釜田屋の広い板の間には、土間の隅にまで弾んだ声が行き渡っていた。

「売り切れになることは、これっぱかりも疑っちゃあいなかったがよう」

売り屋のひとりが、人差し指の先を弾《はじ》いてみせた。

「この雨空のなかを、あれほどのお客が待っていようとは、正直、思わなかったぜ」

「まったくだ」

着替えを終えた京次が、話に加わった。

「だれもが雨具をつけてるんで、人垣がいつもの倍ほどに膨れ上がってたからよ」

群れを拵えていた客の数には、見当をつけられなかった……京次の言い分には、板の間の売り屋全員が深くうなずいた。

数の見当はつけられなかったが、号外売り出しのとき以上の人数であることは、すぐに察しがついた。

ひどい雨降りにもかかわらず、多くの客が早刷り売り出しを待っていてくれた。

「おまちどおさん」

「いよいよ今日から、早刷りも本番だ」

売り屋が声を張り上げると、客の間から歓声があがった。

うおおう……。

声は雨を突き破った。

売り屋は懸命に腰を振った。

吉羽屋特製の合羽には、雨のなかでも鈴が吊り下げられるように、真鍮の長柄がついていた。

売り屋は左右に大きく腰を振り、鈴を鳴らそうとした。しかし雨に濡れた鈴は、いつものようには響かない。

ヂリン、ヂリン。

濁った鈴の音は、客の歓声にあっけなく押し潰された。

雨のなかで半刻（一時間）以上も待っていた客は、だれもが苛立ちを募らせていた。

売り出しが始まるなり、われさきに売り屋の前に群がろうとした。

売り屋のだれも思いもしなかったことだが、ひどい雨降りが幸いした。

これまでの号外売り出しは、いずれも上天気に恵まれた。売り屋は早刷りの束を摑んだ手を、空高く突き上げて見せた。

踏み台の前に群がった客は、ゼニを握った手を売り屋に突き出した。

片手で受け取った売り屋は、ゼニをどんぶり（腹掛けに縫い付けた小袋）に仕舞い、高く突き上げた束から一枚を取って客に渡した。

胸元めがけてゼニを突き出す客のあしらいで、売り屋は精一杯である。年寄り、女、こどもに売ってやりたいと思っても、望むようには運ばなかった。

雨降りで迎えた本番初日。釜田屋を出る前に、売り屋たちはこの日の段取りを話し合った。

思いのほか、出掛けに決めた段取りが功を奏した。

客が売り屋めがけて群がったのは、この日も同じだった。違ったのは、売り屋が早刷りの束を掲げ持ってはいなかったことだ。

百枚の早刷りを、合羽の内側に抱え持っていた。木綿の細紐《ほそひも》を肩からたすきがけにして、百枚の束を抱えていた。

「みんな聞いてくんねえ」

群がった客に向かって、売り屋は声を張り上げた。

「せっかくの早刷りを、雨に濡らしたんじゃあなんにもならねえ。今日は売る相手を、こっちから指差しするぜ」

大声で宣した売り屋は、早刷りを売る相手を順に指差しした。

男に五人続けて売ったあとは、年寄りや女、こどもを選んで五人指差した。

これを繰り返したことで、買いそびれた客からも文句は出なかった。

「それにつけても、吉羽屋の合羽は拵えがよかったぜ」

「そいつは、おれが真っ先に言いたかったことだ」

京次の声が一段と大きくなった。板の間の隅で話を聞いていた岩次郎と遠松が、同時に京次に目を向けた。

「あの雨でも、早刷りがまったく濡れてねえんだ。さすがは吉羽屋だけのことはあるぜ」

売り屋の面々が深くうなずきあった。みずから誂えに出向いた岩次郎の目元が、いつになくゆるんでいた。

「合羽の拵えがいいだけじゃあねえぜ」

克五が話を引き継いだ。京次よりも、声の通りがよかった。

「人垣から離れたところで、吉羽屋の手代が様子を見てたぜ」

「そういやあ、おれのところにも吉羽屋の手代がいた」

十人以上の売り屋が、吉羽屋の手代の姿を目にしていた。

小豆色の番傘に「日本橋吉羽屋」の屋号が描かれているのだ。手代の姿を、売り屋が間違うはずもなかった。

「納めた合羽の具合を、見定めようてえのか」

「吉羽屋てえのは、てえした商いぶりだぜ」

雨降りのなか、吉羽屋は十人以上の手代を、方々の売り場に出していたようだ。

売り屋は吉羽屋の商いぶりに感心していた。話を聞いた遠松も、売り屋と同じ思いを抱いていた。

岩次郎ひとりが、違和感を覚えたらしい。ゆるんでいた目元が、強く引き締まっていた。

五十八

雨は七ツ（午後四時）前に上がった。そのあとは、強い西陽が町を照らしていた。

両国橋西詰の料亭『折鶴』には、大川の流れを取り込んだ「引き戸」が設けられていた。

水門のような杉の門扉《もんぴ》を開けば、十人乗りの川船でも料亭の内に乗り入れることができた。

「折鶴なら、ひとに顔を見られずに入れる」

「あの値打ちを思えば、少々高いことを言われても仕方がない」

人目を忍んでの密会や、身分の高い旗本《はたもと》などの隠れ遊びには、引き戸のある折鶴は大いに重宝がられた。

引き戸に敷地の一部を食われていても、二千坪を誇る折鶴である。松や杉、それに竹藪まである庭は、森を思わせるほどに緑が濃かった。

「まことによい庭だ」

離れ座敷の武家が、満足そうなつぶやきを漏らした。背にした床の間には、掛け替えたばかりの山水画の軸が掛かっていた。

「お気に召していただければ、なによりでございます」

吉羽屋政三郎が、膝《ひざ》に両手をのせて応じた。今年で四十五歳の政三郎は、五尺五寸（約百六十七センチ）、十六貫（約六十キロ）の身体つきである。

とりたてて大柄でもないし、また太っているわけでもなかった。

が、吉羽屋が相手にする武家の多くは、幕閣につながる身分の高い旗本や大名である。

武家と互角に渡りあう日々のなかで、大物ぶるのが板についていた。

「竹藪を渡ってくる風が、なんともよい風情だ」

武家は西陽を浴びた丸窓を、あごで指し示した。

折鶴が使う障子紙は、極上の美濃紙である。薄いながらもコシはすこぶる強い。

その美濃紙の向こうから、強い西陽が差している。陽は笹の葉を、影絵にして映し出していた。

風が渡れば、笹が揺れる。

揺れる葉は、笹ずれの音を立てている。

西日が美濃紙に描く影絵は、笹ずれの音まで描き出しているかのようだ。

丸窓は、きちんと閉じられていた。ゆえに隙間風《すきまかぜ》は入ってはこない。しかし風が吹き渡る以上に、影絵のほうが涼味を伝えていた。

「これはまた、見事な眺めでございますなあ……」

尊大ぶった物言いを忘れず、政三郎も感心していた。

離れを普請した棟梁《とうりょう》は、夏場の西陽が描く笹の葉の影絵まで、織り込んでいたのだろう。

武家と政三郎は風がやむまで、しばし影絵に見とれていた。

「早刷りは、今日もまた見事に売り切れたようだの」

武家のほうが先に口を開いた。

「さすがは依田《よだ》様でございます。今朝方のことを、すでにお聞き及びでございましたか」

政三郎は真顔で、臆面もない追従《ついしょう》を口にした。

「そのほうには及ばぬだろうが、わしの元にも密偵はおる」

「てまえうんぬんなどとは、滅相もないことで……」

大げさな身振りで打ち消したあと、政三郎は徳利を武家に差し出した。

つい先ほどまで見せていた大物ぶった所作は、すっかり政三郎から失《う》せていた。

そのほうには及ばぬだろうがと言われて、肝を冷やした。武家の嫉妬《しっと》深さを、政三郎は知り尽くしていたからだ。

武家の名は依田象次郎《しょうじろう》。深川万年橋北詰に屋敷を構える、千石取りの旗本である。

千石取りながらも、依田は無役だ。しかし面目にかけて、小普請組編入には逆らっていた。

そのために幕閣要所への付け届けはマメである。また幕閣の役に立つべく、ひとを使って市中の動きには常に耳目《じもく》を配っていた。

吉羽屋政三郎も、依田の耳目のひとりである。もっとも吉羽屋は、自分のほうが依田を使いこなしている気でいた。

「そのほうが申した通り、早刷りは御公儀《ごこうぎ》の御役に立つやもしれぬの」

依田が盃を干すさまを、政三郎は忠臣顔で見詰めていた。

五十九

『折鶴』が離れ座敷の客に供する酒器は、赤絵の伊万里焼である。依田象次郎は尊大な手つきで、伊万里焼の徳利を吉羽屋政三郎に差し出した。

「ありがたき一献《いっこん》、ちょうだいいたします」

大仰《おおぎょう》な物言いと身振りで、政三郎は応じた。臆面もない追従でも、依田は本気で喜ぶと分かっていたからだ。

「そのほうは……」

ぞんざいな手つきで酌をした依田は、徳利を膳に戻すなり脇息《きょうそく》に寄りかかった。目方が二十五貫（約九十四キロ）ある依田は、息をするのも大儀そうだった。

「まこと早刷りを、意のままに御せるのであろうな？」

依田は太っているだけではなかった。胃ノ腑《ふ》に傷みを抱えているに違いない。口を開くたびに、ひどく臭い息を吐き出した。

政三郎はにおいを嗅《か》いでも、顔色も変えずにうなずいた。

「ならば吉羽屋、早刷りを使って早々に二分金《にぶきん》の評判を高めよ」

「うけたまわりました」

盃を膳に戻した政三郎は、深くこうべを垂れた。いやなにおいが、あたまの上を素通りした。

つい先日の、安政三（一八五六）年六月二十八日。公儀は『安政二分金』なる金貨の通用を始めた。

二年前の嘉永七（一八五四）年三月、公儀はアメリカとの間に『日米和親条約』を締結した。

この条約締結が端緒となり、その後、各国と相次いで通商条約を結ぶに至る。

外国との交易には、決済手段としての金貨・銀貨が必要である。

「不用意な金銀貨の流出は、国益を大きく損なう」

幕閣のなかには、外国との交易に断固反対を唱える者もいた。が、条約はすでに締結されていた。

「かくなるうえは、わが国に有利な金貨を新たに鋳造するのが、なによりの上策であろう」

新貨幣鋳造で、幕閣の意見はまとまった。だれも異議を唱えなかったのは、例によって御金蔵《ごきんぞう》が底を突きかけていたからだ。

新貨幣鋳造といいながら、実態は改鋳《かいちゅう》である。幕閣が総意で鋳造を決めたのは、まず手始めに二分金だった。

公儀は江戸開府の二年前、慶長六（一六〇一）年に『慶長小判』を鋳造した。以来、一両小判が幕府の基軸通貨となった。

「世を統《す》べるには、カネを統一するのがなににも増して大事」

通貨統一こそが、天下統一のかなめだと家康は喝破した。それゆえ江戸開府に二年も先駆けて、小判鋳造を始めた。

基軸通貨と定めた慶長小判は、一枚の重さが四・八匁（十八グラム）で、金の純度は八割四分（八十四パーセント）という高品位な金貨だった。

公儀は一両小判の補助通貨として、慶長一分金（四分の一両）も鋳造した。重さは一・二匁（四・五グラム）、金品位は八割四分で、まさに一両の四分の一の値打ちを含んでいた。

慶長小判鋳造から九十四年を経た元禄八（一六九五）年に、公儀は初めて改鋳を断行した。

鋳造された元禄小判は、重さこそ四・八匁で慶長小判とまったく同じである。

小判を鋳造したのは後藤家が率いる金座で、小判に施した槌目《つちめ》も慶長小判と同じだった。

しかし小判に含まれる金の品位は、五割七分にまで落とされていた。

公儀は二枚の慶長小判から、三枚の元禄小判を鋳造した。

「御改鋳断行により、御金蔵には五百万両の小判が出目（差益）として運び入れられた」

後に新井白石がこう書き残したほどに、公儀は元禄の改鋳であぶく銭を手に入れた。

五代将軍綱吉の時代の話である。

以後の将軍たちは、御金蔵が底を突きそうになるたびに、御改鋳の名のもとに粗悪金貨・銀貨の鋳造を繰り返した。

「まだご改鋳だとよう」

「冗談じゃねえぜ」

「これ以上、諸色《しょしき》（物価）が上がったんじゃあ、やってけねえやね」

御改鋳が近いといううわさが流れると、江戸町民のだれもが眉《まゆ》をひそめた。

公儀が改鋳したのは、金貨と銀貨である。銭貨《せんか》を改鋳したところで、出目は皆目得られないからだ。

金貨・銀貨は町民が日常に使う貨幣ではなかった。が、金貨は公儀の基軸通貨である。金貨の品位が下がれば、諸色高騰を引き起こした。金貨・銀貨を決済通貨とする商人が、一斉に値上げに走ったからだ。

金の量が目減りした分以上に、諸色は高くなった。

安政三年六月二十八日から通用を開始した金貨は、二分金（二分の一両）のみである。

「二分金は、通商条約に基づく交易の決済におもに使われる」

公儀は高札まで立てて、このことを江戸町民に知らしめようとした。外国相手に使う金貨だと言うには、相応のわけがあった。

ところが町民は、公儀の言い分をまるで信じなかった。

「御上《おかみ》が黒船の連中だけに使う金貨だというのは、嘘《うそ》八百にちげえねえ」

「あたぼうじゃねえか。どうせすぐに、たっぷり混ぜ物がされた小判だの一分金だのが、出回るに決まってらあ」

「おれっちの暮らしの役に立たねえ二分金なんぞは、クソっくらえだぜ」

新たに通用が始まった二分金の評判は、散々だった。

交易決済のための新貨幣だというのが、公儀の言い分である。しかしそれを鵜呑《うの》みにする町民は皆無だった。

二分の一両（二貫五百文相当）という高額な通貨は、一般町民の暮らしで使われることはほとんどなかった。とはいえ通用が始まれば、諸色には多大な影響を及ぼす。

もしも粗悪な金貨となれば、なおさら町民たちは諸色高騰の荒波をかぶることになるのだ。

安政二分金に先だって、公儀は文政年間に二度、真文二分金と草文二分金を鋳造していた。重さはいずれも一・八匁（約六・八グラム）で、品位は真文が五割六分、草文が四割九分という代物だった。

「こんなひどい金貨に、二分の値打ちがあるわけがない」

真文・草文ともに、両替商から猛反発を受けた。結果、真文は天保六（一八三五）年に、草文は天保十三年にそれぞれ通用停止の憂き目を見た。

文政十一（一八二八）年に鋳造が開始された草文二分金は、わずか十四年という短さで姿を消した。

公儀がいかに改鋳を強行しようとも、金貨を両替商が引き受けない限り出目は得られない。

両替商は、町民の評判には敏感に反応する。金貨を日常の暮らしで使わないとはいえ、町民がそっぽを向く金貨など、両替商は公儀から買い入れをしなかった。

文政時代に鋳造された二種の金貨が短命だったのは、町民が相手にせず、両替商が買い入れを渋ったからだ。

安政二分金は、呆《あき》れたことに文政二分金よりもさらに出来のわるい金貨だった。

二分金といいながら、重さは文政二分金よりも軽い一・五匁（約五・六グラム）しかなかった。

軽いことに加えて、品位がひどかった。

町民がそっぽを向いた文政草文二分金でも、品位は四割九分である。安政二分金の品位は、二割しかなかった。

金貨といいながら、八割は金以外の混ぜ物なのだ。

「二分金は、通商条約に基づく交易の決済におもに使われる」

公儀は高札まで立てて、二分金は外国交易に使う金貨だと触れた。しかしその言い分を信じた町民は皆無だった。

「二分金の引き受けには、強いためらいを覚えております」

公金を扱う本両替の当主は、勘定奉行配下の与力《よりき》に向かい、臆せずに苦言を呈していた。

不人気きわまりない、安政二分金。もしも評判を高められれば、与力の覚えがめでたくなる。

やがては、勘定奉行への目通りもかなう……。

依田象次郎は身勝手な目論見を抱いて、吉羽屋政三郎との密談の場に臨んでいた。

「釜田屋当主を相手に、明日にでも談判をいたします」

「明日にでもなどと、あやふやな物言いは無用だ」

依田は目つきを険しくした。

「かならず明日のうちに、確かな返答をわしの耳に届けろ」

脇息から身体を起こした依田は、強い口調で言い置いた。ひとことしゃべるたびに、巨体が上下に揺れる。

羽織の紐もつられて揺れた。

六十

毎月一日の朝、初田屋の若い者六人は顔を引きつらせながらクジ引きをした。

使い古しの割り箸《ばし》の先に、紅の塗られた二本が『当たり』である。運わるく紅の箸を引いたふたりは、肩を落として深いため息をついた。行き帰り二里（約八キロ）の道を、ボロ荷車を引っ張る苦行《くぎょう》が待ち受けているからだ。

初田屋を出て向かう先は、向島の蔵元である。昌平がチビチビとやる晩酌は、江戸の地酒『隅田川』だ。若い者は荷車を引いて、隅田川の四斗樽《しとだる》を仕入れに向島まで出向かされた。

初田屋の近所に、何軒も酒屋はある。どの店でも、隅田川は取り扱っていた。

それを承知で若い者を蔵元まで差し向けるのは、安く買えるからだ。とはいえ酒屋で買うより、たかだか一割五分安いだけだ。

その一割五分のカネを、昌平は惜しんだ。

若い者を使いに出しても、余計な費えはかからない。

「給金を払ってるんだ、それぐらいの使いをするのは当たり前だろう」

こう言い切る昌平が、若い者に駄賃をはずむわけがなかった。

四斗樽を運ぶのは、自前の荷車である。昌平は車軸にさす油を惜しんだ。十日に一度さす油は、行灯で使い残した、いやなにおいのする油である。

荷車の車軸が、そんな油を喜ぶはずがない。燃えカス油をさすと、車軸は意趣返しをするかのように、さらに軋《きし》み音を強くした。

修繕されることのない荷台は、半ば腐りかけている。うっかり乱暴に荷物を載せると、台がグシャッと潰れそうになる。

隅田川の四斗樽を載せるとき、若い者は壊れ物のようにていねいに扱った。荷台を壊しでもしたら、修繕代を昌平に巻き上げられるからだ。

四斗樽を積むと、車軸はひどい音を立てた。初田屋と蔵元の行き帰りは、二里の道のりである。

キイッ、キイッと軋み音を立てる車軸に毒づきながら、クジ引きに負けた若い者ふたりは四斗樽を運んだ。

七月一日の蔵元行きの若い者には、さらにもうひとつの用が言いつけられていた。

「雨降りで客なんざ、ひとりもいねえだろうからよう。恵んでやるつもりで、一枚買ってこい」

この日から発売が始まった早刷りを手に入れろと、砂津鐘から言いつけられていた。

若い者ふたりは、蓑笠の雨具姿で向島に向かった。

「せめて雨よけ油をたっぷりと染み込ませた、半纏ぐれえの用意をよう……」

「うちのあのしみったれが、そんなものを用意するはずもねえだろうがよ」

若い者ふたりは、昌平をあしざまに言いながら蓑笠を着込んだ。首尾よく酒を買い込み、両国橋西詰の早刷り売り場に向かった。売り場に着く手前で、回向院が撞く四ツ（午前十時）の鐘を聞いた。

「でえじょうぶさ。砂津鐘あにいが言ってた通り、この雨降りで早刷りを買う酔狂者なんざ、いるわけがねえさ」

「ちげえねえ」

笠から雨を垂らしながら、若い者はうなずきあった。ところが砂津鐘の読みは、見事に外れた。

どこの売り場でも、売り出しと同時に売り切れになったのだ。

荷車を引いた若い者が両国橋西詰に着いたときには、売り屋も客もいなくなっていた。

こんな雨降りで、買うやつはいねえ……そう言いながらも砂津鐘は、どこかに不安を感じていたのだろう。蔵元に向かった若い者だけではなく、初田屋の売り屋連中も方々の早刷りの売り場に差し向けていた。

しかしただのひとりも、早刷り本番一号を手に入れることはできなかった。

六ツ半（午後七時）過ぎから始まった初田屋昌平の酒は、五ツ半（午後九時）を過ぎても続いていた。

肴《さかな》は味噌《みそ》である。

小皿に山盛りにした味噌を、箸の先にチョンチョンッとつけて、舐める。盃一杯の酒を呑むたびに、これを繰り返した。

昌平は酒の強い男ではなかった。一合徳利をカラにするのに、四半刻（三十分）はかかった。

機嫌のよくないときは、さらに盃を干す調子が遅くなるのだ。

七月一日は一刻が過ぎたのちも、二本目の徳利には半分近くも隅田川が残っていた。

「おめえはいってえ、どんな指図を下していたんだ」

尖った声が、砂津鐘に投げつけられた。

ちびちびと呑み始めて、すでに一刻が過ぎている。同じ詰問が、十回以上も発せられていた。

ふうっ。

砂津鐘は返事の代わりに、わざと大きなため息をついた。

「なんでえ、そのため息は」

昌平の目が据わっている。二合に満たない酒で、悪酔いをしているようだ。

返事をしない砂津鐘めがけて、昌平は盃を投げつけた。

六十一

初田屋昌平は、すこぶるつきの猫好きである。

「どれだけ可愛がっても、飼い主におもねることをしねえ。猫てえやつは、どこまでいっても獣の本性を忘れちゃあいねえ」

飼い主に媚《こ》びないところがいいというのが、昌平が猫を可愛がる理由だった。

猫にはそんなことを言いながら、配下の者には限りのない服従を強いた。

投げつけられた盃を、砂津鐘は首をわずかにかしげて避けた。禿頭《とくとう》で五尺七寸（約百七十三センチ）、二十二貫（約七十九キロ）もある大男だが、砂津鐘の動きは敏捷《びんしょう》である。

狙いを外された盃は、畳にポトリと力なく落ちた。昌平は盃を投げつける力すら、強くはなかった。

ちっ。

昌平が強い舌打ちをしたら、飼い猫の一匹が座敷に入ってきた。舌打ちの「ちっ」という音が気になったのだろう。

猫は転がっている盃を見て、ミャアとひと声鳴いた。鳴いただけではなく、前足をぞんざいに突き出して、コロッと転がした。

的を外した飼い主に、なにをやっているのだと言わんばかりの、相手を見下した鳴き方だった。

飼い猫に虚仮《こけ》にされても、昌平は文句は言わなかった。しかし怒りは収まらない。昌平は矛先《ほこさき》を、盃をかわした砂津鐘に向けた。

「ばかやろう」

目を剝《む》いて、砂津鐘を怒鳴りつけた。

「とっとと拾って、おれにけえしねえ」

自分で投げた盃を難なくかわされた挙句《あげく》、それを返せと怒鳴っている。なんとも間抜けな振る舞いだった。

指図された砂津鐘は、盃を返すとき、冷笑を隠さなかった。

気に染まない成り行きが続き、昌平は逆上していた。

「おめえの指図が間抜けだから、うちが五年も独り占めにしてきた広目を、新参者の早刷りにごっそりと掻《か》っ攫《さら》われる羽目になったんだろうが」

怒りを募らせた昌平は、声がひときわ甲高くなる。キイキイと耳障りな声で、砂津鐘に毒づいた。

「よりにもよって、うちを袖《そで》にした田中屋の二番番頭が、わざわざ冬木町まで出向いたてえんだ。そんな目に遭わされるのを、おめえはどんな了見で、黙ってみてやがったんだ」

昌平が目の端を釣り上げた。

砂津鐘は、あからさまにため息をついて応じた。

田中屋の一件では、十回は昌平から毒づかれていた。次々に飛び出す口汚いののしりを、砂津鐘は諳《そら》んずることができた。


田中屋の二番番頭治助は、初田屋の瓦版への広目出稿を取りやめにした。その代わりに早刷りに載せたくて、みずから冬木町へと出向いた。

ところが釜田屋は、本多屋壮助に任せてございますので」

「広目はすべて、本多屋壮助に任せてございますので」

首尾が果たせずに戻ってきた治助を、初田屋の売り屋が店先で待ち構えていた。

「代金のほうは、しっかりと値引きをさせてもらいやすんで」

ぜひともう一度、瓦版への広目の出稿を考えてほしいと頼み込んだ。代金の一割を治助に割り戻すとまで、売り屋は追従顔でささやいた。

「あたしを、どこのだれだと思っているんだ」

激高した治助は、小僧を呼びつけた。番頭の剣幕に驚いた小僧は、歯の磨り減った下駄をカタカタと鳴らしてすっ飛んできた。

「いますぐに、塩を山盛りにして持ってきなさい」

尖った口調の指図を受けた小僧は、律儀に粗塩《あらしお》を山盛りにした竹ザルを持ってきた。

小僧からザルをひったくった治助は、右手いっぱいに塩を摑んだ。

「あたしの目の黒いうちは、なにがあっても初田屋には広目を出さない」

治助の声を聞いて、室町大通りを行き交う者が足を止めた。

「なにがありましたので?」

「あたしも、たったいま通りかかったばかりでしてね」

「そういうことなら、おれの話を聞きねえな」

うわさ好きの野次馬は、どこにでもいる。思いつくままのたわごとを、足を止めた通行人たちは真に受けて聞き入った。

うわさは、たちまち江戸の四方に広がった。

「室町の田中屋は、この先なにがあろうとも初田屋発行の瓦版に広目を出さないと決めた」

「初田屋の売り屋は広目ほしさに、田中屋の二番番頭に袖の下を出すからと持ちかけた。

激怒した二番番頭は、竹ザル一杯の塩を初田屋の売り屋にぶっかけた」

「釜田屋の早刷り人気に押されて、初田屋の瓦版には広目がまったく集まらなくなった。

焦《あせ》った売り屋は、値引きに走り、挙句の果てには番頭に袖の下を渡そうとして躍起になっている」

「あの調子では、初田屋の瓦版は長くは持たない」

うわさは尾ひれを伸ばしながら、江戸中に広まった。うわさには、まことを多数含んでいた。

初田屋の売り屋が苦戦していることと、早刷りの広目は何十日も先まで埋まっていることの二点である。

うわさにまとわりつかれて、初田屋の売り屋は日を追うごとに売り込みがきつくなっていた。

早刷りの本番が売り出された、この日。初田屋の売り屋連中は、なんとかしてほしいと昌平に泣きついた。

「おめえは今日まで、いったいなにをやってきたんだ」

昌平は目と口を尖らせて、砂津鐘を怒鳴りつけた。

「おめえが底なしの間抜けだから、うちの瓦版が早刷りなんぞに食われちまうんだ」

ひときわ大声で毒づいた昌平は、またもや盃を投げつけた。

敏捷な砂津鐘だが、まさかもう一度、盃が飛んでくるとは思ってもいなかった。

避けることができず、盃はまともにひたいにぶつかった。とはいえ、痛みは大したことはなかった。

しかしひたいにぶつけられたことへの怒りが、腹の底から沸騰してきた。

「なにしやがんでえ」

昌平に向かって、砂津鐘は怒鳴り声を発した。

相手が歯向かうなどとは、思ってもいなかったのだろう。長火鉢の向こう側で、昌平はびくっと肩を震わせた。

怒鳴り声を発したものの、砂津鐘はそれ以上の振る舞いには及ばなかった。どれほどの腹立ちであっても、昌平に手向かうことは、さすがにはばかられた。

配下の若い者三人が、血相を変えて駆けつけてきた。砂津鐘の怒鳴り声に驚いたからだ。

手下の顔を見るなり、昌平は威勢を取り戻した。

「おめえが口にしたことは、しっかりと聞いたぜ」

突き出した右手の手のひらを振って、砂津鐘に下がれと命じた。

砂津鐘はあたまも下げず、長火鉢の前を離れた。

「おめえたちも下がっていい」

若い者を追い払った昌平のこめかみが、ヒクッ、ヒクッと引きつっている。

いつの間にか戻っていた猫が、長火鉢の前で前足を突っ張らせて伸びをした。

六十二

七月二日の七ツ半（午後五時）前。並木町の細道を、砂津鐘は重たい足取りで歩いていた。

歩みがひどく重たいのは、向かっている先が臼田屋甚六《じんろく》の宿だからだ。

小道の前方に、赤い頭巾《ずきん》をかぶせられた地蔵が見えてきた。地蔵が立っている場所が、甚六の宿につながる路地の入口である。

砂津鐘の足が止まった。

ふうっ。

大きな息を吐き出した砂津鐘は、両手でおのれの顔を引っ叩《ぱた》いた。気合をいれるためである。

砂津鐘が物事に尻込みしたり、気後れしたりすることは、皆無に近かった。

身体つきは大柄だし、目方も充分にある。毎朝剃刀《かみそり》を入れるあたまは、艶《つや》のある禿頭だ。

砂津鐘の容貌《ようぼう》を見れば、相手のほうが勝手に怯《おび》えた。ゆえに気後れも尻込みも、砂津鐘には縁がなかった。

そんな砂津鐘にも、たったひとりの苦手な相手がいた。それが臼田屋甚六である。

臼田屋は、証文買いが生業《なりわい》だった。が、ただの証文買いではなかった。

「今度の払いを四の五の言って違《たげ》えたりしたら、もう容赦はしねえ。その日のうちに、臼田屋に証文を売り飛ばすぜ」

向こう傷を自慢にする渡世人《とせいにん》でも、臼田屋に証文を売り飛ばすと言われると、腰が砕けた。

「臼田屋甚六に証文を売り飛ばす」

というのは、脅し文句としてなによりも効き目があった。

臼田屋は、買い取る証文の質を一切問わなかった。

おもに買い取るのは、赤鼻の五里蔵の賭場《とば》証文だ。

五里蔵の賭場があるのは、臼田屋と同じ並木町である。ゆえに五里蔵が貸金と引き換えに書かせた借金証文は、その日のうちに臼田屋が買い取った。

甚六は証文に署名した筆遣いを見ただけで、相手の素性を見抜いた。

「この証文は、九割二分で買ってもいい」

「五割が精一杯だ」

「二割五分なら買い取ろう」

貸付金額の九割二分が最上。もっとも質のよくない証文は、貸付金額の二割五分である。甚六は一分《いちぶ》刻みで、買い取りの値付けをした。

臼田屋がつける値を、五里蔵の賭場はそのまま客の格付けとした。二割五分の安値をつけられた客が賭場で浮かぶことなど、あるはずもなかった。

臼田屋甚六は、なにがあっても証文を反故《ほご》にはしない。つまり、焦げ付きは出さないのだ。

額面の二割五分で買い取っても、当人から貸金の取り立てができるとは、考えてはいなかった。

貸金を回収するのではなく、身体で払わせるのだ。

「越後の先にまで、旅をしてもらおうか」

取り立てる相手が男なら、歳は問わず甚六は佐渡の金山に送り込んだ。

金山は無宿人《むしゆくにん》や罪人の流刑地として知られていた。金の掘り出し量が減るにつれて、金山はより深く掘り進めざるを得なかった。

穴が深まれば、落盤事故などが多発する。咎人《とがにん》だけでは人足《にんそく》が足りなくなり、金山役人は裏社会の顔役に坑夫の周旋をさせた。

江戸には無宿人の巣窟《そうくつ》が方々にあった。

「来月十日までに、二十人の手配りをしてもらいたい」

臼田屋の手許には、ひっきりなしに人足周旋の依頼状が舞い込んだ。

二割五分で買い取った証文の男は、カネが払えない限りは、ひとりの漏れもなしに佐渡の金山送りとなった。

臼田屋は、金山送りのことを隠さなかった。それどころか、わざと耳元でささやいた。

「カネを払わなければ、佐渡送りになるぜ」

臼田屋甚六の元には、二十五人の凄腕の世話役がいた。

全員が五尺二寸（約百五十八センチ）の、荒事《あらごと》とは無縁にみえる優男《やさおとこ》ばかりだ。

定めた通りの利息（十日ごとに一割五分）を払う限り、世話役は見た目通りに優しかった。しかし一度でも払いが遅れると、隠していた牙《きば》を剝《む》き出しにした。

「甘い顔は一回だけだ。次も遅れたら、もうゼニはいらねえ」

ゼニはいらねえとささやかれると、だれもが震え上がった。

なかには、世話役から逃げ出そうとする者もいた。しかし、ひとりとして、逃げおおせた者はいなかった。

世話役たちはあらかじめ、証文当人の在所や親類、仕事仲間、近所の顔見知りにいたるまで、聞き取りをしていた。

もしも行方をくらましたりすれば、これらの者が臼田屋の手の者に痛めつけられた。

そのうわさを、江戸から外に向けて流した。

それでも証文当人が名乗り出てこなければ、臼田屋はだれかれ構わず男を佐渡送りにした。

臼田屋の仕業だと、うわさをばらまいた。が、かどわかしの下手人が挙がらないように、充分に手配りをしてことに及んだ。

臼田屋から逃げおおせた者は、ただのひとりもいなかった。

両手で強く顔を引っ叩いてから、砂津鐘は臼田屋につながる路地に入った。

地蔵の立っている入口から臼田屋の玄関までは、幅が五尺（約一・五メートル）の路地である。

「地蔵に見送られて入る、後戻りのできない路地」

臼田屋につながる道を、渡世人たちはそう呼んで恐れた。

さりとて臼田屋に借りを抱えていない者は、臆することなく路地を入った。これまでは砂津鐘も、苦手には感じながらも、路地を歩く足が竦《すく》むことはなかった。ただの一文も、臼田屋に借りたことはなかったからだ。

いまはまったく違っていた。

今日の昼過ぎに、臼田屋の世話役のひとりが初田屋に顔を出した。砂津鐘も顔見知りの世話役だった。

「今日から、おめえさんの世話をさせてもらうことになりやした」

世話役は清吉《せいきち》と名乗った。

臼田屋の世話役がおれに……。

それがなにを意味するかは、分かり過ぎるほどに分かっていた。

歩く路地の突き当たりに、臼田屋の赤い格子戸が見えている。

砂津鐘には、地獄への入口にしか見えなかった。

六十三

玄関に近づくにつれて、格子戸の紅色が凄《すご》みを増した。

砂津鐘はこの日までに、少なくとも十回は臼田屋をおとずれていた。それらのときも、いまも、格子戸の赤はまったく同じ色である。

「臼田屋の格子戸に塗ってある紅色は、天竺《てんじく》から到来したベンガラとかいう代物《しろもの》らしい」

砂津鐘が昌平から紅色の由来を聞かされたのは、いまから四年前、初めて臼田屋をおとずれたときだった。

「土佐の室戸岬というところには、クジラを獲《と》る漁師がいる。臼田屋が使っているのは、クジラを脅かすために船に塗っている紅色と同じものらしい」

身の丈が五丈（約十五メートル）もあるクジラが、目を剝いて驚く紅色だ……臼田屋の受け売りを、昌平はしたり顔で聞かせた。

そのときの砂津鐘は赤い格子戸を見ても、いささかも驚きはしなかった。クジラが怖がる赤だと昌平は言ったが、砂津鐘はベンガラの紅色に見とれたものだ。

いまは、まるで違っていた。

赤い格子戸は、地獄への入口に見えた。

路地の水溜《たま》りにはじき返された西陽が、格子戸を下から照らしている。陽を浴びた紅色の格子戸を見て、砂津鐘は足が竦み上がって動けなくなった。

「待ってたぜ」

陰にひそんでいた清吉が、背後から出し抜けに声をかけた。五尺七寸（約百七十三センチ）もある砂津鐘が、二寸（約六センチ）は飛び上がった。

「そんなに驚くこたあねえだろうによ」

昼過ぎに初田屋をたずねてきたときとは、清吉の物言いがまるで違っていた。

他の世話役同様、清吉も背丈は五尺二寸（約百五十八センチ）だ。着ているのは、細い縞《しま》柄のひとえである。

お仕着せのような身繕《みづくろ》いといい、ていねいな物言いといい、昼間の清吉はお店者《たなもの》のようだった。

いまも身の拵えは、昼間と同じだった。髷《まげ》の形も変わってない。

しかし、ぞんざいきわまりない物言いになっている。砂津鐘よりもはるかに小柄な清吉が、あたかも相手を見下ろしているかのようだった。

「格子戸を見ただけで、そんなにびくびくしてたんじゃあ……」

砂津鐘の前に回りこんだ清吉は、ぐいっとあごと胸とを突き出した。

「おかしらの前に出たときにゃあ、ふんどしがしょんべんでびしょ濡れだぜ」

清吉が薄笑いを見せたとき。

砂津鐘のわきを、ネズミが走り抜けた。走り方は、まさに命がけに見えた。

一匹の猫が、ネズミを追った。素早い走りだが、動きには充分なゆとりが感じられた。

猫は路地の手前で、ネズミの前に回りこんだ。が、手出しはしなかった。

逃げ場を失ったネズミは、クルッと向きを変えて砂津鐘のほうに駆け戻ってきた。猫は遊びに飽きたらしい。

大きく跳んで、ネズミにのしかかった。前足で身体を押さえつけたあと、首筋に牙を立てた。

呆《ほう》けたような顔で、砂津鐘は仕留められたネズミを見ていた。

「おかしらがお待ちだ」

ネズミが動かなくなったとき、清吉が声をかけた。

六十四

臼田屋甚六も昌平同様、長火鉢を前にして座っていた。

夏の盛りだというのに、火鉢に炭火が熾《お》きているのも昌平と同じだ。が、形は似ていても、中身はまったく違っていた。

臼田屋甚六が背にしている簞笥《たんす》は、素人目《しろうとめ》にも上物であるのが察せられた。木は樫《かし》で、拵えは堅固である。簞笥の四隅には、鋲《びょう》細工が施されていた。引き出しの鐶《かん》は、太くて黒光りしている。夕暮れ前の薄暗いなかでも、鈍い艶を放っていた。

長火鉢の炭は、細長い備長炭《びんちょうたん》である。火付きはわるいが、ひとたび熾《おこ》したあとは、強い火力が長持ちする上物の炭だ。

臼田屋甚六は、火鉢にくべる炭にいたるまで吟味を怠らない男だった。

初田屋昌平の居室も、臼田屋と似たような拵えといえた。

長火鉢には夏でも炭がいけられていたし、引き出しが幾つも造作された簞笥を背もたれに使っていた。

しかし昌平の持って生まれた性根の倹《つま》しさは、調度品の拵えのわるさに出た。

指物師《さしものし》の手間賃を、昌平は惜しんだ。それゆえに、箪笥は歪《ゆが》みを生じていた。引き出しは、滑らかには開かない。肉の薄っぺらな鐶は、箪笥にあたるとカチャカチャと貧相な音を立てた。

「呼びつけてわるかったな」

臼田屋は長火鉢の猫板に、黒塗りの細長い盆を載せていた。

盆には急須と湯呑みが置いてある。臼田屋甚六は、茶の支度を調《とと》えていた。

砂津鐘の息遣いが荒くなった。

「臼田屋に手ずから茶をいれられるのは、なにがあっても願い下げだ」

昌平から何度も聞かされたことだった。

斬首刑《ざんしゅ》に処される罪人は、土壇場《どたんば》に引き出される前に役人から一杯の茶を振る舞われた。

臼田屋は証文記載額の二割五分で買い取った者に、みずから茶を振る舞うことがあった。

この男は佐渡送りだ。

臼田屋が茶をいれるのは、世話役への合図である。

昌平から聞かされていた「末期《まつご》の茶」を、砂津鐘は振る舞われようとしていた。

背後には清吉が詰めている。

一気に口のなかが干上がった。

臼田屋は砂津鐘を見ようともせず、鉄瓶の湯を急須に注いだ。沸き立っていた湯の泡粒が、急須の外へと飛び散った。

臼田屋が支度をしていたのは、熱湯でいれる焙《ほう》じ茶である。湯を注ぎ終わった臼田屋は、急須にふたをかぶせた。

焙じ茶を熱湯で蒸《む》らして、飲み頃を計ろうとしているのだ。

これまで何百人にも、臼田屋はこうして焙じ茶を呑ませてきた。急須にふたをかぶせる手つきは、怖いほどにさまになっていた。

砂津鐘は息遣いを落ちつかせようと、懸命だった。臼田屋と清吉に挟まれながら、みっともない真似《まね》はしたくない……その見栄を、砂津鐘は捨ててはいなかった。

先行きには、ひどく怯えを感じていた。とはいえ砂津鐘は、ぎりぎりのところで、男を保とうとして踏ん張っていた。

茶をいれ終わった臼田屋は、砂津鐘の背後に控えた清吉に、目で指図をした。長火鉢の前ににじり寄った清吉は、受け取った湯呑みを砂津鐘の膝元に置いた。

「渇き切った口には、焙じ茶の美味《うま》さは格別だろう」

茶を勧める口調は、意外にも柔らかである。まるで砂津鐘に、親しみを寄せているかのように聞こえた。

六十五

七月三日も、早刷りは売り出すなり売り切れた。本番二日目目の売り屋は、前日以上の客に取り囲まれた。

「お願いだからさあ。もうちょっと、摺りの数を増やしてちょうだいよ」

「かならず毎日買うからよう。月ぎめで売ってくんねえな」

買い損じた客は売り屋を取り込み、強い調子で詰め寄った。

口調は尖っていても、それは文句ではない。もっと多く売れと、売り屋に迫っていた。

七月一日は、江戸のどこにも火事も喧嘩《けんか》も、ひとごろしも起きなかった。それでも七月二日の早刷りは、たちまち売り切れた。

耳鼻達の雅彦が平野町で仕入れたネタが、とりわけカミさん連中に大受けしての売り切れだった。

「話を聞かされたハナは、そんなネタででえじょうぶかと、正直なところ心配だったがよう」

七月二日の七ツ（午後四時）下がり。釜田屋の仕事場では、耳鼻達・絵描き・枠切りたちが車座になって、三号目の紙面作りを声高にやりあっていた。

大声は耳鼻達の多助で、早刷り二号の大見出しとなった雅彦のネタを振り返っていた。

七月一日の昼過ぎ。初売りが見事に売り切れたことで、耳鼻達たちは元気づいた。雨降りでも早刷りは売れるということを、釜田屋のだれもが実感できたからだ。

まだ強い雨が降っていたさなかに、三つの報せ《しら》が釜田屋に持ち込まれた。

長屋の三毛猫が産んだ子猫二匹が、白猫と黒猫だったこと。

大横川に架かる蓬莱橋《ほうらいばし》のたもとに、目の下一尺（約三十センチ）の錦鯉《にしきごい》が泳いでいたこと。

平野町の与助店で、双子と思われるお産が始まりそうなこと。

持ち込まれた報せは、この三つだった。いずれも早刷りの号外を読んだ客からの持ち込みネタである。

「願った通りの成り行きになっている」

発売初日に持ち込みが三件もあったと知り、岩次郎は両目に強い光を宿した。

「井筒屋と談判して、聞き上手な女をふたり、すぐにも口入れしてもらいなさい」

早刷りが売れれば売れるほど、話の持ち込みも増える。どんな話でも聞き取るように、かかりきりの聞き役を雇い入れる。

これが岩次郎の判断だった。

「耳鼻達を聞き役に使うのは、あまりにもったいない。たとえつまらない話でも辛抱強く聞けるのは、男よりも女のほうだろう」

当主の言いつけに得心した遠松は、みずから井筒屋に出向いた。

この日持ち込まれた三件には、昼過ぎから三人の耳鼻達が別々に出向いた。

平野町の与助店には、雅彦が出張った。弘太郎の許しを得て、雅彦は絵描きを伴っていた。

雨が上がり、威勢の戻った夏陽が地べたを乾かし始めた、七ツ前。与助店の路地の端まで、元気な産声《うぶごえ》が響き渡った。

「男の子の双子だよう」

産湯を終えた産婆は、達者な声で長屋の住人に誕生を伝えた。

絵描きが描いた赤ん坊の絵を見るなり、岩次郎は二号目は双子誕生で行くと言い渡した。

震災で負った傷は深く、大方の暮らしぶりも、いまだ楽ではなかった。

そんななかにあっての、秀逸な一枚の絵である。うっとうしさを吹き飛ばしてくれる双子の産声が、絵から聞こえてくる気がした。

これこそ、読み手を威勢づける第二号の特ネタにふさわしいと、岩次郎は確信した。

『早刷りの誕生日に、
七百匁の双子が生まれた』

大見出しも岩次郎が決めた。

赤ん坊ふたりの似顔絵が、五寸（約十五センチ）四方の大きさで描かれた。目を閉じた双子が、両手をげんこつに握って泣き声をあげている元気な絵だ。

早刷り紙面から、双子の泣き声が聞こえてきそうな、威勢も縁起も、そして元気もすこぶるいい挿絵となった。

「双子の誕生なんかのネタで、早刷りがほんとうに売れるのかよ」

岩次郎の判断に首をかしげた耳鼻達たちも、摺り上がった挿絵を見るなり得心した。

三毛猫が白と黒の子猫を産んだ話と、蓬莱橋たもとを泳いでいた錦鯉の話も、小さな枠のなかで扱われた。

子猫の話には、挿絵もついた。

七月二日の売り出しでは、売り屋はわざと小声で語りかけた。

「平野町で、昨日の七ツに双子の男の子が生まれたんだよ」

売り屋は次第に声を小さくした。群がった客は、口上を聞き取ろうとして人垣を狭《せば》めた。

「ふたりとも、七百匁（約二千六百グラム）もある元気な男の子でさあ……」

早刷り一枚を広げて見せるなり、売り屋は「おぎゃあ」と大声をあげた。

声に驚いて、人垣が下がった。

「見ねえな、この子を」

広げた早刷りには、泣き声をあげる双子が描かれていた。

「今日の早刷りは、おめでたいネタだ。元気な双子のご利益が、きっとみんなにも届きやすぜ」

口上の巧みさと挿絵の力で、早刷り二号目もあっという間に売り切れた。

「そいじゃあ、三号のまとめに入るぜ」

弘太郎が大声を出したとき、女中が岩次郎を呼びにきた。

「お迎えの船頭さんがお見えになりました」

「ごくろうさん」

立ち上がった岩次郎は、ひとつ紋の絽《ろ》を羽織っていた。

「あとの段取りは、弘太郎の差配で進めてくれ」

遠松に言い置いてから、岩次郎は土間へと向かった。

「行ってらっしゃいやし」

仕事場にいた職人全員が、立ち上がって岩次郎を見送った。

迎えの船は、吉羽屋差し回しの屋根船である。今朝の五ツ半（午前九時）に釜田屋をたずねてきた吉羽屋の手代は、岩次郎に宛《あ》てた吉羽屋政三郎からの文を携《たずさ》えていた。

「折り入ってのご相談がございます。なにとぞ今夕、両国橋の折鶴までお出まし願いたく……」

吉羽屋当主からの招き状だった。岩次郎は吉羽屋政三郎とは、面識はなかった。しかし吉羽屋は、早刷り本番の売り出しに間に合うように、雨具一式の誂えを引き受けてくれたのだ。

誘いを、断る理由はなかった。

迎えにきた船頭は、亀久橋たもとの船着場に岩次郎を案内した。

舫《もや》われた船の板葺き屋根が、西陽を浴びて輝いていた。

六十六

臼田屋甚六がいれた茶は、熱々の焙じ茶である。決して高値の茶ではないが、ひと口すすった砂津鐘は、うめえ……と漏らした。

砂津鐘は、格別に茶の味にうるさいわけではない。いつもは初田屋の若い者がいれた茶を、無造作に呑むだけである。

茶が美味いのまずいのなどは、どうでもよかった。喉の渇きがいやせれば、それで充分なのだ。

甚六がいれた茶には、たっぷりと茶の旨味が詰まっていた。香ばしい甘味のようなものまで、舌に残っていた。

「あんたに呑ませようと思って、茶の葉を選《え》り抜いておいた」

美味さを分かってもらえてなによりだと、甚六は真顔で応じた。

「茶がこんなにうめえとは、知りやせんでした」

ひと口すすった焙じ茶が、不思議なことに砂津鐘に落ち着きを取り戻させた。怯えがすっかり影をひそめている。

いまの砂津鐘は、甚六から目を逸《そ》らさなかった。

甚六は清吉に目で指図をした。

「へいっ」

短く答えた清吉は、砂津鐘の背後を離れた。居室にふたりだけになると、甚六は長火鉢の引き出しから一通の証文を取り出した。

「そこに載っているものを、おろしてくれ」

猫板の上の細長い盆を、甚六は砂津鐘にどけさせた。モノがなくなった猫板に、取り出した証文が置かれた。

砂津鐘は、その証文を見た。

が、格別に驚いた様子は見せなかった。

甚六の呼び出しを受けたとき、まかり間違えばこうなるかもしれないと、あたまの片隅で考えていた。

猫板に置かれているのは、砂津鐘が昌平に書かされた借金証文だった。

「今朝のまだ六ツ半（午前七時）にもならないうちに、あんたの雇い主だった男が、これを売り飛ばしにきた」

初田屋昌平は砂津鐘を臼田屋に売っていた。甚六が「だった」と言った通り、もはや昌平は砂津鐘の雇い主ではなかった。

「ゆんべ、面倒なやり取りがありやしたんで……売られるかもしれないとは思ってやした」

甚六が振る舞った一杯の焙じ茶は、奇妙なほどに砂津鐘の気持ちを落ち着かせていた。証文を見せつけられても、昌平に対する腹立ちはさほどに覚えなかった。

「それであんたは、いったいどうする気だ」

「その証文は、あっしが初田屋さんに差し入れやした、五十両の借金証文でやしょう」

砂津鐘は初田屋をまだ、さんづけで呼んだ。

「あんたも肚《はら》はくっていた、ということか」

「滅相もねえ」

砂津鐘は、強い調子で甚六の言い分を打ち消した。

「ことによったらと、ここにくる道々、かんげえたことはありやした。初田屋さんの気に染まねえことをしでかすと、証文を売り飛ばすというのが、あのひとの口ぐせでやしたから」

言うだけではなく、証文を売り飛ばされた者も何人もいた。

「しかしまさか、あっしの証文を本気で初田屋さんが売り飛ばすとは、思いやせんでした」

他の手下と同じ扱いをされるはずはない。どれほど初田屋昌平の気に染まない振る舞いに及んだとしても、おれの証文を売るはずはねえ……砂津鐘は、今日の今日まで思い込んでいた。

「まさかあっしを売り飛ばすとは、考えてもみやせんでした」

臼田屋に証文を売られる成り行きなど、考えたくもない。

そんな怖いことに、肚などくくれるはずもないと、砂津鐘は正直に話した。臼田屋甚六の前で、半端な強がりなど言う気にはなれなかった。

「初田屋よりも、あんたのほうがよほどに正直だな」

ずるっと熱々の茶をすすってから、甚六は砂津鐘を見詰め直した。両目の光が、一段と強くなっている。

　砂津鐘の背筋が伸びた。

「初田屋はあんたの証文を、二割五分で売り飛ばした」

　甚六は、もう一度湯呑みに口をつけた。砂津鐘を見詰めたまま、茶をすすった。

　砂津鐘は息ができなくなっている。ずるるっという茶をすする音だけが、居室に響いた。

「言っておくが、二割五分の値付けは、わしがしたわけじゃない。初田屋にその値で買い取ってくれと、頼み込まれたから引き受けたまでだ」

　あんたの証文なら、七割で買い取っても引き合う……甚六は、ゴトンッと強い音をさせて湯呑みを猫板に置いた。

「冷めないうちに、その茶を呑んだらどうだ。カラになったら、新しいのをいれてやる」

　茶を勧められても、砂津鐘は動かなかった。

　怒りがあたまのなかで破裂していた砂津鐘には、甚六の声はまったく聞こえてはいなかった。

六十七

甚六が二杯目の焙じ茶をいれた。砂津鐘には見えないところで加える粉の量を、一杯目のときよりも増やした。

「わしに遠慮は無用だ。呑みたければ、何杯でもいれてやる」

分厚い素焼きの湯呑みから、強い湯気が立ち昇っている。砂津鐘は、甚六の手から湯呑みを両手で押し頂いた。

が、両目に宿された昌平への怒りの炎は、ほとんど鎮《しず》まってはいないようだ。

湯呑みを持つ手が、ぶるるっと小刻みに震えていた。

「あんたの腹立ちはもっともだが、喉が渇いていては舌がもつれるばかりだろう」

とにかく、もっと茶を呑めと甚六は強く勧めた。

砂津鐘は怒りに震える両手で、熱々の湯呑みを包んだ。大柄な砂津鐘は、手のひらも大きい。

湯呑みはすっぽりと両手に包み込まれた。

口をすぼめて、熱い茶をすする砂津鐘。長火鉢の向こう側から見ている甚六は、ネズミの様子を検分する猫のような目つきだ。

「先《せん》の茶よりも、美味さが増してるような気がしやす」

「美味くなったのは、茶をいれることに、わしがより気合を強くこめたからだ」

わけの分からない言い分だ。

しかし砂津鐘は神妙な顔でうなずき、ふた口目をすすった。

あれほど怒りに燃えていた目が、すっかり鎮まっている。

両手の震えも、きれいに収まっていた。

臼田屋が額面の二割五分で証文を買い取った者は、全員が佐渡送りである。時おり甚六は、今回の砂津鐘のように、みずから茶をいれることがあった。

『末期の茶』と陰で恐れられている焙じ茶だが、これは仕掛けのされた茶だった。

佐渡金山の穴掘り差配は、五種の薬草を粉末にして『鎮め粉』を調合していた。

長らく金山掘りを続けていると、突如として奇声を発したり、尋常ならざる振る舞いに及ぶ者が出た。

たとえ気がふれていようとも、息のある限り人足は貴重な掘り手だ。もしも人足が欠けたりすると、差配が与力からきつい咎《とが》めを受けた。

一歩間違えれば、差配当人が人足に落とされるのだ。ゆえに差配は、懸命に人足を快復させようと努めた。

「これを呑め。楽になるでよ」

差配は鎮め粉で拵えた丸薬を、様子のおかしくなった人足に服用させた。薬とともに含ませるのは、酒である。

三粒の丸薬と、湯呑み一杯の酒で、人足は正気を取り戻した。

もしも本当に正気に戻らなければ、生きたまま掘り穴の底に突き落とされるのだ。

どれほど人足が貴重でも、まことに気のふれた者は毒でしかない。それゆえの始末だった。

大方の人足は、丸薬と酒で正気に返った。穴底に突き落とされるよりは、まだしも穴掘りのほうがましだったのだろう。

甚六は自分でいれる焙じ茶に、鎮め粉を混ぜていた。

二割五分で証文を買い取られても威勢の残っている男は、穴掘り人足としては上物である。おとなしく佐渡行きにつかせるために、甚六は鎮め粉入りの茶を呑ませた。

二杯目を呑んでも効き目があらわれない者は、ひとりもいなかった。

砂津鐘に呑ませた茶も、鎮め粉入りである。とはいえ呑ませたわけは、おとなしくさせたいがためではなかった。

今朝の六ツ半（午前七時）前に、初田屋昌平は、せかせかとした足取りで、臼田屋をたずねてきた。しかしそれは、砂津鐘の証文を売りにきたわけではなかった。

「このところ、砂津鐘の行儀がよくねえ」

昌平は口を大きく尖らせた。

「おれの指図を、身体を斜めにして聞き流したりしやがる」

昌平は散々に砂津鐘をこきおろした。

甚六には前夜の酒が残っていた。朝の迎え茶を呑む前に、昌平が押しかけてきたのだ。

「朝っぱらから、いったいなんの用だ」

甚六はぞんざいな口調で用向きを問うた。

「砂津鐘の証文を、おたくが買い取ったということにしてもらいたい」

昌平は、おもねるような目で甚六を見た。

証文を買い取ったことにして、砂津鐘をここに呼びつける。そのうえで、目一杯に脅す。

行儀をあらためて、初田屋昌平の指図に従うこと。それを約束するなら、今回に限り証文の買い取りは見合わせる。

できないというなら、このまま佐渡送りにする。

どちらを選ぶ気だと、砂津鐘を脅しつける……これが昌平の描いた筋書きだった。

「あんたには、砂津鐘を売る気はないのか？」

「あるわけがねえ」

昌平は顔の前で、右手を大きく振った。

「あいつが重石《おもし》でいればこそ、うちのしたたかな売り屋連中にも睨みが利《き》くというもんだ」

昌平なりに、おのれの器量の限りはわきまえていた。

「そういうことなら、あの男のしつけを引き受けよう」

甚六は昌平の申し出を受け入れた。が、最初《はな》から頼みを聞き入れる気はなかった。

初田屋昌平のことを、甚六はまるで相手にはしていなかった。

自分で吟味して雇い入れた売り屋や若い者を、昌平はこれまで何人も売り飛ばしにきた。

二割五分の底値で売る真似は、さすがに昌平もしなかった。とはいえ証文を臼田屋に売るということは、配下の者と縁を切ることにほかならない。

その薄情さを、甚六は嫌った。

これまで何十人もの男を、甚六は佐渡送りにしてきた。

きつい取り立てで、高い利息を払わせ続けている者も、百人を超えていた。

しかし甚六は、おのれの手下を売り飛ばすことは断じてしなかった。

気に染まない者は、宿から叩き出した。ときには腕をへし折らせもした。

それで成敗は仕舞《しま》いである。

一度でも手下としてメシを食わせた者を、売り飛ばすなどは、甚六には思案の埒外《らちがい》だった。

昌平は違った。格別の痛みも覚えずに、手下の証文を甚六に売り飛ばした。見下げ果てた男だと、甚六は昌平を見下していた。折りがあれば初田屋を乗っ取る気でいた甚六に、昌平はみずから身を投げ出したのだ。

砂津鐘が初田屋の重石。

まさにそうだと判じた甚六は、砂津鐘を焚《た》きつけて昌平を始末させようと企てた。

鎮め粉は、四半刻（三十分）しか効き目がなかった。それを長持ちさせるために、穴掘り差配は丸薬を三粒に増やし、さらに湯呑み一杯分の酒を呑ませた。

強い効き目のある鎮め粉は、ひどい副作用を隠し持っていた。

効き目が続く四半刻の間は、熊のような大男でもおとなしくなった。が、おとなしいのは、見た目だけのことである。

効き目が続いている間も、あたまの芯は冴《さ》えていた。振る舞いはおとなしくなっていても、耳も目もはっきりしている。

見たこと、聞いたことは、しっかりと覚えていた。それを気づかずにうかつな話を聞かせたりすると、あとでひどいしっぺ返しを食らうことになった。

薬で抑えつけられていた分だけ、薬効が切れたあとの跳ね返りもひどくなった。

甚六は鎮め粉の副作用を、逆手に取ろうとしていた。

「あんたほどの男を二割五分で売り飛ばすというのは、正気の沙汰《さた》とも思えない」

甚六は湯呑みを手に持ち、ずるっと音をさせてすすった。

「あれほど初田屋に尽くしたあんたを、よくも底値で叩き売れたもんだ」

甚六の目は、相変わらず底光りをしていた。

「買い取ったわしが言うのも妙なもんだが、あんたのことは気の毒で仕方がない」

砂津鐘のあたまに刻みつけるかのように、甚六はひとことずつ、区切って話をした。

砂津鐘も甚六に合わせて湯呑みに口をつけた。

ずるるっ。

すする音は、甚六の倍ほどに大きい。しかし目に宿されていた怒りは、まだ鎮まったままだった。

六十八

岩次郎を乗せた屋根船は、舳先《へさき》を大川に向けて走っていた。

仙台堀と大川とが交わる河口には、上之橋《かみのはし》が架かっている。二十間(約三十六メートル）幅の橋で、拵えが頑丈だった。

上之橋の北詰には、仙台藩六十二万石の蔵屋敷が構えられている。それゆえの堅牢《けんろう》な造りだった。

蔵屋敷とはいえ、仙台藩の米蔵である。高さ一丈（約三メートル）の築地《ついじ》壁に囲まれた敷地は、五千四百坪に届く広さだった。

屋根船は、仙台藩蔵屋敷に差し掛かった。大川を目の前にした船頭は、棹《さお》を櫓《ろ》に持ち替えた。

吉羽屋が差し回した屋根船だけあって、拵えは極上である。船に置かれた屋根付きの部屋は、広さが四畳半だ。

船板には本寸法の畳が敷かれており、正絹《しょうけん》の座布団は二寸（約六センチ）の厚みがあった。

拵えのよさだけではない。船をあやつる船頭も、棹・櫓ともにさばき方に長《た》けていた。油をたっぷりくれている櫓は、軋み音を立てなかった。音は立てずに、ひと漕ぎで三間（約五・五メートル）も走った。

川面《かわも》を滑らかに走る櫓さばきには、仙台藩蔵屋敷の門番も感心したのだろう。仙台堀を走り去る屋根船を目で追っていた。

岩次郎は屋根船の障子戸を、左右一杯に開いている。凪《なぎ》に近いが、それでも微風が流れ込んできた。

上之橋をくぐった先で、舳先が北向きになった。客の身体に負担のかからない、ゆるやかな曲がり方である。

舵《かじ》を使わず、櫓の漕ぎ加減だけで曲がったのだ。

船の拵えのよさと、船頭の巧みな棹さばき・櫓さばきに、岩次郎は感心していた。

これだけの船を差し回してきた吉羽屋さんは、どんな話をしたいのか……。

キラキラと輝く水面《みなも》を見ながら、岩次郎はおのれに問いかけた。

岩次郎が正座をしているわきには、桜で拵えた煙草盆が置かれている。盆を引き寄せた岩次郎は、煙草道具を帯から取り外した。

キセルと煙草入れが別々の小袋に納まった、鹿革の道具入れである。岩次郎はキセルを先に取り出した。

煙草道具に凝るのは、岩次郎の数少ないぜいたくのひとつだ。キセルの火皿は、橋場《はしば》の正太郎《しょうたろう》が拵えた大型の銀細工だった。

まだ十代の中ごろに、岩次郎は諏訪大社《すわたいしゃ》の『式年造営御柱大祭《しきねんぞうえいみはしらたいさい》』見物に出かけたことがあった。

「七年に一度しか執り行われない祭だ。生きてるうちに一度でいいから、諏訪大社のお祭を見に行ったほうがいい」

町内の何人もの年長者から、強い口調で勧められた祭である。

なぜ生きているうちに、一度は見たほうがいいのか……かの地をおとずれて、初めてそのわけが分かった。

諏訪大社の造営に用いる樅《もみ》の大木を、七年ごとに山から切り出して、何里もの長い道中を曳《ひ》く。見物を強く勧められたのは、この祭だった。

祭の豪壮さを目の当たりにしたときは、息が詰まりそうになった。それほどに驚嘆した。

岩次郎が見物した年は、山の急斜面を周囲九尺（約二・七メートル）、長さ五十三尺（約十六メートル）で、重さが三千二百貫（十二トン）もある樅の巨木（御柱《おんばしら》）を滑り落とした。

しかも、ただ落とすだけではなかった。何人もの若い衆が、滑り落ちる巨木に飛び乗ろうとした。

御柱とともに、山の急斜面を滑り落ちようというのだ。

巨木は激しく揺れながら、草木をなぎ倒して滑り落ちた。小石や木の根、太い枯れ枝などにぶつかると、轟音《ごうおん》を発して御柱は揺れた。

周囲九尺の巨木は、揺れ方も半端なものではない。

「うわあっ」

しがみつき切れなくなった者は、御柱から弾き飛ばされた。

打ちどころがわるければ、大怪我ではすまない。

「御柱を落とすたんびに、何人もダメになるずら」

岩次郎に話を聞かせた村人は、深いため息をついた。しかし両目とも、若い衆の威勢を称《たた》える強い光を宿していた。

凄まじい祭の光景は、岩次郎の脳裏に焼きついていた。長じてキセルの誂えを頼める身分になったとき、岩次郎は迷わず御柱を象《かたど》った火皿を頼もうとした。

おとずれたのは、橋場の正太郎である。江戸で一番だと評判の職人だが、気難しさも図抜けていた。

このキセルは、正太郎さんしか作れるひとはいない……たとえ断られても、宿の前に座り込む覚悟で岩次郎は橋場をおとずれた。

「このキセルを誂えてください」

下絵を差し出したら、正太郎は細い目を一杯に見開いた。

「あんたは御柱を見たのか」

正太郎もやはり十代の半ばに、諏訪大社まで出向いていた。仕えていた親方に、強く見物を勧められての旅だった。

「いつの日にか、昔見たあの樅の木の形の火皿を拵えてえと、思い続けてきたんだが……」

大木を輪切りにした火皿など、誂え注文をする客は皆無だった。だれもが龍だの虎だのと、凝った形の細工ばかりをほしがった。

ようやく願いがかなったと、正太郎は岩次郎を見詰めた。目の奥が、じわっと潤んでいた。

名人正太郎が、思いを込めて仕上げた太い火皿である。十年近くも使っているが、使い込むほどに銀は艶を増した。

障子戸が開かれた屋根船に、強い西陽が差し込んでいる。

岩次郎が手にした銀の火皿は、年季の入った渋い輝きを放っていた。

六十九

ひと通りの作り話を聞かせ終えた甚六は、パンッ、パンッとふたつ手を打った。

「へいっ」

砂津鐘の背後から、清吉の返事が聞こえた。甚六の居室を出たあと、清吉は廊下に控えていた。

「あれを支度しろ」

「がってんでさ」

清吉は若い者と一緒に、箱膳を手にして戻ってきた。

膳には白瓜《しろうり》を薄切りにした酒のあてと、二合入りの大型徳利、それに笠間《かさま》焼のぐい飲みが載っていた。

砂津鐘の膝元に膳が置かれた。

成り行きに驚いた砂津鐘は、禿頭に右手をあてていた。

若い者は長火鉢の猫板にも、二合徳利と朱塗りの盃、あての入った小鉢を置いて下がった。

清吉はすでに居室を出ていた。

「初田屋から証文は買い取ったが、すぐにあんたをどうこうする気はない」

甚六はあごをしゃくって、砂津鐘に酒を勧めた。

焙じ茶を呑んでから、まだ四半刻（三十分）は経《た》っていない。鎮め粉の効き目は、砂津鐘に残っていた。

勧められるがまま、素直に砂津鐘は酒をぐい飲みに注いだ。

甚六が呑んでいるのは、灘の下り酒『龍野桜《たつのざくら》』である。湊町の廻漕《かいそう》問屋から、甚六はじかに買い入れていた。

と言っても、昌平のように一文でも安値で買いたいがためではない。湊町に届くなり、その日のうちに呑みたいがためである。

横持ち（配送）の車力《しやりき》には、南鐐《なんりよう》二朱銀二枚の祝儀をはずんでいた。

「これもまた……」

砂津鐘が口をつけたのは、一昨日に上方から届いたばかりの樽酒だった。

「気にいったか？」

ぐい飲みの酒を一気に飲み干した砂津鐘に、甚六が笑いかけた。

目元をゆるめていても、瞳は笑ってはいない。なまじ両目の端がゆるんでいるだけに、余計に凄みが増していた。

「こんなうめえ酒を呑《や》ったのは、初めてでさ」

「あんたの雇い主だった男が、ちびちびと呑む隅田川よりは、何枚も上物のはずだ」

甚六は昌平が蔵元から買い込んでいることまで知っていた。

「カラになったら、新しいのを持ってこさせる。遠慮は無用だ」

甚六も龍野桜を朱塗りの杯に注ぎいれた。

砂津鐘はしかし、ぐい飲みに新たな酒は注がなかった。凄みのある甚六の笑い顔を見て、つい今し方聞かされたことを思い出した。

「親分はいまさっき、妙な言い方をされやしたが……」

砂津鐘は甚六に親分と呼びかけて、あとの口を閉じた。甚六は杯を猫板に置いたまま、砂津鐘を見た。

「いいから先を続けろ」

促された砂津鐘は、あぐらをやめて正座になった。

「初田屋さんから証文は買い取ったが、すぐにはどうこうする気はねえと、そう言われやした」

「言ったが、それがどうした」

甚六の口調はぶっきらぼうだが、目元はまだゆるんでいる。

深く息を吸い込んだ砂津鐘は、丹田《たんでん》に力をこめた。

「すぐには……てえことは、そのうちあっしも佐渡送りになるてえことなんで？」

「その通りだ」

突き放した甚六は、杯の酒をぐいっとあけた。砂津鐘が固唾《かたず》を呑んだ音が重なった。

「あんたが佐渡に行きたいというなら、明日にでも望みをかなえてやろう」

杯に酒を注ぎ直してから、甚六は砂津鐘を見た。目元はもはや、ゆるんではいなかった。

「そんなことが言いたくて、ぐい飲みを持つ手がとまったのか」

甚六は、失望の色を隠そうとはしなかった。

強い口調で問われた砂津鐘は、答えられずに膳に目を落とした。

風向きが大きく変わったことを、砂津鐘は本能で察した。

いまは目を合わせないほうがいい……強くそれを感じた砂津鐘は、白瓜の小鉢を見ていた。

その振る舞いが、さらに甚六の怒りを煽《あお》り立てた。

「佐渡行きが気がかりで下り酒が呑めないようでは、先の見込みはない」

言い切ったときの甚六の目は、七月の温気《うんき》を凍りつかせるほどに冷えていた。

伏目のままの砂津鐘が、背筋をびくっと震わせた。

「清吉っ」

尖った声で呼ばれた清吉は、音も立てずに部屋に入ってきた。

「龍野桜がまずくなった」

甚六は小さな舌打ちをした。

龍野桜を味わう邪魔をされたときの甚六は、むごさに歯止めがかからなくなる。

甚六が酒を始めたときは、配下の者はなにを言われても口答えはしなかった。

「酒をダメにしたこの男に、佐渡行きのしつけをしろ」

「へいっ」

答えるなり、清吉は砂津鐘の前に回り込んだ。

「立ちねえ」

清吉は、砂津鐘に向かってあごを突き出した。

鎮め粉の効き目が、このひとことで切れた。

「おめえは、だれに向かってほざいてやがんでえ」

あぐらに座り直した砂津鐘は、怒りに燃え立つ目で清吉を睨みつけた。鎮め粉の効き目が切れたことで、抑えつけていた怒りが、一気に破裂したのだろう。

甚六を目の前にしながら、砂津鐘はわれを忘れて声を荒らげた。

甚六はなにも口を挟まず、成り行きを見詰めている。砂津鐘と向き合っている清吉は、甚六の視線を背中に感じていた。

返事をする前に、清吉は唇を舐めた。

どう砂津鐘を料理するか。立ち合い方をしくじれば、甚六の仕置きが自分に向かってくると、清吉はわきまえていた。

両手をだらりと垂らした形で、砂津鐘の膳に一歩を詰めた。

「ここにいるのは、禿《は》げあたまのおめえさんだけだ」

五尺二寸（約百五十八センチ）の清吉だが、砂津鐘は座っている。清吉は大男を見下ろした。

砂津鐘は息を詰めたまま、敏捷に立ち上がった。

「禿げあたまとは、言ってくれるじゃねえか」

おい、ちび……と続けた砂津鐘は、こぶしに握った右手で殴りかかった。

左の手のひらを大きく開いた清吉は、砂津鐘のこぶしをがしっと受け止めた。

殴りかかったこぶしを摑まれるなど、砂津鐘は考えてもみなかった。調子がくるい、上体に大きな隙ができた。

清吉は左手で砂津鐘のこぶしを摑んだまま、右手で拵えた自分のこぶしを、砂津鐘の鳩尾《みぞおち》に叩き込んだ。

中指を固く立てたこぶしは、相手の息の根を止めることもできる武器である。清吉は、叩き込む力を加減した。

が、尖った中指は、見事に急所を捉えていた。

ぐふっ……。

五尺七寸（約百七十三センチ）、二十一貫（約七十九キロ）もある砂津鐘が、身体をふたつに折って崩れ落ちた。

砂津鐘のあごが畳に落ちる寸前、清吉は右足の甲で蹴《け》り上げた。これもまた、力を加減した蹴りだった。

清吉の責めは、砂津鐘に思い知らせるのが目的である。気絶はしても深手は負わないように、充分に力の加減がなされていた。

蹴られた砂津鐘は、仰向《あおむ》けに引っくり返った。責めの達人の清吉は、大男の砂津鐘を仕留めても、膳の徳利を倒してはいなかった。

砂津鐘は、まさに大の字になって気絶していた。

甚六は朱塗りの杯を一気に飲み干した。猫板に杯を戻したとき、コトンと小さな音がした。

清吉の仕留めぶりに満足をしている音だった。

七十

大川に入った屋根船は、舳先を新大橋に向けた。船の正面にいた西陽が、左舷《さげん》の彼方《かなた》へと移った。

岩次郎がキセルを動かすたびに、太い火皿が眩《まばゆ》く映えた。真横から西陽を浴びて、銀色が渋みのある艶を放つからだ。

使いこむほどに、火皿の味わいが増している。まさしくキセルは、名人正太郎作の逸品だった。

潮は上げ潮で、両国橋に向かってゆるやかに流れている。煙草盆にキセルを置き、岩次郎は艫《とも》側の障子戸を開いた。

「潮に乗るとは、いい腕だ」

船頭の技量を褒めた。

釣り好きの岩次郎は、川の中ほどを流れる潮目の見極めができた。魚は潮目の周辺に群れていることが多いからだ。

「潮目が読める旦那のほうこそ、大したもんでさ」

船頭は櫓を漕ぎながら、愛想よく応じた。

「早刷りを世に出そうてえ旦那は、やっぱりモノには通じていなさる」

船頭はこれまで発行された早刷りの号外を、残らず読んでいた。火付け下手人の素早い捕縛も、早刷りがあってこそだったと、記事内容を褒め称えた。

「いままで見たこともねえ早刷りをこさえるひとが、どんなひとなのか、船に乗せるのが楽しみでやしたから」

岩次郎を乗せたのが、嬉しくてたまらない……それゆえの、船頭の愛想のよさだった。

岩次郎も船頭の技量を褒めた。棹も櫓も、扱い方が見事だったからだ。

「あっしは堀留河岸《ほりどめかし》の大三郎《だいざぶろう》と申しやす」

みずから名乗った船頭は、ひたいの汗を手拭いで拭いた。

「あんたさえよけりゃあ、もっとのんびりと船をやってくれ」

船頭にねぎらいの言葉をかけているとき、岩次郎は不意に本能のささやきを耳の奥に感じた。

いわゆる第六感である。

「早刷りにたずさわる者は、ひとり残らずおのれの本能のささやきに気を払ってくれ。第六感が強ければ、思いもよらないネタに出くわせる」

常からこれを、配下の者に言い続けていた。いまその第六感が、岩次郎になにかを告げようとしていた。

「船頭さんは、なんどきに船を着けろと言われているんだ」

「七ツ半（午後五時）でさ」

「だったら刻限には、まだ四半刻（三十分）以上もあるだろう」

「へい」

「潮目に乗ったあんたの腕を褒めた矢先ですまないが、船足を少し落としてくれないか」

「がってんでさ」

大三郎の返事に淀《よど》みはなかった。腕のいい船頭は、ときの見当をつけることに長《た》けている。

七ツ半には、まだたっぷりと間があると判じたのだろう。

「迎えにきてくれたあんたには申しわけないが、折鶴に向かうのはあまり気乗りがしない」

できる限り、ゆっくりと船を進めてほしいと船頭に頼んだ。

吉羽屋が差し回してきた屋根船である。そんな船の船頭に、吉羽屋の招きには気乗りがしないと本音を明かしたのだ。

一歩間違えば、無作法というだけではすまなくなる振る舞いである。しかし……。

この船頭には、吉羽屋の招きを気に入ってはいないと分からせたほうがいい……岩次郎の本能が、そうしろと強くささやいた。

大三郎は早刷りを大いに気にいっていた。そのことも、岩次郎の勘働きのもとになっていたのかもしれない。

「まかせてくだせえ」

明るい声で返事をするなり、大三郎は櫓の漕ぎ方を加減した。乗っていた潮目から船がおりた。

たちまち船足がのろくなった。

「やっぱり旦那は、吉羽屋さんの招きには気乗りがしていなかったんで？」

思っていた通りだといわんばかりの、船頭の口調である。

「まあ……ありていに言えば、そんなところだ」

岩次郎は、渋い顔を拵えてうなずいた。

「そうでやしたか……」

大三郎は、櫓を握ったままである。しかしほとんど漕いではいなかった。

岩次郎は御柱を象った火皿に、たっぷりと刻み煙草を詰めた。西陽を浴びた銀細工には、樅の木の皮の模様までが細かく刻まれていた。

「旦那の早刷りにゃあ、ただの一行も、ひとにおもねることが書いてありやせんでしたんでね。きっと、すっきりした生き方をされてるひとだと思ってやした」

それだけに、吉羽屋に招かれて折鶴に向かう岩次郎には、違和感を覚えていた。

「気が進まないと聞いて、やっぱりそうだったかと、心底、得心がいきやした」

大三郎が顔を崩したとき、目の前に新大橋の橋杭《はしくい》が見えてきた。

「ちょっとの間、橋杭に舫って無駄話をさせてくだせえ」

「望むところだ」

応えた岩次郎は、キセルの火皿を種火にくっつけた。吐き出した煙は、甘い香りに満ちていた。

七十一

大三郎は屋根船船頭の二代目である。と言っても、自前の船を持っているわけではない。

五年前に急逝した父親小次郎《しょうじろう》も、大店に雇われた屋根船の船頭だった。

「おれは、しょうじろうなどとちっぽけな名めえだから、船宿のひとつも持てなかった」

父親の願いをこめて、息子は大三郎と名づけられた。

小次郎は船宿のひとつも持てない甲斐性《かいしょう》なしだと、おのれを笑った。が、その笑いには卑しさは皆無だった。

横波が強くて、他の船頭が船出しを尻込みする日でも、雇い主に指図をされれば小次郎は船を出した。

「屋根船を操らせたら、小次郎さんの右に出る船頭はいねえ」

仲間は尊敬をこめて小次郎を称えた。技量のみならず、小次郎の人柄をも尊敬していた。

ひとに媚びない。

雇い主に対しても追従をいわず、節を折らない。

「とっても小次郎さんの真似はできねえ」

損得勘定をしない小次郎の生き方を、仲間は心底称えた。

しかしひとり息子の大三郎は、父親を冷ややかに見ていた。

「気取ったことを言わずに、棹と櫓を使うことに気をいれてりゃあいいじゃねえか」

ことあるごとに、大三郎は父親に向かって口を尖らせた。

小次郎の雇い主は、日本橋駿河町の本両替《ほんりょうがえ》だった。屋根船の扱いに抜きん出ている小次郎は、頭取番頭付の船頭を務めていた。

公儀公金も扱う本両替の頭取番頭ともなれば、大名家用人といえども粗末な扱いはしない。

連夜のごとく宴席に招かれては、床の間を背にして座った。帰りには料亭の折詰や菓子折りが、頭取番頭に渡された。機嫌のよいときの頭取は、折詰を小次郎に裾分けした。

「いただきやす」

小次郎が持ち帰る折詰には、いずれも名の通った料亭の料理が詰まっていた。

「こんなぜいたくをさせてもらえるのも、あんたのおかげだよ」

女房のおしなは、小次郎が持ち帰る折詰に大喜びをした。大三郎も、折詰の美味さに舌鼓を打った。

小次郎は渋い顔つきのまま、箸をつけようとはしなかった。

酔い潰れた小次郎がそのまま急死したのは、五年前の嘉永四（一八五一）年六月二十日である。

この年は正月から風邪が大はやりとなった。しかも前年がひどい凶作となり、米は天井知らずの値上がりを続けていた。

江戸の方々で金詰まりとなり、頭取番頭は一夜でふたつの宴席を掛け持ちで回ったりもした。

嘉永四年三月。小次郎は月初から、連日折詰弁当の裾分けにあずかった。

「こんな料理を毎晩毎晩口にしながら、頭取さんはどんな悪巧みを進めているか、分かったもんじゃねえ」

本両替のカネ目当てに群がる亡者の巣に、小次郎は毎晩のように船を走らせた。そんな連中にちやほやされて、床の間を背にする頭取番頭に、小次郎は思うところがあったのだろう。

持ち帰った料理の折詰には、ひと箸もつけようとはしなかった。

「雇い主をとやかく言う、親父《おやじ》の了見がしれねえぜ」

大三郎は父親に強く反発した。

小次郎の櫓さばきの血は、大三郎にもたっぷりと流れている。

大三郎は柳橋の船宿で、父親同様に屋根船の櫓を握っていた。

たとえ振る舞いが気に染まなくても、船宿にゼニを払って乗ってくれれば、それは客である。

酒手《さかて》をいただいたら、あたまを下げて礼を言った。

土産《みやげ》の折詰の裾分けまでされながら、頭取番頭をあれこれとわるく言う小次郎。

ひとに媚びない生き方と、そのこととは大きく違うと大三郎は思った。それゆえ父親に向かって、口を尖らせたのだ。

「おめえの言い分通りかもしれねえ……」

小次郎の気弱な返事に違和感を覚えたが、大三郎はあとの口を閉じた。父親と、それ以上の口争いを避けたかったからだ。

三月三日の小次郎は、菓子折りを持ち帰ってきた。

「あんた、たいへんだよ。ちょっとここに来てちょうだい」

折詰を開くなり、おしなが甲高い声で亭主を呼んだ。

小次郎一家は、堀留河岸の裏店暮らしだ。夜の大声は、薄い土壁をやすやすと突き抜けてしまう。

「そうは言うけど……」

大三郎は母親の甲高い声をたしなめた。

「もう四ツ（午後十時）過ぎだぜ、おふくろ」

おしなはふたをとった菓子折りを、傾けて見せた。

長屋の粗末な行灯《あんどん》の明かりが、五枚の小判を黄金色に光らせていた。

「どうするよ、これを」

おしなは口のなかが一気に渇いたらしい。舌がもつれて、うまくしゃべれなかった。

「どうするもねえさ。番頭さんにけえすだけだ」

「そりゃあもちろん、そうだけどさあ」

おしなも亭主同様に、カネにもモノにも卑しい欲を見せない女である。カネの入った折詰を頭取番頭に返すことには、まったく異論はなさそうだ。

どうするよは、どう返すのかの問いかけだった。

「真正面から頭取番頭さんに差し出したりしたら、きっと相手は気をわるくするからさあ」

おしなの言い分には、大三郎も得心した。

これまでも数限りなく、頭取番頭はカネの詰まった菓子折りを受け取っていたに違いない。今夜それを小次郎に裾分けしたのは、カネ入りだとは思わなかったからだろう。

腕のよさを買われている小次郎は、月ぎめ二両二分という破格の高給で雇われていた。一年で三十両の稼ぎは、並の船頭三人分を超えていた。

そんな小次郎でも、五両は二カ月分の給金である。途方もないカネを、頭取番頭が裾分けするとは考えられなかった。

菓子折りにカネは入っていないと思った……それ以外に、考えようがなかった。

しかし包みを開いたあとだ。返せば、中身を見たと番頭に分かる。賄賂《わいろ》の受け取りを小次郎に知られたと分かれば、番頭も心穏やかではいられないだろう。

小次郎の一本気な気性を思えば、懐柔はできないと思うはずだ。

ならば暇を出すか。

しかし小次郎の真っ正直な気性は、だれもが知っている。落ち度のない小次郎を辞めさせるのは、至難のことだ。

なにより小次郎以上の技量を持つ船頭は、江戸にふたりといない。息子の大三郎も腕のよさでは知られているが、まだ小次郎には及ばなかった。

「面倒だからよう。いっそのこと、菓子折りを猫糞《ねこばば》したらどうでえ」

口にした大三郎は、両親《ふたおや》からきつい目で睨みつけられた。

妙案も浮かばぬまま、菓子折りは小次郎の手で番頭に返された。

受け取ったとき、頭取番頭は小さな舌打ちをした。

あけすけな意趣返しを、頭取番頭からされたわけではない。が、大きな溝ができたのは間違いなかった。

手土産に幾つの折詰を受け取ろうとも、一個の裾分けもされなくなった。

そして……。

「お店《たな》じゃあ、新しい屋根船を造るてえんだ」

六月二十日の夜、小次郎はいつになく深酔いをした。

「新造船は、おれじゃあねえ船頭が棹を握るんだとよ」

深酔いはしても、暴れることも大声を出すこともしない。膳を自分の手でどけてから、その場に倒れこんだ。

大きないびきが不意にとまったとき、小次郎は静かに逝った。

「死ぬときまで、親父は不器用でやした」

話に区切りをつけた大三郎は、強い目を岩次郎に向けた。

「このごろになって、ようやくあっしも、親父の気持ちが少しは察せられるようになりやした」

大三郎は唇を強く噛《か》んだ。

「江戸で一番の腕だといわれた親父でやすが、真っ正直さがあだとなって、とどのつまりは雇い主に袖にされやした」

正直者がこれ以上バカを見ないように、わるいやつを早刷りが成敗してほしい……。

「吉羽屋さんには気をつけてくだせえ。あっしにできる手伝いは、なんでもやりやす」

岩次郎を見る大三郎の目には、強い決意が宿されていた。

七十二

七ツ半（午後五時）を四半刻（三十分）も過ぎているというのに、七月二日の夕陽には勢いがあった。

戸板に乗せられたまま、砂津鐘は臼田屋の納戸に放り込まれていた。納戸とはいえ、二十坪の広さを持つしっかりとした小屋だ。

気を失ったままの砂津鐘は、戸板のうえで浅い息を繰り返している。半分開かれた戸の隙間から、夕陽が土間に差し込んでいた。


砂津鐘が戸板ごと放り込まれた小屋は、出入り口の戸に太い錠前がかけられていた。

樫板で拵えた壁には、形も大きさも異なった手鉤《てかぎ》が吊《つ》り下げられている。

壁際に据えつけられた棚には、太さの異なる綱が束ねて置かれていた。

納戸に天井はない。

太い梁《はり》が何本も剝き出しになって、縦横に渡されている。土間から梁までの高さは、ざっと一丈半（約四・五メートル）はあった。

ケヤキの角材で拵えた梁には、太い一本の綱が結ばれている。綱の先端には、首を突っ込む輪が拵えられていた。

小屋は、ただの納戸ではなかった。

高くて太い梁の渡された、いわば拷問小屋である。佐渡送りが決まった男たちは旅立ちの朝まで、小屋の土間にムシロを敷いて寝起きをした。

土間の叩《たた》き土《つち》は、冷たくて硬い。そのうえ納戸に火の気はまったくなかった。

七月の夕暮れどきでも、土間は冷えている。

真冬は戸の内側にいても、吐く息が真っ白になった。粗末なあわせ一枚しか身につけていない佐渡送りの男たちは、納戸の寒さに震え上がった。

土が凍てついているのに、敷《い》くのもかぶるのも、それぞれ一枚のムシロだけだ。

「おめえたちのツラには、ここが寒いことに文句があると書いてあるがよう」

番人役の若い者は、冬場は毎度、同じセリフで男たちを脅した。

「佐渡に送られたあとは、ここの一枚のムシロが絹の布団よりも暖かだったと、さぞかし懐かしがることだろうぜ」

この脅し文句は、凍てついた日にはとりわけ効き目があった。

言葉で脅してもまだ強がる者は、梁から吊るした縄の輪に首を突っ込まれた。

とはいえ男たちは、金山差配に引き渡す大事な『品』である。聞き分けのわるい者でも、殺《あや》められることはなかった。

その代わり、死んだほうがましだと思える拷問で責められた。

いたぶられる当人も、それを見ている者も、拷問の終わりごろにはすっかり威勢を失った。

砂津鐘が投げ込まれたのは、佐渡送りの男に行儀をしつける小屋だった。

清吉の指図で、砂津鐘の顔に水がめ一杯の水がぶっかけられた。沈む直前の夕陽の赤い光が、砂津鐘の顔を照らしていた。

三升の水が入る小型の水がめである。清吉が叩き込んだこぶしは、相当に深く効いていたらしい。

三杯目の水を浴びて、ようやく砂津鐘は正気を取り戻した。

「いつまでも気楽に寝てられたんじゃあ、おれの仕事がやりにくいぜ」

砂津鐘の顔を見詰めながら、清吉はわざとやさしい口調で話しかけた。

目をしばたたいた砂津鐘は、いきなり上体を起こした。

目には強い怯えの色が浮かんでいる。気絶する前に食わされた清吉の荒技を、砂津鐘の身体は覚えていたようだ。

「そんな目をすることはねえさ」

清吉は右手を砂津鐘の右肩にのせた。手を払いのける気力も、砂津鐘から失《う》せていた。

「ひとつ言っとくことがある」

肩から手をはずした清吉は、顔つきも語調も変わっていた。

砂津鐘の肩がぶるるっと震えた。清吉の目は、その震えを咎めていた。

「話というのは、ほかでもねえ。あんたの、その怯え方だ」

清吉はきつい目で砂津鐘を睨みつけた。

「うちのおかしらは、肝っ玉の小さいやつは大嫌いでね。あんたの先の雇い主だった初田屋も、おかしらは毛嫌いしている」

臼田屋の前に出たときは、もっと堂々としていたほうがいいと、清吉は正味の口調で諭した。

「おかしらは、いまでもあんたを買っている。あんたは身体つき同様に、本来なら肝っ玉がでかいはずだと、おかしらはそう言っておいでだ」

薄くて赤味の強い唇を、清吉は舌でぺろりと舐めた。

「おれが荒技で責めたのは、あんたが妙に弱気なところをおかしらに見せたからだ」

砂津鐘の弱気が気に入らなくて、甚六は清吉に焼きを入れさせた……なぜこういう目に砂津鐘が遭っているかの次第を、清吉は険しい目つきのままで話した。

「あんたが正気に返ったら、おかしらの前に連れていく段取りだ」

砂津鐘がまたもや、肩を強く震わせた。甚六の前に引き出されることに怯えたのだ。

「おれがここまで話してきたことを、ちゃんと聞いてたのか」

声を荒らげた清吉は、平手で砂津鐘の頬を張った。

その一発で、砂津鐘はしっかりと正気を取り戻したようだ。平手打ちを食わされたことへの怒りが、両目の奥に強い光となって宿っていた。

「いいツラになってきたじゃねえか」

清吉は両目の端をゆるめた。

砂津鐘の目は、まだ怒りの炎で燃えていた。

「ツラ構えがよくなったんで、もういっぺん念押しをするぜ」

清吉は砂津鐘に顔を近づけた。

「おかしらから、あんたに話があるはずだ。わるいことはいわねえ、ふたつ返事で聞き入れたほうがいいぜ」

断るのは勝手だが、ろくなことにはならないと、清吉は話を続けた。

「もしもおかしらの話を断ったら、あんたはすぐにもこの小屋に放り込まれる。カラス、カアで夜が明けたあとは、佐渡の金山送りが待っているからよ」

佐渡に行くぐらいなら、あの綱に首を突っ込んで死んだほうがましだろうぜ……ひたいがくっつくほどに顔を近づけて、清吉は脅しのとどめを刺した。

「くせえやね」

砂津鐘は、ぶっきらぼうな物言いを清吉にぶつけた。

「なんだと？」

清吉の目が吊り上がった。

「あんたの吐く息がくせえと、そう言ったんだ」

「言うじゃねえか」

穏やかに答えた直後に、清吉は右手で砂津鐘の頬を張ろうとした。

砂津鐘の大きな手が、清吉の手首をぐいっと摑んだ。

「おれはもう、すっかり正気だぜ」

砂津鐘の目の両端も、清吉同様に吊り上がっていた。

七十三

岩次郎が案内されたのは、大川が見渡せる二階座敷だった。

折鶴のこの棟の二階には、十二畳の客間が三部屋横に連なっている。吉羽屋は三部屋の真ん中を使っていた。

「わざわざ両国までご足労をいただき、まことにありがとうございます」

座布団からおりた政三郎は、大川を正面に見る上座に岩次郎を座らせようとした。

ときは七ツ半(午後五時)である。夕暮れどきの大川は、幅広い川面が西陽を浴びてあかね色に輝いていた。

「いま時分の大川は、この二階から眺めるのが格別でしてなあ」

岩次郎が座布団に座る前に、政三郎はさっさと身体を窓のほうに向けた。

ひとにへりくだるのが苦手な男である。岩次郎を招いておきながら、物言いにも所作にも、尊大な地が早くも顔を出していた。

「まことに……これは大した眺めです」

岩次郎は吉羽屋に調子を合わせるように、窓際へと動いた。

日暮れが間近に迫った大川は、無数の船が行き交っていた。どの船も、陽が沈む前に船着場に横付けしたいのだろう。

遡行《そこう》する船は、帆を一杯に張って走っている。西陽と追風を浴びた帆は、夕陽に染まりながら大きく膨らんでいた。

風が渡ると川面が揺れた。

昼間のような、強い照り返しではない。それでも水面と一緒に、光も揺れた。

強い赤味に照り返る水面を、帆を張った船の舳先が壊して進む。帆のないはしけは、船頭の櫓が水面をかき混ぜていた。

夕陽と水面と船。

三つが入り乱れて描く夕暮れの眺めは、見ていて飽きることがなかった。

「いつまでもこうしていたいのはやまやまだが……そろそろ、よろしいかな?」

吉羽屋は、すっかり目上の者の口調になっていた。

「結構です」

軽い口調で応じてから、岩次郎は上座に戻った。

床の間の軸は、涼味を覚える山水画である。

床柱の花器には、まだつぼんだままの真っ白い夕顔が一輪、挿されていた。

「それでは、あらためまして」

岩次郎が座るなり、吉羽屋のほうから先に名乗った。もはや政三郎は、座布団からおりようとはしなかった。

「お招きにあずかりました、釜田屋岩次郎です」

岩次郎は背筋を張って、初対面のあいさつをした。

「正面の窓は開けたままにしておきますが、よろしいか？」

「結構です」

岩次郎が応じたとき、仲居が麦湯を運んできた。朱塗りの盆に、小さな器が載っていた。

仲居は一歩ずつ、足元を確かめるようにして岩次郎の前に歩いてきた。

仲居の歩みが重々しかったのは、運んできた器にわけがあった。麦湯は、透き通ったビードロ（ガラス）に注がれていた。

室町時代の末期に、長崎に渡来したオランダ人が製法を伝えたビードロは、ぐい飲みひとつで五両はするという代物だ。

岩次郎はこれほど上等なビードロを手にしたことはもとより、見たこともなかった。

「名を明かすことはできませんが、ある大名家から譲り受けましてなあ」

ここ一番のもてなしに用いるように、折鶴に預けてあると、政三郎は器の由来を明かした。

「岩次郎さんには、ぜひともビードロで麦湯を味わってもらいたかった」

散々に勿体《もったい》をつけられて、岩次郎はビードロ入りの麦湯を勧められた。

勧めた政三郎は、岩次郎よりも先にビードロに手を伸ばした。将軍家からの拝領物をいただくかのように、うやうやしい手つきだ。

あたかも、ビードロを持つ作法を岩次郎に示しているかのようだった。

「せっかくのお勧めですから、いただきます」

岩次郎は、笠間焼のぐい飲みでも持つかのような手つきで、ビードロを持った。

運んできた仲居は、咎めるような目で岩次郎を見詰めた。岩次郎はいささかも臆せず、麦湯を一気に飲み干した。

「なかなかの味です」

目の前に器をかざしたまま、麦湯を褒めた。そのあと膳に戻した。

戻し方もまた、ぐい飲みと同様である。膳に置いたとき、コツンと音がした。

仲居の顔色が変わった。

政三郎はつかの間、目つきを険しくした。が、すぐさま表情を戻し、ビードロを静かに膳に置いた。

「思っていた通り、岩次郎さんは物怖《ものお》じとは無縁のお方ですなあ」

口調は鷹揚《おうよう》さを装っていた。しかし岩次郎に向けた顔は、目のあたりがこわばっていた。

「吉羽屋さんのおかげで、生まれて初めてこれほどのビードロを手に持つことができました」

吉羽屋に向けて、岩次郎は右手をぶらぶらと振った。手を振った拍子に、身体が前にずれた。

膝と膳がぶつかり、ビードロが小さく揺れた。

吉羽屋は険しい目で、仲居に指図を与えた。すぐさま立ち上がった仲居は、岩次郎の膳からビードロを取り去った。

「世にふたつとない器です」

仲居の口調は、切り口上に近かった。

「それがどうかしたのか？」

岩次郎は穏やかに問いかけた。

「麦湯はもう、おすみのようですので、これは蔵に戻させていただきます」

岩次郎の返事も待たず、仲居はビードロを朱塗りの盆に移した。吉羽屋の膳の器も盆に載せて、仲居は客間から出て行った。

「モノがモノだけに、仲居も気が昂《たかぶ》っているようだ」

もしも所作に不快を覚えているなら、ビードロに免じてご容赦いただきたい……吉羽屋は、脇息に寄りかかったまま、岩次郎に断りを言った。

岩次郎のビードロの扱い方を目の当たりにした政三郎は、一切の謙遜《けんそん》を捨てる気になったようだ。

「お気遣いは無用です」

岩次郎は、短い言葉で応じた。

「それよりも、吉羽屋さんの用向きをお聞かせいただきましょう」

岩次郎は政三郎を見詰めた。

この目で岩次郎に見詰められると、職人たちはひとり残らず居住まいを正した。したたかな吉羽屋にも、眼光の強さは通じたようだ。脇息に寄りかかっていた政三郎が、身体を起こした。

大川の川面から、夕陽の照り返しは消えていた。

七十四

麦湯を飲み干した岩次郎は、用向きに入ってもらいたいと、吉羽屋に水を向けた。

政三郎はしかし、応じようとはしなかった。

「まずは、軽く腹ごしらえをしましょう」

脇息に身を寄りかけて、岩次郎に応じた。明らかに、目下の者に対する振る舞いだった。

「大事な話をするときは、ほどよく腹が満たされていたほうが、滑らかに運ぶものです」

身体を起こした政三郎は、軽く手を打った。五尺五寸（約百六十七センチ）、十六貫（約六十キロ）の身体つきだが、政三郎の身のこなしは意外にも軽かった。

手がひとつ、小さく鳴っただけで、先刻の仲居が飛んできた。

岩次郎のビードロの扱い方が、仲居には気に染まなかったのだろう。座敷に入ってきても、岩次郎を見ようとはしなかった。

「まずはメシだ」

「かしこまりました」

ぞんざいな口調で指図をされたのに、仲居は三つ指をついて受け止めた。

ビードロを預けてあることといい、大川を真正面に望む部屋を調えていることといい、吉羽屋は半端ではないカネを折鶴に落としているのだろう。

仲居の所作は、大名にかしずく腰元のようだった。

仲居が下がってからさほどの間をおかず、数人の職人が膳を運んできた。

全員が真っ白な木綿のお仕着せ姿である。膳を運んできたのは仲居ではなく、調理場の料理人たちだった。

木綿の襟元には、紺糸で折鶴の文字が縫い取りされている。どのお仕着せにも、きちんと鏝《こて》があてられていた。

「連日のお運び、ありがとうごぜえやす」

政三郎の前に座した板長が、職人言葉で礼を言った。

配下の職人が、すかさず櫃《ひつ》を板長のわきにおいた。櫃には銅のタガが巻かれている。みるからに上物の櫃だった。

料理人が岩次郎と政三郎の前に置いた膳は、春慶《しゅんけい》である。膳は極上の拵えだし、赤絵の施された小皿と白磁の茶碗、漆黒の塗り箸も見事な品だ。

しかし料理は先付けの一品すら、膳に載ってはいなかった。

「それでは」

政三郎に辞儀をした板長が、配下の者に目配せをした。

「へいっ」

岩次郎と政三郎のわきについた職人ふたりは、それぞれの膳から茶碗を手に取り、板長に差し出した。

受け取った板長は、櫃のふたを開けた。なかは炊き立てのメシだったのだろう、ふわっと湯気が立ち昇った。

板長は、ていねいな手つきでメシをよそった。盛り方は充分に吟味されており、メシはひと粒ひと粒が立っているかに見えた。

板長がよそったメシは、料理人たちがふたりに運んだ。膳に置くと、コトンという音がした。

それが合図であったかのように、仲居ふたりがあらわれた。

ひとりは竹筒を手にしており、もうひとりは茶道具の棗《なつめ》に似た器を両手に包み込んでいた。

竹筒を手にした仲居は、板長のわきに座った。

棗を持っていた仲居は政三郎の前に座り、器のふたを取った。

帯に挟んでいた茶杓《ちゃしゃく》を取り出すと、器の中身をすくい、赤絵の小皿に移した。

同じことを岩次郎にも為した。

「皿の中身は、折鶴が自前で拵えやした天塩《てしお》でごぜえやす」

赤穂《あこう》から取り寄せた塩を、板長みずから厚底の鍋でていねいに焼き上げたもの。折鶴はそれを天塩と名づけていた。

「茶碗は、伊万里焼の白磁でやす。よそったメシは越後十日町の農家が、折鶴のために別誂えの田んぼで育てた米を炊き上げやした」

釜は摂津特産の鋳物《いもの》。

へっついで燃やす薪《まき》は、房州木更津《きさらづ》から取り寄せた赤松。

米を炊く水は、毎朝汲《く》み上げる御茶ノ水渓谷の湧《わ》き水。

「その米を一番美味く食ってもらえるように、天塩をちょいと振りかけてくだせえ」

嚙んでいるうちに、米の甘味と塩とが混じりあい、絶妙の味わいとなる……これだけのことを、板長は一気に話した。

政三郎は招いた客の前で、毎度これをやっていた。板長の言葉の区切りで、天塩をメシにパラパラッと振りかけた。

黒塗りの箸は、純白の茶碗や炊き立ての白米と、はっきりした色味の対比となっている。

箸にのせたメシのひとかたまりを、慣れた手つきで口に運んだ。

何度か嚙んだあとでメシを呑みこんだら、竹筒を手にした仲居が、すかさず政三郎の前に移った。

竹筒に入っているのは、御茶ノ水渓谷の湧き水だ。水を注ぎ入れた湯呑みを、政三郎に差し出した。

茶碗を膳に戻した政三郎は、湯呑みの水を喉を鳴らして呑み下した。

「何度呑んでもこの一杯が、まことにメシの美味さを引き立ててくれる」

湯呑みを手にしたまま、政三郎は岩次郎を見た。

吉羽屋が折鶴に招く客は、大身《たいしん》大名やその用人、千石を超える禄高《ろくだか》の旗本、もしくは年商一万両に届くという大店の当主である。

いずれも宴席では、床の間を背に座ることを当たり前としている者ばかりだ。

その手合いには、このもてなし方がまことに効き目があった。

一膳の炊き立てメシと、塩。

そして、渓谷の湧き水。

なんということもない品だが、板長が由緒を話すと、だれもが感心顔を拵えた。

「まことに米も水も、美味のきわみであるの」

味を吟味するというよりは、板長の語る能書きに感心した。そしてメシに塩を振りかけただけの粗食を、ありがたがって食した。

岩次郎はしかし、まるで違う振る舞いに及んだ。

「メシだの塩だのの、美味いまずいは、わたしには分かりません」

岩次郎は板長に目を合わせた。

「調理場に味噌汁はありますか」

「へえ……それはもちろん、ありやすが……」

「だったら、手間をかけてわるいのだが」

岩次郎は、竹筒を手にした仲居に茶碗を突き出した。

「今日も忙しくて、昼飯をろくに食べてこなかった」

仲居が顔をしかめたが、岩次郎は構わず話を続けた。

「このメシに、味噌汁をたっぷりかけてきてくれ」

「えっ……」

絶句した仲居の手から、竹筒が転がり落ちた。

七十五

さすがは折鶴である。

たかが味噌汁といえども、しっかりと鰹節《かつおぶし》でダシをとっている。味噌と鰹ダシの旨味の邪魔をしないように、具は油揚げと刻みネギだけだ。

炊き立ての越後米に、鰹ダシの味噌汁をかける。板長にしてみれば、頭痛のしそうな暴挙だろう。

料理人にはもちろんだが、塩振りのメシを賞味し、したり顔で美味さをうんぬんする吉羽屋に対しては、味噌汁がけのメシはきついあてつけだ。

吉羽屋、板長、仲居の三者が、苦々しげな目で岩次郎を見詰めた。そんな様子にはまったく取り合わず、岩次郎は一膳の味噌汁メシをきれいに平らげた。

「腹が減っていただけに、美味さはひとしおでした」

岩次郎は本気で褒めた。

それを喜ぶ顔は、二階座敷には皆無だった。

「いまのメシで、空き腹は満たされたかね？」

「まことに結構な味噌汁をいただきました」

吉羽屋と岩次郎が、言葉で切り結んだ。

「ならば、釜田屋さん。趣向はここまでにして、話に入ってもよろしいな」

「望むところです」

背筋を張った岩次郎は、吉羽屋から目を逸らさなかった。

「そっくり片付けてくれ」

吉羽屋が乱暴な口調で指図した。決して大声ではないが、口調は錐《きり》の先よりも尖っている。

仲居と職人たちは、敏捷に立ち上がった。

「それでは、これで下がらせていただきやす」

板長の断りに、吉羽屋は渋い顔でうなずいた。座敷を出るとき、板長は岩次郎を見ようともしなかった。

「この座敷には、焙じ茶があれば充分だ」

「かしこまりました」

吉羽屋に深い辞儀をして下がった仲居と入れ替わりに、半纏姿の下足番の親爺《おやじ》が茶と湯呑みを運んできた。

分厚い素焼きの湯呑みと、焙じ茶の入った土瓶。扱いも器も、大きく後退していた。

親爺は一杯ずつ焙じ茶を注ぐと、断りもいわずに座敷を出た。

「あんたも忙しいだろうから、手短に用向きだけを言わせてもらおう」

吉羽屋はたもとから四ツ折にした半紙を取り出すと、自分の膝元に置いた。

見たければ、立ち上がって取りにこいと言わんばかりだ。政三郎は店の奉公人を、いつもこのように扱っているらしい。

岩次郎は知らぬ顔で吉羽屋を見詰めた。

吉羽屋も口を開こうとはしない。岩次郎がモノを言うのを待っているのだろう。

互いが無言で見詰め合っているとき、大川を渡った風が座敷に流れ込んできた。

半紙の端が風にあおられて、ひらひらとめくれた。吉羽屋は渋い顔で半紙を手に取った。

「今日の用向きは、釜田屋さんにとっておいしい話のはずだが」

吉羽屋は岩次郎を見る目の光を強めた。

「ことの始まりから、どうやらおたくはあたしに意趣を持っているようだな」

吉羽屋は、ざくろの実のような色味の下唇を舐めた。

「ビードロの扱いはぞんざいだし、せっかくのメシの美味さは、味噌汁なぞをかけて台無しにしてくれるし」

こんな調子では、まとまる話もまとまらなくなる……半紙を手にしたまま、吉羽屋は脇息に寄りかかった。

「意趣というのは、吉羽屋さんの思い違いです。わたしには、いささかの思うところもありません」

岩次郎は、きっぱりとした口調で応じた。

「おたくがそう言うなら、深くは問わないが」

吉羽屋は四ツ折の半紙を畳に置くと、強い調子で押し出した。向かい合わせに座った岩次郎との間には、二尺（約六十センチ）少々の隔たりしかない。

半紙は川風に押されながら、岩次郎の膝元まで滑った。

「話の中身を互いに取り違えないように、肝《きも》のところを抜き書きしておいた」

膝元に届いた半紙を手に取った岩次郎は、ひと目見ただけで立ち上がった。

吉羽屋は、なにごとかという目で岩次郎を見た。不意に立ち上がったあと、そのまま部屋を出ると勘違いしたらしい。

岩次郎は座敷から出るわけではなかった。

ついさきほど、回向院が暮れ六ツ（午後六時）の鐘を撞いた。川面もすっかり闇に包まれている。

客間の明かりは、部屋の両隅に置かれた遠州行灯二張りだけである。

吉羽屋が押して寄越した半紙は、細かな文字で埋まっていた。そんな細字を読むには、行灯が遠すぎたのだ。

明かりをわきに置いた岩次郎は、仕舞いの一行まで一気に読み通した。

そのあと、もう一度あたまから読み返したのちに、膝元に置いた。

「吉羽屋さんが書かれたことをなぞり返すようですが」

岩次郎はふたたび紙を手に取り、何度か文字に目を落とした。

正面に向き直ったときには、岩次郎の太い眉の両端がわずかに上がっていた。

「御公儀《ごこうぎ》が、早刷りをそっくり買い上げたいと言うのでしょうか」

「そんなことは、どこにも書いてはいないだろう」

吉羽屋は、声も目つきも鋭く尖っていた。

「おたくは、いったいどんな読み方をしたんだ」

「吉羽屋さんが書かれた通りをなぞったまでです」

「たわけたことを言いなさんな。いったいどこに、御公儀が早刷りを買い上げたいなどと書いてあるんだ」

吉羽屋はもはや、鷹揚さをかなぐり捨てていた。呑み込みのわるい奉公人を前にした、古株の番頭のような顔つきである。

岩次郎は半紙を目の前にかざし、細字の文字を読み上げた。

「安政二分金は使い勝手のよい金貨だと、記事のなかで記す。そんな三段の囲み記事を載せるだけで、広目代十両に加えて、一枚十文の二千部分、二十貫文（四両相当）を支払う。早刷りは、いつも通りに売り屋が売っていい。記事は向こう十日間、続けて掲載する。広目代百両と早刷り代二百貫文は、掲載一日目にその全額を支払う」

読み終わった岩次郎は、静かな目で吉羽屋を見詰めた。

「これは御公儀に早刷りを売り渡すも同然の所業です」

岩次郎はていねいに四つに畳み直し、吉羽屋の膝元に力をこめて押し戻した。

「お断りします」

岩次郎は大きな音を立てて、焙じ茶を飲み干した。

七十六

折鶴は調理場のわきに、平屋の船頭溜まりを普請していた。

平屋建ての小屋に入ると、五坪の土間が設けられていた。土間を囲った杉板の壁には、二十本の太い釘が打ち込まれている。

船頭が着用した雨具を引っ掛ける太い釘である。釘の下には、こぼれ落ちた雨のしずくを流す樋《とい》が据え付けられていた。

土間から上がった板の間は、二十畳大だ。板の間は、分厚い茣蓙《ござ》敷きである。

茣蓙は備後《びんご》特産の上物だが、船頭たちは無作法にも、方々に煙草の焼け焦げを拵えていた。

部屋の隅には大型の枕屏風《びょうぶ》が立てかけられている。後ろには座布団と煙草盆が置かれていた。

「まったく今日の客のしみったれなことといったら、目もあてられねえぜ」

船頭たちは引っ張り出した座布団の上で、ぶつくさ客への文句をこぼしながら花札に興じた。

もちろん、カネを賭《か》けた仲間内の博打《ばくち》である。

船頭たちがゼニや小粒銀、南鐐銀などをやり取りしていても、折鶴は目をつぶっていた。

遊んでいるのは、客を乗せてくる屋根船の船頭たちである。船の扱いのよしあしは、折鶴の評判までも左右した。

「あすこで遊ぶのは、いささか考えものですぜ」

「酒も料理も、ひでえという評判でやすから」

船頭が口にする料亭のわるい評判を真に受けて、足を遠ざける客も少なくはない。そんな目に遭わぬように、折鶴は船頭を大事にした。

わざわざ船頭溜まりの小屋を普請したのも、よくない評判をばらまかれたくなかったからだ。

折鶴では、毎晩二十組以上の宴席が催された。それらの客は、九分九厘、屋根船を仕立てて両国橋西詰までやってきた。

遊び客が自前で仕立てることもあったし、吉羽屋のように、もてなす側が船を差し向けることも多々あった。

引き戸を使って敷地内まで船で入れるのが、ここの売り物である。折鶴までの行き帰りとも、客は屋根船を使った。

宴席の多い夜は、二十杯を超える屋根船が舫われることになる。広大な敷地を持つ折鶴といえども、それだけの船を敷地内の栈橋に舫うことはできなかった。

船は両国橋たもとに設けた、折鶴の船着場に舫われた。

宴席のお開きが近づくと、仲居は船頭溜まりに顔を出した。

「大野屋さんの船頭さあん……」

客の名を告げると、お抱え船頭が立ち上がった。そして舫ってある屋根船に向かい、折鶴の敷地内まで回した。

隠れ遊びの客は人目にさらされることなく、屋根船に乗り込むことができた。

宴席の始まりは、日暮れが近い七ツ半（午後五時）が多かった。

暮れなずむ両国橋と、大川端の眺め。これは折鶴が客に供する、極上の一品だった。

酒宴は一刻半（三時間）がひとつの区切りとされていた。

折鶴自慢の季節料理と酒。

柳橋の芸妓《げいぎ》の舞に、座持ち上手な幇間《ほうかん》の話芸。

これらを存分に楽しむには、少なくとも一刻半は入用だった。

七ツ半に始まる宴席が、ひとまずのお開きとなるのが、早くても五ツ（午後八時）である。

屋根船を船着場に舫ったあと、五ツまでの一刻半を、船頭たちは小屋で過ごした。

折鶴が船頭たちに用意するのは、座布団と煙草盆だけではない。

酒は深酔いを避けるために、船頭ひとりにつき、一合しか出さなかった。

しかし料理は存分に振る舞った。奉公人たちが口にする賄いメシではなく、客に供する季節変わりの煮物、焼物、吸い物である。

「今日の椀は、ことのほかはまぐりのダシが利いてるぜ」

船頭たちは、味の評価に遠慮がなかった。しかも客を送り届ける先々で、料亭などの料理は食べなれている。

船頭の多くは、口のおごった客と同然の舌を持っているのだ。

折鶴の板長は、折にふれて船頭の評価を聞き取っていた。

博打に興ずることのない船頭は、一合の酒をちびちびやりながら、うわさ話を交わした。ひとのわるくちは、船頭には格好の肴となった。

話のタネにされるのは、乗船時の行儀のよくない客と相場が決まっていた。

酒手に渋い客。

横柄な振る舞いに及ぶ客。

しったかぶりを言う客。

船頭に受けのわるい客は、季節にかかわりなくこの三種である。とりわけ祝儀に渋い客は、船頭の遠慮のない口で虚仮《こけ》にされた。

「初田屋がよう、内輪《うちわ》揉《も》めをしてるてえ話だぜ」

「初田屋って……あの、読売作りの初田屋かい？」

船頭ふたりがうわさ話を始めたとき、大三郎は壁際で横になっていた。

昨夜の客は、浜町の川木戸が閉まる四ツ（午後十時）を過ぎても遊んでいた。木戸番に小遣いを渡し、通してもらう掛け合いをこなしたのは、客ではなく大三郎だった。

その疲れの残りが、身体の芯から湧き出てきた。ゆえに大三郎は折鶴の料理も口にせず、横になっていたのだ。

読売作りの初田屋。

屋号が、大三郎の耳に突き刺さった。

いま吉羽屋の酒席に招かれている岩次郎の、いわば商売敵が初田屋である。

なにかの役に立ちたいと、大三郎は岩次郎に申し出たばかりである。

初田屋が内輪揉めだと？

大三郎はゆっくりと寝返りを打ち、耳を船頭のほうに向けた。

「代貸《だいがし》を務めている男を、なんでも初田屋は叩き出したらしいぜ」

今日の昼過ぎに、船頭は初田屋の売り屋から話のタネを仕入れていた。

今年の春先に、この船頭は初田屋昌平を屋根船に乗せた。あれこれとうるさい注文をつけられた挙句、小粒銀ひと粒しか酒手をもらえなかった。

そのときの恨みは、相当に根深いものらしい。船頭は売り屋から聞き込んだうわさ話の端々で、昌平をあしざまに言った。

横になったまま、大三郎は船頭の話をしっかりとあたまに刻みつけた。

「吉羽屋さんの船頭さあん……」

仲居に呼ばれたとき、大三郎はすぐには自分のことだと思い当たらなかった。

回向院が五ツを撞くには、まだ半刻（一時間）近くも間がありそうだったからだ。

「吉羽屋さんの船頭さあん、いませんか」

仲居の二度目の呼び声で、大三郎は身体を起こした。

「すまねえ、ねえさん。うっかり居眠りをしちまってた」

手拭いを首に回して、大三郎は仲居に近寄った。

「五ツには、まだ随分と間があるんじゃねえかい？」

「そうなんですけど……」

仲居が口ごもった。板の間の船頭たちが、博打だのうわさ話だのをやめにして、聞き耳を立てている。その気配を、大三郎ははっきりと感じ取った。

船頭はことのほか、うわさ好きである。うかつにこの場で仲居と話を交わしたりしたら、どんなうわさをばらまかれるか、しれたものではない。

急ぎ履物を突っかけた大三郎は、仲居と一緒に小屋を出た。

「なにか、ありやしたんで？」

仲居は小さくうなずき、周りを見回した。ひとの耳目を気にしたのだろう。

幸いにも、小屋の外にはだれもいなかった。

「お招きになった吉羽屋さんが大層に腹を立てられて、お客さんを追い返されたんです」

吉羽屋は二階座敷の真ん中を使っていた。両隣の部屋には客をいれないように、その二部屋も費えを払って貸切り扱いを命じていた。

料理も刺身から煮物、吸い物まで、板長が吟味を重ねた七品を調えていた。

それらすべてを反故にして、客を追い返したというのだ。

「お客様は、屋根船に乗ってお待ちになっています」

仲居の顔はこわばっていた。

いったい岩次郎さんは、どんな振る舞いに及んだのか……。

ことの仔細を聞かせてもらう楽しさを、あたまに思い浮かべたのだろう。

大三郎の目尻がゆるんでいた。

七十七

船足を急がせた大三郎は、四半刻（三十分）少々で冬木町の船着場に横付けさせた。

船をおりた大三郎は、船着場の端に屋根船を舫った。幅が二間（約三・六メートル）もある船着場は、釜田屋の自前である。

大量の摺り紙を運ぶには、荷車よりも川船のほうが都合がよかった。また大人数の職人の食事を賄うには、一日に六荷（約二百七十六リットル）の水が入用である。

これだけの量を水桶で運ぶのは難儀だ。ゆえに釜田屋は、店の前の仙台堀に、水船や荷物船が着けられる船着場を設けていた。

舫い終えた大三郎は、岩次郎について釜田屋に向かった。

「おかえんなせえやし」

岩次郎の姿を見るなり、職人たちが一斉に立ち上がって出迎えた。大三郎の目が、大きく見開かれた。

職人の大声に驚いたわけではない。釜田屋の仕事場が、昼間以上に明るく見えたからだ。

「こちらは、屋根船船頭の大三郎さんだ」

「うおっす」

職人たちは、息をそろえて大三郎に会釈をした。うおっすの声は、来客に対する職人ならではのあいさつである。

大三郎も顔つきを引き締めて、会釈を返した。

「お早いお帰りで……」

上がり框《かまち》まで迎えに出てきた遠松は、大三郎を見て小首をかしげた。なぜ船頭が一緒なのか、合点がいかなかったのだろう。

「いささかわけがあって、大三郎さんについてきてもらった」

夕餉をふたり分調えてくれと、岩次郎は迎えに出てきためぐみに指図をした。

「かしこまりました」

めぐみは察しのいい娘である。ふたり分とはだれとだれの食事なのか、問わずともすぐに呑み込んでいた。

本来のめぐみは、通いの賄い頭である。しかし早刷り本番売出しが始まって以来、めぐみは釜田屋で寝起きを続けていた。

ふたり分の食事は、岩次郎の居室に運ばれてきた。献立は職人たちの夕餉と同じである。

魚は、ひと炙《あぶ》りしたイワシの味醂《みりん》干しだ。炭火でていねいに炙られた味醂干しは、醤油をひと垂らしするとジュウと音を立てた。

削り節をまぶした青菜のおひたしと、井戸水をくぐらせた奴豆腐が、別々の小鉢に入っている。

豆腐が隠れるほどに、削り節がかぶさっていた。

味噌汁は、こちらも油揚げとたっぷり散らした刻みネギである。味噌の美味さを邪魔しないように、具はおとなしかった。

「吉羽屋さんが、どんな献立を折鶴に言いつけていたかは知らないが、めぐみが焼いた味醂干しと、油揚げの味噌汁にかなうものはない」

岩次郎が真顔で褒めると、めぐみの顔が崩れた。

「こいつぁ、正味でうめえ」

大三郎の褒め言葉は、世辞ではなかった。味噌汁を二杯もお代わりしたのが、そのあかしだった。

メシが終わり、御柱のキセルで岩次郎が一服を吹かし始めたとき。煙草盆を右手に提げて、遠松が居室に入ってきた。

遠松の好みの煙草は、岩次郎と同じである。ふたりが吹かす甘い香りの煙が、居室をゆらゆらと漂った。

「こちらの大三郎さんには、これからなにかと早刷り作りを手伝ってもらうことになった」

岩次郎があらためてふたりを引き合わせたとき、大三郎は居住まいを正した。

「あっしをさんづけで呼ぶのは、ぜひとも勘弁してくだせえ」

大三郎の口調は本気である。

岩次郎は、大三郎と呼び捨てにしながら話を続けた。折鶴から冬木町までの船で、大三郎から聞かされた話を、である。

聞き終わった遠松は、感心顔を大三郎に向けた。

「言われて初めて気づきましたが、屋根船と猪牙舟の船頭さんは、まさに特上の話のタネを毎日仕入れているも同然でした」

船頭の交わすうわさが、いかに早刷り作りにはおいしい話であったか。遠松はそのことに、深く得心していた。

「これもまた、いま気づいたことですが……」

駕籠《かご》宿や辻駕籠の駕籠舁《か》きも、きっといい話のタネを仕入れているはずですと、遠松は気づいたことを口にした。

「おまえの言う通りだ」

岩次郎が膝を叩いた。

「明日にでも、弘太郎を仲町の駕籠宿に差し向けなさい」

指図を与えてから、岩次郎は話の本題に戻った。

「大三郎が聞き込んだ話がまことなら、初田屋は新たな読売を刷るどころではないだろう」

「承知した」

すぐにも遠松当人が動き、砂津鐘と談判をするように。岩次郎の指図は明確だった。

「明日の朝から動きます」

遠松の返事も明確だった。

仕事場から、職人たちの笑い声が流れてきた。

七十八

五ツ半（午後九時）を過ぎたころから、岩次郎・遠松・大三郎の話し合いは何度も中断を余儀なくされた。

翌日の早刷りは五ツ半から四ツ半（午後十一時）の間が、紙面作りの追い込み仕舞い（締切）だったからだ。

岩次郎は大三郎に目を向けた。

「ひとまず船宿に屋根船を返してから、ぜひとも今夜のうちに出直してくれないか」

早急に煮詰めておきたいことがまだ幾つもあると、大三郎に告げた。

「これからの一刻（二時間）は、うちは戦場そのものとなる。その間に、ここと船宿とを行き来してもらいたい」

目配せを受けた遠松は素早く立ち上がり、鑑札《かんさつ》を手にして座敷に戻ってきた。杉板に

『読売二十三号　冬木町釜田屋』の焼印が押されている。

御府内《ごふない》の町木戸も川木戸も、開いているのは明け六ツ（午前六時）から四ツ（午後十時）までだ。

鑑札は木戸御免の通行手形である。木戸番に見せれば、町木戸・川木戸が閉じたあとでも、潜《くぐ》り戸の通り抜けが許された。

「大三郎が船宿から戻ってくるまでの間に、おまえは臼田屋についての聞き込みをしてくれ」

遠松は、力強くうなずいた。

初田屋は砂津鐘の証文を、臼田屋に売り飛ばしたらしい……大三郎が船頭溜まりで聞き込んだうわさである。

初田屋と砂津鐘については、岩次郎も遠松も、それなりのことは聞き及んでいた。

しかし臼田屋という屋号には、ふたりともまったく聞き覚えがなかった。

船頭仲間のうわさを聞いていた大三郎も、臼田屋のことはなにも知らなかった。

五ツ半から四ツ半までは、岩次郎は早刷り作りに専念しなければならない。

その間に大三郎には船宿まで行き帰りをさせ、遠松には耳（聞き込み屋）からの聞き取りをするようにと指図したのだ。

幸いにも遠松が重用している耳は、三町（約三百三十メートル）しか離れていない大和町に住んでいた。

大三郎の腕なら、屋根船を返したあと、猪牙舟を漕いで冬木町まで戻ってくるのに、一刻あれば充分である。

「それでは行ってめえりやす」

座敷を出た大三郎と入れ替わりに、耳鼻達の弘太郎が明日の大組みを手にして入ってきた。

七十九

岩次郎の正面に座した弘太郎には、焙じ茶と厚切りようかんが供された。完売祈願の、縁起かつぎの茶菓である。

号外第一号の大組みを、岩次郎と弘太郎が煮詰めた夜。めぐみは熱々の焙じ茶と、分厚く一寸（約三センチ）の厚みに切ったようかんを用意した。

甘いもの大好きの弘太郎のために調えた、とっておきの甘味だった。

「こいつあ、うめえや」

弘太郎はぺろりと、たったのふた口で平らげた。ようかんが効いたのか、翌日の号外は客が奪い合うほどの大好評を博した。

その縁起をかつぎ、大組み煮詰めに臨む弘太郎の膝元には、毎晩、焙じ茶とようかんが供された。

「明日の大組みは、こんなところでいかがでやしょう」

七月三日発売の早刷り大組みが、岩次郎に差し出された。

「本番早刷りも明日で三号目でやすんで、見出しが飛び切り目立つように、太い赤帯を引っ張ってみやした」

岩次郎に差し出す見本の大組みは、維助がみずから彫り、高次の手で摺るのが決まりである。

岩次郎は大組みから目を離し、全体の仕上がり具合を見た。百目《ひゃくめ》ろうそくの光を浴びて、見出しの赤帯が目に鮮やかだった。

全体の仕上がりを吟味したのち、岩次郎は天眼鏡《てんがんきょう》を手に持った。早刷りに天眼鏡をあてて、一文字ずつ読み始めた。

岩次郎は、目がわるいわけではなかった。

「このところ、めっきり小さな文字が読みづらくなってきた」

岩次郎と同年代の者の多くは、目が老いてきたと嘆いていた。しかし岩次郎の目は、すこぶる元気である。

遠くでも近くでも、モノはよく見えた。そんな岩次郎が天眼鏡で大組みを見ているのは、おのれに過ちをおかさせないための手立てである。

一文字ずつ大組みを読み進めていく岩次郎を、弘太郎は張り詰めた顔で見詰めていた。

「早刷りに書かれたことは、どんなに小さなことにも、わたしがすべての責めを負う。早刷りの中身が元で起きる揉め事なら、おまえたちはいささかも案ずることはない」

存分に筆をふるい、読み手を楽しませてくれと、常から岩次郎は言い切っていた。

すべての責めを負う代わりに、本摺りに入る前の大組みは、かならず岩次郎の了承を得ること。

このことを、早刷り作りにたずさわる全員に、きつく言い渡していた。

一度や二度ではない。

号外作りを始めて以来、毎日、これを言い聞かせていた。

「ひとはだれしも、しくじりをおかすものだ。この当たり前のことを、断じて忘れてはいけない」

号外第一号の大組みが仕上がった夜、岩次郎はこの言葉で戒めを説き始めた。

しくじりをおかしたとき、ひとは大勢の前であたまを下げて詫びる羽目になる。

「責めを負いまして、てまえは今日限り、この役目から暇をちょうだいいたします」

多くの者は、しくじりの責めを負ってその職を辞するという。しかしそれでは、まことの責めを負ったことにはならないと、岩次郎は続けた。

「命がけで責めを負うと決めている者は、ひとさまの前で責めを負いますなどと言わずにすむように、普段からしっかりと目配りをしている」

ことが起きたあとで責めを負いますという者は、それは言葉だけのこと。生じたしくじりは、職を辞しても取り返しはつかない。

「もしも早刷りで、誤ったことを書いたとする。その記事を苦にして首吊りが出たとき、わたしになにができるというのか」

詫びてわたしも首を吊ったとしても、亡くなったひとは生き返らない……岩次郎は、強い目で職人全員を見回した。

「ことが起きたあとは、まことの責めを負うことなどは、だれにもできない。そんなことにならぬよう、常から気を配っていてこそ、初めて責めを負うことができる」

気のゆるみと慢心。

このふたつが、手ひどいしくじりを呼び込む。

「しくじりを防ぐ妙薬は、ただひとつしかない。ひとはしくじりをおかすということを、常に忘れないことだ」

早刷りのすべての責めを負うと決めているがゆえに、わたしはこの天眼鏡で大組みを読む。

全員の前で、岩次郎は大型の天眼鏡を高く掲げて見せた。

深く得心した職人たちは、固唾を呑んで岩次郎の戒めを胸に刻みつけた。

「赤帯はいい趣向だ」

読み終えた岩次郎は、明日の早刷りを諒《りょう》とした。

「すぐさま、本組みに取りかからせてもらいやす」

七月三日売り出しの、早刷り第三号本番が動き始めた。

八十

七月二日、四ツ半（午後十一時）。

「臼田屋甚六は、まことに油断ならない男でございます」

遠松がこう切り出して、岩次郎・遠松・大三郎の話し合いが再開された。

「修平《しゅうへい》は、まことに深いところまで臼田屋の内情を摑んでおりました」

茶に口をつけたあと、遠松はようかんを口にした。さきほど弘太郎に供した品と同じである。

目のよさでは岩次郎にかなわない遠松だが、歯はまことに丈夫である。五十路《いそじ》男だが、前歯も奥歯も一本も欠けてはいない。

遠松が皿に戻したようかんには、きれいな前歯の歯並びがくっきりと残されていた。

遠松が耳に使っている男が修平である。

修平は色里大和町中見世《ちゅうみせ》の牛太郎《ぎゅうたろう》（若い衆）である。歳は今年で三十五だが童顔の丸顔で、三十路《みそじ》を越えた男には見えなかった。

背丈は五尺一寸（約百五十五センチ）、目方は十三貫（約四十九キロ）。軽量で小柄な修平には、だれもがついつい気を許してしまい、口が軽くなった。

しかも修平は、口から先に生まれたような調子者である。

「いやはや、おたくさんほどに様子がよけりゃあ、町内の娘が放っておかないでしょう」

そんな娘はひとりもいないと、客が仏頂面で応じても、修平はいささかも退《ひ》かない。

「なんてえ、もったいないことをする町でやしょうねえ。だったら、うちにおあがんなさい。朝までたっぷりと、ご愉快いただけやす」

客は自分よりも小柄な修平には、我知らずに優越感を覚えるらしい。揉み手で目一杯に持ち上げられると、たとえ世辞だと分かっていても、修平の誘いに乗ってしまうのだ。

大和町の遊郭は、吉原ほどには格式は高くない。が、見世が抱える辰巳《たつみ》女郎は、遊び慣れた客にも人気があった。

「今日は趣向を変えて、深川に繰り出そうじゃねえか」

江戸の方々から、遊び客が押し寄せてきた。職人から大店のあるじ、勤番《きんばん》ざむらいまで、客ダネは雑多である。

修平は客あしらいのかたわら、しっかりと耳を澄ませた。これぞと思うネタに出会ったときは、昼間、自分の足で確かめに歩いた。

牛太郎は日暮れたあとの生業《なりわい》である。泊り客が帰る朝の五ツ（午前八時）から暮れ六ツ（午後六時）前までは、好き勝手に出歩くことができた。

臼田屋甚六配下に、口の軽い者がいるはずもない。ところが修平は巧みに取り入り、内情の深いところまで聞き込みを果たしていた。

「臼田屋は証文買いを生業としておりますが、稼業柄と申しましょうか、むごさの極みのような男でございます」

捨て値で買い取った証文の男は、佐渡の金山送りとなる。金山は幾らでも人足を欲しがっているために、臼田屋は際限なしに証文を買い入れている……。

修平の聞き込んだ話には、いささかの付け足しも、嘘もなかった。

「いまの遠松さんの話から、船頭溜まりで聞いた、でえじなことを思い出しやした」

大三郎が膝を前にずらした。

「初田屋の砂津鐘てえ代貸は、いま遠松さんが言われた捨て値てえやつで、臼田屋に売り飛ばされたそうです」

「売り飛ばしたのは、初田屋さんに間違いはないのか？」

「へいっ」

大三郎はきっぱりと応じた。

「雇い主に売り飛ばされたんじゃあ、代貸もやってられねえだろうにと、うわさを聞き込んできた船頭が言ってやしたから」

返事を聞いた岩次郎は、腕組みをして目を閉じた。遠松は、皿に残ったようかんを口に運んだ。

「砂津鐘が捨て値で売られたとしたら、つなぎをつけるのは厄介だが……」

「おまかせくだせえ」

目を開いた岩次郎に、遠松は胸を張って請け合った。遠松が幾つも探りの伝手《つて》を持っているのは、岩次郎も知っている。

「初田屋さんには、読売が妙なことにならないように踏ん張ってもらわなければならない」

砂津鐘は初田屋さんの鍵を握る男ゆえ、ぜひとも会いたいと、岩次郎は強い指図を与えた。

「わきから口をはさみやすが」

座り直した大三郎は、岩次郎を真《ま》っ直《す》ぐに見た。

「初田屋てえのは、釜田屋さんにとったら商売敵じゃありやせんので」

「その通りだ」

岩次郎は即答した。

「だったらなんだって、初田屋が妙なことになるとこちらが困るんで？」

商売敵が自滅するのは、釜田屋にとってはめでたいことではないのか。

大三郎が抱いた疑問は、もっともだと思われた。しかし岩次郎の考えは違っていた。

「なにごとによらず、ひとり勝ちは長くは続かない」

岩次郎の口調が変わった。目の光が強くなっていた。

「たとえ気に染まない商売敵だろうが、競り合う相手が何人かいてこそ、商いは大きく育つものだ。ひとり勝ちは、断じて喜べることではない」

言葉に区切りをつけた岩次郎は、目の光をわずかに弱めた。

「初田屋がどれほど狡猾《こうかつ》で、しかも気の小さな男であるかはわたしにも分かっている」

岩次郎は初田屋を呼び捨てにしていた。

「分かってはいても、いまも言った通り、あんな初田屋でも潰れてもらっては困る」

江戸の瓦版版元のなかでは、初田屋は大店だと見なされている。そんな版元が潰れたりしたら、早刷りの商いにもわるい影を落とすことになりかねない。

しかもこれからの早刷り稼業の行く手には、公儀が牙を研いで待ち構えている。

吉羽屋の甘い申し出を、岩次郎はきっぱりと断った。公儀も吉羽屋も、釜田屋に面目を潰されたと意趣を抱くのは明らかだ。

公儀は持てる巨大な力を小出しにしながら、早刷り稼業に対する邪魔立てを始めるに違いない。

初田屋は、本気で信頼はできない男だ。しかしそれを承知で付き合っていけば、初田屋の力も利用することができる。

摺り屋・売り屋ともに、初田屋が抱え持つ力には、あなどれないものがある。

「商売敵をいかに我が陣営に取り込むか。そして相手をいい気にさせたうえで、いかにして手なずけるか……これからは、わたしの器量のほどが問われる」

岩次郎は座の面々を見回した。わきに座している遠松の背筋が真っ直ぐに伸びていた。

「早刷りがお客様に大受けしたのは、従来の読売とは根本から拵えが異なっていたからだ」

毎日発行を続けること。

毎日出るがゆえに、中身が目新しいこと。

身近な話も次々に取り上げて、早刷りと客との隔たりを大きく縮めたこと。

大受けした理由を数えれば、幾つもあった。しかしそれらはすべて、先行する読売瓦版があったればこそである。

大手の瓦版が、少なくとも三種あれば、

瓦版ごとの強い個性が紙面にあらわれていれば……。客には読み比べる楽しみが生まれる。

ひとつしかなければ、いつしか飽きる。

「早刷りが長く読み継がれるためにも、少なくともふたつは商売敵が入用だ」

大手の初田屋には、ぜひにも踏ん張ってもらいたいと、岩次郎は結んだ。

大三郎は、不明を詫びた。

遠松の顔つきも、強く引き締まっていた。

八十一

七月五日の七ツ半（午後五時）。大三郎が櫓を操る屋根船が、折鶴の敷地内に引き入れられた。

船客は初田屋昌平。料亭に招いたのは吉羽屋政三郎である。

三日前の七月二日と同じように、吉羽屋は二階の真ん中に座を設けて待ち受けていた。

床の間正面の障子窓が、大きく開かれているのも、岩次郎のときと同じである。

異なっていたのは、強めの風が川面を渡っていたことだ。

風を浴びて、川面にざれなみが立っている。西陽をたっぷり浴びた小波《さざなみ》が、キラキラと黄金色に光って見えた。

「これはまた……」

客間に入った昌平は、吉羽屋にあいさつもせず窓辺に寄った。

「まるで、天に昇る龍のうろこが輝いているような眺めだ」

小波が立った大川の川面を、昌平は龍のうろこに見立てた。

「なるほど」

吉羽屋は真顔で膝を打った。

「さすがは読売の版元さんだ。まことに的を射たお見立てをなさる」

吉羽屋の物言いに、追従のくささはない。あいさつもせずに窓に寄った無作法を咎めず、吉羽屋は昌平の見立てを褒めた。

「これぐらいのことで感心されても、返事に困る」

ぞんざいに応じた昌平は、勧められもしないのに床の間を背にして座った。

「折り入って、あたしに用があるそうですが、いったいどんな用があるんでしょう」

昌平は値踏みするような目で、吉羽屋を見た。

「これはまた、てきぱきとことを運ばれますなあ」

鷹揚な物言いで応じた吉羽屋は、日本橋室町二丁目の吉羽屋政三郎ですと、あらためて名乗った。

「かしこまって言われなくても、おたくさんのことは、うちの者から聞いています」

昌平は努めて背筋を伸ばしていた。

身の丈五尺（約百五十二センチ）の昌平は、吉羽屋より五寸（約十五センチ）も低い。少しでも大柄に見せようとする昌平は、だれの前でも背筋を目一杯に伸ばそうと努めた。

「あたしのところの読売にも、ときどき広目を出してくれていると、若い者から吉羽屋さんのことは聞き及んでいます」

あたしの読売に広目を出していると、昌平はことさらその部分の語気を強めた。

若い者から聞き及んでいるは、もったいぶる昌平のくせである。

まことのところは、聞き及んでいるどころではなかった。

「値引きしても構わねえ。なにがなんでも、吉羽屋の広目を載せろ。あの店が載るか載らねえかで、ほかの店の広目の出方が、まるっきり違ってくる」

これまで広目を出さなかった吉羽屋が、初めて広目を出したのがつい先日だ。初田屋の瓦版にとって吉羽屋の広目は、商いの鍵も同然だった。

吉羽屋は、そんなことは先刻承知である。初田屋を折鶴に招く前に、あらかたの内証を調べ上げていた。

岩次郎の早刷り発行が始まったことで、従来の瓦版はどこも大きく売り上げを落としていた。

わけても初田屋の売れ行きは、落ち込み具合が激しかった。

「初田屋の売り屋が鈴を鳴らしても、客は遠ざかるばかりです」

調べにあたった聞き込み屋三人は、初田屋さんはこの先が大変でしょうと口を揃えた。

しかし吉羽屋は知らぬ顔で、昌平の言い分にうなずいた。

「初田屋さんの読売に広目を載せていただけたことで、てまえどもは大いに助かっております」

吉羽屋は礼の言葉を口にした。が、あたまは下げなかった。

「うちの値打ちを分かってもらえたのは、なによりです」

昌平は胸を反り返らせようとしたが、なにしろ小柄である。うまく胸を張ることができず、カラの咳払《せきばら》いでごまかした。

うつむいた吉羽屋は、ふうっと吐息を漏らした。しかしすぐに思い直したあとは、顔を上げて昌平に目を向けた。

「江戸でも高名な初田屋さんの読売ならばこそ、なんとしても聞き届けていただきたいお願いがあります」

仲居がまだ酒肴を運んでくる前に、吉羽屋はさっさと用向きを切り出した。

できる限り早く、商談をまとめたかったのだろう。茶にも口をつけず、吉羽屋はしゃべり続けた。

吉羽屋にしてはめずらしい早口で、瓦版買い取りのあらましを昌平に話した。

話し終わっても、まだ夕陽は沈みきってはいない。大川の川面は黄金色に光っていた。

八十二

吉羽屋の話を、昌平はキセルを使いながら聞いていた。話の途中で、何度も煙草を詰め替えた。

吉羽屋の話は、いまの初田屋にはよだれが垂れ落ちそうなほどに旨味《うまみ》があった。懸命に気持ちを抑えているのだが、どうしても頬がゆるみそうになる。

それを隠そうとして、昌平は休みもおかず、立て続けに煙草を吸っていた。

大川を渡る風が、強さを増しているようだ。煙草の煙は真上には昇らず、昌平に向かって流れた。

十数服も吹かし続けたことで、煙草が切れた。

「煙草の替えを、言いつけてもらいたいんだが……」

吉羽屋の話に区切りがついたところで、昌平が口を開いた。

「これは気がつきませんでした」

吉羽屋が初めて手を打った。ひとつ鳴るなり、仲居頭が座敷に顔を出した。

「初田屋さんに、煙草を」

「かしこまりました」

立ち上がった仲居頭は昌平に近寄り、煙草は『開聞桜《かいもんざくら》』でいいかと確かめた。

「あんたは、あたしの吸っている煙草が分かるのか？」

「開聞桜のような極上の煙草でしたら、香りを嗅いだだけで分かります」

仲居頭はあけすけな追従を、淀みなしに口にした。初田屋昌平は追従にすこぶる弱い男だと、吉羽屋から言い聞かされていたからだ。

案の定、昌平の目元がだらしなくゆるんだ。

「開聞桜を嗅ぎ当てるとは、さすがは折鶴の仲居さんだ」

昌平は褒めたつもりだったが、座敷を出た仲居頭の目は尖っていた。

女は、ただの仲居ではない。仲居頭で、お仕着せの半襟《はんえり》が紫色だった。

つかの間、仲居頭は気をわるくした。しかし煙草を盆に載せて戻ってきたときは、見事な愛想笑いを昌平に向けた。

吉羽屋から手渡される心づけは、昌平の無作法を忘れさせるに充分な額だった。

仲居頭の追従をまともに受け止めた昌平は、上機嫌のきわみである。目元がゆるんだままの昌平を見た吉羽屋は、一気に話をまとめようとした。

「初田屋さんにも、ご損のない話かと存じます」

膝に両手を載せた吉羽屋は、昌平に返答を求めた。ふたつ返事が出るものと思っていたら、思いがけないことを昌平は口にした。

「あたしの大事な瓦版を使って、御上はあの不出来な安政二分金を……」

昌平はキセルに開聞桜をぎゅうぎゅうと詰めた。強い目で吉羽屋を見ているがゆえか、煙草の詰め方にも力がこもっていた。

「使いやすくていい金貨だと、世の中に触れ回ろうという魂胆らしいが、それにしては値づけが安すぎやしないかね」

昌平の物言いが、ぞんざいなものに変わっていた。

相手に弱みを見つけたときには、即座に居丈高な振る舞いに及ぶ。

昌平の性癖は、吉羽屋を前にしても健在だった。

「御上のお先棒を担ぐあんたの面目を立ててもいいが、そうしたけりゃあ、あたしが得心できるカネを用意することだ」

吉羽屋が示した瓦版買取りの目論見を、昌平は鼻先で笑い飛ばした。

「あんたがその半紙に書いてあるぐらいのカネなら、うちの瓦版は二日で稼ぎ出すだろうよ」

昌平は火のついたキセルを思いっきり強く吸い込んだ。火皿に詰められた煙草が、真っ赤になった。

昌平が力まかせに詰めた煙草である。赤く燃えながらも、まだ火が回っていない部分が残っていた。

一服吸って煙を吐き出したあと、昌平はもう一度強く吸った。

火皿の底で燃えずに残っていたのは、旨味を先の一服で吸い取られた、吸殻のような煙草である。

ひどく辛《から》い煙を、昌平は強く吸い込んだ。

ゴホッ、ゴホッ。

キセルを手にしたまま、昌平は身体を折って咳き込んだ。なんとか咳が鎮まって顔を上げたときには、涙目になっていた。

「大層に威勢のいいことを聞かせてもらったが、なにごともやり過ぎは命取りになりかねない」

あんたの詰め過ぎた煙草が、そのあかしだ……吉羽屋の口調も、大きく変わっていた。

「過ぎたるは猶《なお》、及ばざるが如しということわざは、あんたの欲深さを言い当てている」

吉羽屋の目は、昌平の眉間《みけん》を見据えている。眼光は、急所を射抜かんばかりに鋭かった。

「あんたが難癖をつけて手籠《てご》めにしている薬研堀の音若は、あたしのおんなだ」

言葉で斬《き》りつけられた昌平は、手の力が抜けたらしい。握っていたキセルが、右手から落ちた。

「不義密通を押さえたときは、ふたりを重ねて輪切りにしてもいいんだ、初田屋さん」

吉羽屋の顔に、冷笑が浮かんだ。

強い川風が、開かれた窓から流れ込んできた。首筋に浴びた昌平は、背中を震わせた。

「おとなしく記事を載せて、褒美《ほうび》のカネを受け取るか、なまくらな太刀で輪切りにされるか。あんたがどちらを選んでも、あたしに異存はない」

なまくらでの輪切りは、死ぬよりも苦しいそうだ……笑った吉羽屋の唇は、まむしの舌のように赤かった。

八十三

七月七日、五ツ（午後八時）前。星空の下を、初田屋を目指して岩次郎はひとりで歩いていた。

「ぜひとも、お供を」

遠松の強い申し出を、岩次郎は拒んだ。

初田屋昌平とは、きつい掛け合いとなるのは分かりきっていた。分かっていたがゆえに、岩次郎はひとりで向かっていた。

瓦版版元の当主同士が、さしで向き合う。

胸に抱いた思案を成就させるには、これ以外に方策はないと岩次郎は確信している。

全幅の信頼を寄せている遠松といえども、同行させることはできなかった。

高橋を北に渡ったころから、夜風が強くなった。提灯《ちょうちん》の動きにつれて、明かりも揺れた。

本所に向かう大路には、商家が並んでいる。軒下には、短冊を吊るした笹が立てかけられていた。

一本の笹の前で、岩次郎の足が止まった。見慣れた短冊が七枚、笹の葉とともに揺れていた。

七月七日の早刷りには、短冊七枚の付録がついていた。釜田屋の職人たちが、色紙を裁断して拵えた短冊である。

左下には『釜田屋謹製』の文字が摺られていた。

「富岡八幡宮で縁起祈願を済ませた短冊だ。一枚にひとつの願い事を書いて、笹に吊るしなせえ」

付録つきの早刷りは、例によって客同士の奪い合いになった。

七月一日の本番第一号売り出しから昨日までで、発行した早刷りは都合六号。いずれも、たちまち売り切れた。

格別に大きな出来事は生じていない。それでも四ツ（午前十時）の売り出しと同時に、二千枚を完売した。

「早刷りの人気は本物だぜ」

「あたぼうよ。四ツに集まってくるお客は、だれもが買いたくてたまらねえって目をしてるぜ」

早刷りはすっかりひとの間に根付いてくれたと、売り屋連中は目尻を下げた。

売り屋だけではない。

「おれっちが町木戸を入るなり、向こうからネタをおせえてくれるんだ」

「こいつを早刷りに書いてくれてえ持ち込みは、ひとつふたつじゃねえからよう」

話を拾って歩く耳鼻達も、いまではすっかり町の人気者になっていた。

ここまでくりゃあ、早刷りはもうでえじょうぶだと、職人たちは安心顔を見交わした。

岩次郎はしかし、早刷りの先行きを楽観視してはいなかった。

短冊の付録を思いついたのは、六日の朝に大三郎から前夜の顚末《てんまつ》を聞かされたときである。

「きのうの夜、初田屋のあるじを折鶴まで運びやした」

招いたのは吉羽屋政三郎だったと聞かされて、岩次郎と遠松は顔つきを引き締めた。

「帰り船の初田屋は、桟橋に横付けするまでの間に、数え切れねえほど舌打ちをしてやした」

昌平は、舌打ちをしただけではなかった。

「吉羽屋のくそったれ野郎」

「安値で買い叩きやがって」

昌平の毒づきを、強い川風が大三郎の耳に届けた。

「吉羽屋は、初田屋を抱き込む算段に切り替えたのでしょうね」

遠松にうなずいた岩次郎は、短冊の付録作りを言いつけた。

「初田屋と真っ向勝負をして、早刷りをさらに強く根付かせる。時おり付録つきの早刷りを出せば、大きな出来事のないときでも、お客様は買ってくださる」

岩次郎の目は、初田屋の方角を見据えていた。

見上げた夜空には、大きな天の川が流れている。軒下を出た岩次郎は、初田屋に向けて足を踏み出した。

八十四

岩次郎が初田屋の近くに行き着いたのは、五ツ（午後八時）を四半刻（三十分）ほど過ぎたころである。

初田屋の前は、道幅十間（約十八メートル）の大路が通っている。その大路には、濃い闇がおおいかぶさっていた。

夏場とはいえ、すでに五ツを大きく過ぎている。初田屋の周囲にあるのは、固く雨戸を閉じた商家ばかりだ。

町の大木戸が閉じるのは、四ツ（午後十時）である。その刻限まで通りに灯火を漏らす縄のれんや小料理屋のたぐいは、初田屋の周囲には一軒もなかった。

ゆえに通りが暗い。道幅が広いだけに、初田屋周辺の闇はひときわ濃くて深かった。

その代わりと言おうか、空に横たわる天の川は、夜更けまで通りが明るい冬木町よりも格別に美しく見えた。

初田屋の店先には、大きな焼物の招き猫が据えつけられている。その猫が見えたところで、岩次郎は提灯の明かりを落とした。

闇が岩次郎にまとわりついた。

ふうっ。

小さな吐息が岩次郎から漏れた。吐息には、ふたつの異なった意味が含まれていた。

ひとつは初田屋の店先が、あまりに暗かったことだ。

五ツを大きく過ぎているとはいえ、初田屋も釜田屋同様に瓦版の版元である。しかし闇に溶け込んでいる初田屋のたたずまいからは、瓦版版元ならではの「におい」が漂ってこなかった。

早刷りとは異なり、初田屋の読売は日刊でない。岩次郎もそれは、先刻承知していた。

いま時分の釜田屋は、百目ろうそくを灯《とも》した巨大な龕灯《がんどう》が仕事場を照らしているだろう。職人たちは明日の早刷りの締切を目前に控えて、全員が気を張り詰めて仕事を進めているに違いない。

今夜に限り、岩次郎は大組みの決裁を遠松にゆだねていた。締切刻限にかかるのを承知で、初田屋をおとずれているからだ。

遠松はさぞかし気合をみなぎらせて、早刷り作りを督励していることだろう。

職人たちが放つ気合は、大きな塊となって釜田屋に居座っている。そんな気合の塊に背中を押されて、職人たちはさらに敏捷な動きを見せた。

初田屋からは、その気合がまったく伝わってこなかった。

店の玄関には常夜灯すら灯されておらず、闇に溶け込んでいる。雨戸こそ閉じてはいないが、とても読売の版元とは思えない覇気のなさである。

これが、江戸でも大手といわれる瓦版の版元なのか……。

威勢が店の玄関から、まったく伝わってこない。それゆえ岩次郎は、吐息を漏らした。

もうひとつのわけは、これから臨む初田屋昌平との掛け合いを思ったがためだった。

しかし吐息を漏らしたからといって、岩次郎が気後《きおく》れをしているわけではなかった。

昌平の気性を思って、岩次郎はげんなりしたのだ。

聞き及んだ話から浮かんでくる昌平の人物像は……できることなら、生涯、かかわりを持ちたくもない相手だった。

しかし吉羽屋の汚れた手は、初田屋にも伸びていた。加えて初田屋は、酷薄きわまりない証文買いの臼田屋甚六に、子飼いの代貸の証文を売り飛ばしたという。

初田屋の内情を、吉羽屋は細大漏らさず聞き込んでいるに違いない。岩次郎は、そう断じていた。

吉羽屋はがっちり把握した初田屋の内情を下敷きにして、昌平を相手に強談判《こわだんぱん》を仕掛けたに違いないと察せられた。

「吉羽屋のくそったれ野郎」

「安値で買い叩きやがって」

大三郎が耳にした、初田屋昌平の毒づき。これこそが、吉羽屋との談判で、昌平が手ひどい思いをさせられたあかしに思えた。

小心を隠すための、底の浅い尊大な振る舞い。

相手の弱みを見逃さず、すぐさま付け込む狡猾な目つき。

根こそぎむしり取ろうとする、際限のない強欲さ。

初田屋昌平が抱え持つのは、いずれも岩次郎が芯からきらう、唾棄《だき》すべき性癖である。

しかしいまは、好き嫌いを言っているときではなかった。

初田屋と手を結べば、吉羽屋の悪だくみを阻止できる。

もしもなにも手立てを講じず、吉羽屋を放っておいたら。

まことを伝えるという、瓦版の大事な役目とかけがえのない価値が、根っこから踏みにじられてしまうだろう。

それを確信しているがゆえに、岩次郎はあえて初田屋と手を結ぼうと考えていた。

談判を実りあるものとするには、初田屋とさしで向き合うしかないだろう。

相手が小心者だけに、懐柔とこわもての二面が、談判の場には入用だ。昌平の面目を立てるには、余人を交えないほうがいい。

ふたりだけの談判なら、昌平も本音をさらけ出すこともできるだろう。

ひとはだれもが、自負を抱いて生きている。けだものとニンゲンの違いは、誇りがあるか否かだと、岩次郎は思っていた。

小心で強欲な初田屋昌平には、面目を立てることと、ご利益《りやく》をぶら下げて見せることに尽きる。

あらためて、気合を込めた岩次郎は、丹田に力を込めて初田屋の土間に足を踏み入れた。

「ごめんっ」

岩次郎のひと声で、ひとが出てくる気配がした。

力のこもった声に驚いたらしく、土間をネズミが駆け抜けた。

八十五

初田屋の若い者が岩次郎を案内したのは、夏の夜気が居座っている八畳間だった。

部屋の三方は土壁で、出入りをするのは廊下に面して構えられたふすまである。

ふすまを一杯に開いたとしても、風の通り抜けはできない。調度品のない八畳間の空気は、饐《す》えたようなにおいがした。

たずねて行っても、まともな応対をされることはない……昌平の気性を思えば、粗雑な扱いを受けるであろうことは容易に想像はついた。

しかし案内された部屋は、岩次郎が考えていた以上にひどいものだった。

部屋の隅に置かれた行灯は、灯心がちびているのだろう。ゆらゆらと揺れる明かりは、いまにも消えそうである。

畳敷きだが、長らく表替《おもてが》えがされていない。畳特有の青いにおいは、まったく感じられなかった。

そんな部屋に入れられて、座布団も出ていなければ、番茶の一杯も運ばれてくる気配がないのだ。

まことに分かりやすいことをする男だ……岩次郎は苦笑を浮かべた。

昌平が顔を出すまでには、早くても四半刻は待たされると、腹をくって出向いてきた。

扱いがひどいものになるのも、承知の上である。

若い者が岩次郎に示した扱いは、想像した通りである。それゆえに、岩次郎は苦笑いを浮かべていた。

まだまだ、出てくるまでにひまがかかると判じた岩次郎は、たもとから小冊子を取り出した。

『寛政名人棋譜《きふ》』と、表紙に刷られている。岩次郎が持参していたのは、将棋名人の棋譜集だ。

座を立った岩次郎は、行灯を膝元まで運んできた。部屋の隅に置いたままでは、手元が暗くて読みにくいからだ。

思った通り、灯心はちびていた。が、油皿は深くて大きい。まだたっぷりと残っている油は、意外にも上物の菜種《なたね》油である。

座り直した岩次郎は、棋譜を開いた。

うむ？

背中の上部、後ろの首筋に強い視線を感じた。

岩次郎は格別に武術に秀《ひい》でているわけではない。若い時分に一年ほど、剣術道場に通ったことはあった。

が、剣の才能はないと自分を見限り、一度も木刀を握ることなく竹刀《しない》から離れた。

そんな岩次郎だが、気配の揺らぎは鋭く察した。われ知らぬ間に、昔日《せきじつ》の剣術稽古《げいこ》の成果が身体に染み込んでいたのだろう。

岩次郎はふすまを背にして座っていた。ふすまは閉じられていたが、わずかな隙間ができているに違いない。

その隙間から覗《のぞ》き見されているのだと、強く感じた。

見ているのがだれだかは、いわずとも知れている。

背筋を一杯に張り直した岩次郎は、ゆっくりと棋譜をめくった。そして開いた丁《ちょう》を見詰めたまま、微動だにしなかった。

幾らも経ぬうちに、背中の視線は感じなくなった。隙間は閉じられていた。

八十六

「大事な客を、こんな部屋に」

たっぷり四半刻も待たせて顔を出すなり、昌平は口を尖らせた。

「若い者の気がきかなくて、すまないことをした」

形だけは岩次郎に詫びていた。さりとて、別の客間に移ろうとは言わない。

「わたしが勝手に押しかけてきたことです」

岩次郎は笑顔を昌平に向けた。

「饐えたにおいのする部屋に押し込まれようとも、座布団がなかろうが、茶も出なかろうが、いささかも文句はありません」

笑みを浮かべたまま、きつい一発を昌平に放った。

「おい、やっこ」

昌平はかすれ声で若い者を呼びつけた。が、だれも返事をしない。焦《じ》れた昌平は立ち上がり、ふすまを開いて呼びつけた。

三度呼ばれて、ようやくひとりが顔を出した。廊下を歩いてくる足音が、あからさまにいやいやを示していた。

「客人に茶も座布団も出てねえのは、なんてえ無作法だ」

三文芝居の役者が口にするようなセリフを、昌平は真顔で若い者にぶつけた。背を向けて座っている岩次郎は、若い者の仏頂面を思い描いて苦笑した。

薄い座布団と、色水のような茶が運ばれてきた。勧められるままに、岩次郎は茶に口をつけた。

「近頃、あんたの早刷りてえのが、ばかに評判がいいとは若い者から聞いていたが」

身体を折って開聞桜をキセルに詰めている昌平は、岩次郎を下から見上げた。口惜《くや》しさが隠しきれず、睨《ね》めつける目つきだった。

「ありがとうございます」

「礼には及ばねえ」

岩次郎の口を抑えた昌平は、開聞桜に火をつけた。甘い香りと饐えたにおいが、八畳間でもつれあった。

「こんな夜更けに前触れもなしに顔を出したのは、よほどのわけがあってのことだろう」

「お見通しの通りです」

「どうした、釜田屋さんよ。カネ詰まりになって、おれに早刷りを買い取ってくれてえのか？」

言い放った昌平は、キセルを灰吹きにぶつけた。竹筒を岩次郎のあたまと思ったらしい。思いっきり強くぶつけられた灰吹きは、ボコッと鈍い音を立てた。

「五千両ぐれえのカネなら、あんたの話次第では融通してやってもいいぜ」

「お気遣いをいただき、ありがとうございます」

昌平の大言には取り合わず、岩次郎は礼を口にした。そののち、目の光を鋭くして昌平を見た。

「しかし初田屋さん」

岩次郎の口調が、がらりと変わっていた。

「いまは、わたしの早刷りの行く末を案ずる前に、初田屋さんの尻についた火を消し止めるのが先でしょう」

岩次郎は平らな口調で、静かに言い切った。静かな物言いだけに、口にしたことが凄みを増した。

「なんだと？」

昌平は語尾を大きく上げて、目を剝いた。手にしたキセルの先が、怒りで震えていた。

「滅多なことをいうもんじゃねえ。ここは、おれの宿だ」

「承知のうえです」

岩次郎はいささかも退《ひ》かず、さらに話を続けた。

「五日の夜に、初田屋さんが吉羽屋政三郎と折鶴で会ったのも、吉羽屋が初田屋さんにすり寄ったのも、承知しています」

岩次郎の物言いは、相変わらず物静かである。それでいて、話は見事に的を射ていた。

昌平は口を挟むことすら忘れて、話の続きを待っていた。

「厚かましい吉羽屋は、わたしにも同じ話を持ちかけてきました」

「なに？」

昌平の顔色が変わった。

「わたしが話を蹴ったもので、次に初田屋さんに同じ話を持ち込んだというわけです」

軽く言い流しただけに、余計に昌平の癇《かん》に障《さわ》ったらしい。昌平が苛立《いらだ》つのは、岩次郎の勘定に入っていた。

「安政二分金がいかに使いやすい金貨であるかを、初田屋さんの読売で書きたててほしいと、あの男は話を続けたはずです」

その記事を載せる代わりに、読売の摺り代金と広目代を払う。

摺り代金を吉羽屋が負うのは、向こう三十日間。

広目代は一回あたり五十両。

これがわたしに示された見積もりだった。初田屋さんにも、同じ金額を示したはずです……。

岩次郎は、わざと実際よりも大きく水増しした数字を口にした。示された金額の差を思い、昌平がさらなる苛立ちを募らせるように仕向ける方便だった。

「ほんとうか、それは」

案の定、昌平の声は震えていた。

怒りをまともに浴びて、行灯の明かりが消えた。

八十七

深川から初田屋に向かう道々、昌平との向き合い方を岩次郎は思案し続けてきた。

小心者だけに、尊大ぶった扱いをするに違いないと踏んだ。その見当は的中し、昌平が顔をあらわすまでに四半刻(三十分)を要した。

昌平と向き合ったあと、しばらくは言いたい放題を言わせてみよう……これも、胸算用した通りの成り行きとなった。

頃合を見計らい、相手がもっとも敏感に反応することを、不意に投げつける。

根が小心者だけにそんな目に遭うと、かならず取り乱すに違いないと岩次郎は考えを進めた。

ならば不意に昌平に投げつける一撃は、なにが一番の効き目となるのか。

他人よりも、一段も二段も自分が下に見られるという屈辱。

ここを攻めるのが一番だと、岩次郎は断じた。

早刷りは号外を含めて、すべてが売り切れとなっている。そのあおりを受けて、初田屋発行の瓦版は、売れ行きが大きく落ち込んでいた。

江戸の瓦版最大手だと、勝手に自負してきた昌平である。新参早刷りの大好評には、あたまの血が沸き立つほどの腹立ちを覚えていることだろう。

もしも吉羽屋が、初田屋を釜田屋よりも下に見ていたと分かったら……。

昌平はあとさきも考えず、怒りを破裂させるに違いない。ならば、吉羽屋がどんな形で初田屋を下に見たと示せば、昌平の自尊心はもっとも深く傷つくのか。

広目代と買い取り代だと、岩次郎は考えた。

強欲な昌平のことだ。早刷りよりも安値を示されていたと分かれば、怒りは頂点に達し、即座に破裂するに決まっている。

岩次郎は、偽りの高値を口にした。昌平はその金額を真に受けた。

「吉羽屋の野郎」

怒りのあまりに昌平は、商売敵を目の前にしていることすら忘れたらしい。顔を大きく歪めて吉羽屋の名を口にした。

「初田屋さん」

岩次郎は小声で呼びかけた。

あたまに血が昇っている昌平には、岩次郎の声は聞こえないらしい。呼びかけには応えず、吉羽屋の野郎と、ののしり続けた。

こぶしを拵えた右手を、左の手のひらにぶつけている。人前を忘れて、昌平の素《す》が剝き出しになっていた。

「おい、初田屋」

岩次郎の鋭い声が、昌平の胸元に突き刺さった。

「いつまで、ガキみてえなことをやってやがるんでえ」

岩次郎から渡世人もどきの物言いをされて、昌平は顔をこわばらせた。

「いまはあんたとおれとが、しっかりと手を結び合うしかねえときだ」

「なんだ、その物言いは」

われに返った昌平は、目の両端を吊り上げていた。

「なんだもクソもねえ」

岩次郎は昌平を見据えた。

八十人を超える職人が、ぴんと背筋を伸ばす睨みである。

「うっ……」

ひと声漏らしただけで、昌平はあとの口を閉じた。両目の端も下がっていた。

「あんたがぼそぼそとつぶやいた通り、まさに吉羽屋はクソったれだ」

役人の手先に成り下がって、汚い金儲《かねもう》けに目の色を変えていると、岩次郎は言葉を続けた。

話しかける口調は、いつも通りのものに戻っていた。

「役人の力を背負っているだけに、素手で勝負を挑んでも勝ち目は薄い」

昌平を見据えたまま、岩次郎は話を先へと進めた。

小声である。しかし口にする言葉には、昌平の胸を射抜く強さがあった。

「ところがあんたが摺る読売と、うちの早刷りとが手を結べば、御公儀の役人相手でも断じて負けはしない」

大事な客だ。きちんといれた、焙じ茶の一杯も振る舞ったらどうだ……岩次郎は、砕けた調子で閉じた。

昌平は大きく見開いた目で、岩次郎を見詰めていた。

八十八

昌平がマメな男だったと知って、岩次郎はいささか驚いた。

「自慢じゃないが、おれのいれた茶は美味い」

昌平は若い者には言いつけず、みずから焙じ茶をいれた。

火熾《ひおこ》しは若い者にさせたらしい。しかし湯の沸かし加減も茶の葉の分量も、さらには土瓶での蒸し具合まで、すべてを昌平が計り、自分の手で為していた。

「これは美味い」

ひと口をすすった岩次郎は、茶のいれ方を褒めた。

「一日に何杯呑むかを数えたこともないが、美味い茶を呑みたいときはひとには任せず、自分でいれるに限る」

好み通りにいれた焙じ茶が、気持ちを落ち着かせたらしい。昌平の物言いから、刺々《とげとげ》しさが薄まっていた。

「今しがた、あんたが言ったことだが……」

話しかける口調も穏やかである。向き合った当初の尊大さも、すっかり失せていた。

「あたしの読売とあんたの早刷りが手を結べば、御公儀にも勝てるうんぬんというのは、どういうことだ」

「初田屋さんが、いま口にされた通りです」

岩次郎よりも昌平は年上である。答えた岩次郎の物言いはていねいだった。

「あたしが言った通りだと？」

「ふたりが手を結べば、御公儀もうかつな手出しはできないということです」

岩次郎は、江戸町人の落首《らくしゅ》を引き合いに出して話を続けた。

公儀は安政三（一八五六）年の今日までに、三度の改革を断行してきた。

改革第一弾は、八代将軍徳川吉宗の時代に行われた『享保《きょうほう》の改革』である。

米将軍の別称を持つ吉宗は、徳川政権の基盤をなす米価の安定を目指した。

元禄時代に行われた改鋳により、金貨の値打ちが大きく下がった。公儀基軸通貨である一両小判の値打ち下落は、諸色《しょしき》（物価）高騰を引き起こした。

そのあおりをまともに浴びたのが、武家である。

町人や農民は、諸色の値上がりに応じて手間賃などの実入りも増えた。

武家の俸給は一定である。

ひどいしくじりをおかさぬ限り、主家から暇《いとま》を言い渡されることはなかった。

しかし加増もない。諸色がどれほど高騰しようが、三十石取りの武家は、いつまで経っても三十石しか実入りはなかった。

ところが日々の暮らしの費えは、味噌も醬油も油も薪も、すべてが値上がりしている。

武家が雇い入れた奉公人の給金も、もちろん値上がりした。

諸色の高騰で、もっとも痛手をこうむったのが武家だったのだ。

吉宗は綱紀の粛正を断行し、武家にも町人にも質素倹約を旨とする暮らしを強いた。

多くの善政も為したが、倹約を声高に求めたがために、町人は改革途中で政道を疎んずるようになった。

改革第二弾は、老中《ろうじゅう》松平定信が天明から寛政時代にかけておこなった『寛政の改革』である。

前任老中田沼意次《おきつぐ》の賄賂まみれの政治を、定信はすっぱりと断ち切ろうとした。

この改革も、当初は江戸町人から大喝采《かっさい》を浴びた。賄賂にまみれた田沼政治の悪行ぶりは、町人にも聞こえていたからだ。

ところが定信も吉宗同様に、質素倹約を武家にも町人にも強く求めた。

定信は吉宗の孫である。改革の発想も手法も、同じところに着地したのだろう。

「こんなにうっとうしいとは、思わなかったぜ」

寛政の改革も、やはり途中から疎んじられる羽目になった。

三番目の改革は、天保十二（一八四一）年に老中水野忠邦によって着手された『天保の改革』である。

その目的は三たび同じで、倹約の励行だった。加えて風俗粛正も忠邦は断行した。

色里で働く農村出身の者を、男女も理由も問わずに在所へと追い返した。

三度の改革は、どれも当初は町人たちに受け入れられた。

なかでも『寛政の改革』を断行した松平定信の、当初の人気は凄《すさ》まじく高かった。

「なんたって、江戸生まれのご老中だからよう」

「それだけじゃねえ。八代将軍吉宗さまの、孫だてえじゃねえか」

「そんだけ血筋がよけりゃあ、田沼のような卑しいことはしねえだろうよ」

江戸生まれで、将軍の孫。

定信人気を囃《はや》して、多くの落首が生まれた。

どこまでも
かゆきところに手の届く
徳ある君の　孫の手なれば

八代将軍の孫にかけたこの落首に、江戸町人は拍手喝采した。

ところが改革を続けるなかで、定信も祖父吉宗と同じように、質素倹約を強く求めた。

「遊山《ゆさん》もダメ、芝居見物もいけねえじゃあ、なにが楽しくて生きてるんでえ」

「こんなことなら、田沼のころがよっぽどましだったぜ」

「ちげえねえ。あんときにゃあ、好きなだけ酒もやれたし、紅葉見物も楽しめたからよう」

やり場のない不満を内にためた町人は、はけ口を落首に求めた。

白河の
清きに魚の棲《す》みかねて
もとの濁りの　田沼恋しき

白河藩主である定信人気は、一気に凋落《ちょうらく》。結局はこころざし半ばにして、老中の座を追われることになった。

倹約に加えて風俗粛正をも断行した天保時代の水野忠邦も、多くの落首で厳しい批判を浴びた。

安政三年のいまでも、政治権力は公儀が一手に握っている。町人は公儀の敷く政道に、黙《もく》して従うだけである。

しかし行き過ぎた施策は、町人が落首などで批判していた。

紙に書かれたり、板壁に記されたりした落首が、政権交代の源となったのも一再《いっさい》ならずである。

「初田屋さんとうちとが手をきつく結び合えば、いままでの落首よりも大きな力となります」

いまは読売と早刷りが反目しあっているときではないと、岩次郎は説いた。

「落首の力がどれほど強いかは、あんたから講釈されなくても分かっている」

昌平は、また尊大な口調に戻っていた。しかし今度は岩次郎も、初田屋を持ち上げようとはしなかった。

「分かっているというなら、初田屋さんも身内のごたごたをすぐにも収めていただきたい」

「なんのことだ、身内のごたごたとは」

昌平があごを突き出した。

「臼田屋に売り飛ばした砂津鐘さんの証文を、明日には買い戻して……」

岩次郎の両目が、強い光を帯びた。驚きで目を丸くした昌平は、ごくんっと音を立てて生唾を呑んだ。

「吉羽屋に立ち向かえるように、身内を固めていただきたいということです」

岩次郎が言い切るなり、昌平は上体を乗り出した。

「証文を売り飛ばしたというのは、とんだ見当違いだ」

さらに身を乗り出そうとした拍子に、膝が湯呑みにぶつかった。残っていた焙じ茶が畳にこぼれ出たが、昌平は見ようともしなかった。

「臼田屋のクソったれ因業《いんごう》に、砂津鐘を売り飛ばすわけがないだろうが」

ひとをクソったれとののしるのは、昌平の口ぐせなのだろう。吉羽屋も臼田屋も、同じ語で吐き捨てた。

「それがまことだとしたら」

岩次郎も初田屋のほうに、上体を乗り出した。

「砂津鐘さんは臼田屋に偽りを聞かされて、誤った思い込みをしているに違いない」

口にした自分の言葉を、岩次郎は吟味し直していた。

八十九

「見事な天の川じゃないか」

庭に縁台を出させた臼田屋甚六は、すぐ隣に砂津鐘を座らせていた。

「あんたの丸い目なら、彦星も見えるだろう」

甚六は穏やかな口調である。その穏やかさが、砂津鐘の尻を落ち着かないものにさせているのだろう。甚六が話している途中で、何度も尻をずらした。

「どうした、砂津鐘さんよ。尻が痒《かゆ》いのか」

砂津鐘さんと、さんづけで呼ぶときの甚六には、いささかも気が抜けない……砂津鐘は、それを何度も思い知らされていた。

「座っていても、落ち着いて天の川を見る気にはなれねえんでさ」

「佐渡送りを案じてのことか？」

甚六の問いかけに、砂津鐘は素直にうなずいた。

「ならば砂津鐘さんよ」

甚六は顔だけを砂津鐘のほうに向けた。

「落ち着いて天の川を見ていられるように、初田屋を始末してきたらどうだ」

甚六が言葉を切ると、すぐさま清吉が寄ってきた。右手には、鞘《さや》に収まった匕首《あいくち》が握られていた。

匕首を手渡された甚六は、鞘を抜き払った。星明かりを浴びた刃が、銀色の光を放った。

「これを貸してやろう。切れ味はなかなかのものだ」

甚六は匕首を下から上に向けて振るった。

砂津鐘の頬から、血が滲《にじ》み出している。なのに砂津鐘は、いささかも痛みを感じてはいなかった。

九十

臼田屋は砂津鐘の証文を、二束三文の捨て値で初田屋から買い取ったらしい。

船頭が仲間内で交わしていたうわさを、大三郎が聞き込んできた。岩次郎はなにも付け加えず、聞いたままを昌平に話した。

臼田屋のクソったれ因業に、売り飛ばすわけがない……最初、昌平は目を剝いて岩次郎に食ってかかった。

が、岩次郎の話を聞いているうちに大きく様子が変わってきた。

「あたしの部屋まで、一緒にきてくれ」

なにか、思い当たる節《ふし》があったのだろう。いきなり目が泳ぎ始めた昌平は、岩次郎を伴って長火鉢の部屋へ。

若い者ふたりが、部屋の前の廊下に控えようとした。昌平は手を振って、ふたりを追い払いにかかった。

「ふすまを閉めて、ここから離れていろ」

「どういうことなんで？」

なかのひとりが、語尾を上げて問い返した。

「わけなど、どうでもいい。とにかく、ここから離れていろ」

昌平は語気を強めた。

指図されたふたりは、仏頂面を拵えた。返事もせず、あたまだけを小さく下げた。

閉じたふすまが柱にぶつかり、ガタンと音がした。音の強さが、肚の内の思うところをあらわしていた。

長火鉢の部屋に客を呼んだときの昌平は、わざと小さな音で手を叩いた。控えている者を呼び寄せるためにだ。

こんなに小さな音ひとつで、だれかがすっ飛んでくる……それを客に見せ付けるために、昌平は用もないのにこの振る舞いに及んだ。

長火鉢の部屋に客を呼んだときは近くに控えていろと、若い者は常から言われていた。手が鳴ってから出向くのが遅れたら、昌平は客の前でわざと強く叱り付けた。口答えでもしようものなら、砂津鐘から仕置きを加えられた。

それを何度も目の当たりに見てきた若い者は、嫌々ながらも長火鉢の部屋の廊下に控えた。

いまの昌平は、本気で追い払おうとしていた。

夜の五ツ（午後八時）過ぎにたずねてきたのは、商売敵の早刷り屋当主だと、客の素性を若い者は知っていた。

だれに対してよりも、昌平が見栄《みえ》を張って見せたい相手だ。散々に薄暗い部屋で待たせていたのも、若い者たちは知っていた。

それなのにいまの昌平は、部屋から離れていろという。

五日も前から、砂津鐘がいなくなっている。どこに行っているのか、なぜ初田屋にいないのか、昌平はひとこともわけを明かそうとはしなかった。

なにひとつ、ことを正直に話さない昌平に、若い者たちは嫌気がさしていた。

「ご用があったら、でけえ声で呼んでくだせえ」

ふすまの外で大声を出し、大きな足音を立てて遠ざかった。

それを咎めることもせず、昌平は長火鉢の引き出しを開いた。よほどに気が急《せ》いていたのだろう。

沸き立った鉄瓶が、勢いの強い湯気を吐いていた。

九十一

岩次郎の膝元には、二つに折られた半紙が置かれていた。半紙から離れたところには、茶托《ちゃたく》に載った湯呑みがあった。

注がれたばかりの焙じ茶が、湯気を立ち昇らせていた。昌平が自分の手でいれた茶である。

「この預かり証文を見る限りは、初田屋さんの言い分が正しそうだが」

岩次郎が言いかけると、昌平が長火鉢の向こう側から上体を乗り出した。

「正しそうじゃない。あたしの言っているのがまことで、証文を買い取ったという臼田屋が嘘をついているんだ」

昌平は息巻いた。

「それはしかし、初田屋さんの言い分です」

岩次郎は落ち着いた物言いで、昌平を押し返した。

「臼田屋のあるじは、砂津鐘さんの証文を買い取ったと言っています。しかもすでに五日も、砂津鐘さんは帰ってきてはいない」

砂津鐘はどこに行ったと思っているのか……岩次郎にそれを問われた昌平は、乗り出していた上体を元に戻した。

「砂津鐘の行き先は、臼田屋に決まっている」

吐息をひとつ漏らしてから、昌平はあらためて臼田屋甚六との細かなやり取りを話し始めた。

「あたしが砂津鐘の証文を臼田屋に見せたのは、紛れもないまことだ」

話し始めたばかりだというのに、昌平の口元は怒りで大きく歪んでいた。

砂津鐘に差し入れさせた借金証文を、昌平は臼田屋に見せた。

「これをあたしに買い取れと言うのか」

「まさか」

昌平は強い口調で拒んだ。

「そんなことを、あたしがするわけがないだろう」

「ならば、なぜおれにこれを見せるんだ」

「臼田屋さんから砂津鐘に、きつい灸《きゆう》をすえてもらいたいからだ」

応じた昌平は、上目遣いに臼田屋を見た。

「砂津鐘はあたしの大事な右腕だが、このところは図に乗って振る舞いがよくない」

証文を売り飛ばすと言っても、砂津鐘は口先だけだろうと舐めてかかっている。

業腹《ごうはら》きわまりないが、砂津鐘が初田屋にとって大事な代貸であるのは間違いない。

初田屋を怒らせたら、たとえ砂津鐘といえども、本当に証文を売り飛ばされてしまう
……臼田屋に呼びつけられて、目の前に証文を示されれば、さすがに肝を冷やすだろう。

砂津鐘を心底震え上がらせるために、芝居の片棒を担いでもらいたい……。

「長年のよしみに免じて、力を貸してもらいたい」

頼みながらも、昌平はあたまを下げなかった。

「臼田屋のおれに、あんたは虚仮威《こけおど》しの片棒を担がせようというのか」

光る目で睨まれた昌平は、丹田に目一杯の力を集めてなんとか踏ん張った。

しばらく睨み合いを続けたあと、臼田屋が先に目を外した。

「ほかならぬあんたの頼みだ、聞くほかはないだろうな」

臼田屋が折れた。気のゆるんだ昌平が、安堵の吐息を漏らしたとき、臼田屋の目がまた光った。

「この証文は預かっておく」

臼田屋甚六は、砂津鐘の証文を長火鉢の猫板に置いた。すぐわきでは、強い炭火が熾きている。

燃えはしないかと、昌平は案じ顔になった。

「心配は無用だ」

甚六は昌平の胸の内をそっくり見透かしていた。

「ここに置いても、燃える心配は無用だ」

それにもうひとつと、臼田屋は言葉を続けた。

「本物の証文をおれの手元に残すからには、預かり証文をあんたに差し入れよう」

じつのところ昌平は、証文を預けるなら、預かり証文がほしいと言いたかった。

言い出せないでいる昌平の焦れた思いを、臼田屋は見抜いていたようだ。

半紙と矢立は、長火鉢わきの文机《ふづくえ》に載っていた。

『証文一通、預かり置き候　臼田屋甚六』

これだけを記した半紙を、昌平に差し出した。

だれの証文なのか、その氏名。

いつ預けたのか、その期日。

大事なことが、ふたつも預かり証文には抜け落ちていた。

しかし昌平は、臼田屋に頼みごとをする身である。半紙に記載されている事柄の不備を、言い立てることはできなかった。

「砂津鐘への灸のすえ賃は、二分（二分の一両）でどうだ?」

臼田屋が口にした額は、昌平の腹積もりの半額だった。

「それでお願いしたい」

安くすんでよかったと、昌平は胸の内でにんまりと笑った。

「砂津鐘へのしつけが終わったら、預かり証文と引き換えに、これは返す」

臼田屋は猫板に置いた証文を指差した。

「それで結構だ」

返事をしながら、昌平は一抹の不安を覚えた。臼田屋は信用ならない男だと、本能がささやいたのだろう。

不安は的中してしまった。

「吉羽屋の耳には、すでに砂津鐘さんの一件は届いていると考えたほうがいい」

昌平も同じ思いを抱いたようだ。渋い顔でうなずいた。

「吉羽屋と臼田屋が手を結べば、ことは相当に厄介です」

砂津鐘をそそのかし、昌平の始末にかかる。まんまと昌平を仕留めたあとは、臼田屋が初田屋に乗り込み、その挙句には……。

「初田屋をそっくり居抜きで吉羽屋に高値で売り飛ばそうと、臼田屋は談判を始めるでしょう」

意のままに使える瓦版の版元を掌中にすれば、吉羽屋にはまことに都合がいいはずだ。

「そんなことはさせねえ」

尖った目でぼそりとつぶやいた昌平は、そのままの目つきで岩次郎を見た。

「あんたと手を結ぶぜ」

凄みあふれる物言いだった。

長火鉢の炭火は、真紅《しんく》を際立たせていた。

九十二

「あんたが折鶴を使う身分とは、考えてもみなかった」

差し出された徳利を受けた臼田屋甚六は、相手を見下した物言いをした。

「いつに変わらず、辛口なごあいさつですなあ」

つなぎ屋土兵衛《どへえ》は、自分の盃を手酌で満たした。

「このたびのことは、安値の証文を買ってもらう話とは、わけが違いますんでね」

料亭を気張ったと、土兵衛は小柄な上体を反り返らせた。

「さぞかしそうだろう」

甚六は軽く鼻先であしらった。

久松町の口入屋《くちいれや》つなぎ屋は、間口二間の小さな所帯である。しかし日本橋を控えた地の利を得ており、手代三人を雇っていられる売り上げがあった。

口入屋は、雇い主と奉公人とを顔つなぎする稼業である。見合いをさせた両者が得心すれば、奉公が始まる。

奉公人ひとりにつき、定まった額の顔つなぎ料を商家から受け取る。これが真っ当な口入屋の実入りである。

つなぎ屋は商家から受け取る手数料のほかに、ふたつの大きな実入りの源を隠し持っていた。

ひとつは『耳』代である。

口入屋には、奉公先を求めてさまざまな男女が出入りをした。

年齢・職種・出身在所など、まさに色とりどりである。口入れを求める者たちは、声をひそめてそれまでの奉公先の内証を、つなぎ屋の土間で話し合った。

「あの店は見かけは大したものだが、内証は火の車だ」

「番頭みずから使い込みをしている。奉公人のわるさにも、うるさいことはいえない」

奉公人でなければ知り得ない、お店《たな》内部の実態。

商いの現状と、先の見込み。

奉公人たちは遠慮のない物言いで、実情を話し合った。互いに分かっていることを明かし合うことで、内証のよくない奉公先への口入れから逃れるためだ。

つなぎ屋の手代は、土間で交わされる話に耳をすませた。手代が聞き及んだ話を取りまとめて、十日ごとに土兵衛は『耳』の雇い主に届けた。

雇い主は吉羽屋政三郎である。

つなぎ屋のもうひとつの実入りは、小金貸しの利息だ。

奉公先が定まっても、手元にカネを持たない者も少なくはなかった。

「月に一割三分（月利十三パーセント）で、二貫文までなら融通してもいい」

カネに詰まっている者は、高利を承知でつなぎ屋から借りた。質屋より利息は高かったが、質草なしで貸してもらえる。

「二度利息を溜めたら、この証文はこわいところに売り飛ばすから、そのつもりで」

貸しつける折りに、手代はこう念押しした。脅しではなく、つなぎ屋は本当に証文を臼田屋に売り飛ばした。

臼田屋の追い込みに遭《あ》った者のなかには、二度と帰ってこない者もいた。

「証文を売り飛ばされたら、命がなくなる」

いまでは利息を溜める者は、ひとりもいなかった。

「それで、どんな話を聞かせたくて、この席を設けたんだ」

甚六は脇息に身体を預けた。

「初田屋の始末がついたあとは、居抜きで買い取ってもいいというお方がおります」

土兵衛は、初田屋と砂津鐘の一件を甚六に話した。

「あんたが耳をそばだてて、ちょろちょろ動いているのは、おれも知っている」

身体を起こした甚六は、徳利を手に持った。土兵衛が酌をしようとしたが、右手で払い、手酌で盃に酒を注いだ。

ひと口つけてから、向かいの土兵衛に目を向けた。

「初田屋と砂津鐘のことが、あんたごときの耳に聞こえるはずはない」

話の出元も、買いたいというのも吉羽屋だなと、甚六は断じた。

土兵衛が目を見開いた。

庭の鯉が水音をたてた。

九十三

七月十日、朝の六ツ半（午前七時）。夜明け前から降り続いている雨に、折鶴の広い庭が打たれていた。

「自慢の趣向も、雨には勝てないということか」

庭を見ている臼田屋甚六の物言いには、強い皮肉がこめられていた。

向かい側に座した吉羽屋政三郎は、聞こえぬふりをして、湯呑みに口をつけた。臼田屋の皮肉の筒先がだれに向けられているか、充分に承知していたからだ。

折鶴の中庭には、細竹の柵が設けられていた。食べても呑んでも高値が当たり前の老舗《しにせ》料亭には、まるで似合わない粗末な拵えの柵である。

しかし折鶴が見せるのは竹の柵ではない。細竹に巻き付いた朝顔の美しさが売り物なのだ。

七月初旬のいまは、前年とは異なる新種の朝顔が、毎年この竹柵を飾った。

「朝顔の季節に折鶴の朝席が使えてこそ、まことのお大尽というものだ」

江戸の粋人を自称する客は、朝顔の時季には競い合って折鶴に朝席を構えさせようとした。

が、そこは商売上手で知られる折鶴である。一見客《いちげんきやく》から半端な額のカネを示されても、朝席の支度注文は断った。

朝顔の柵が見渡せるのは、中庭に面した客間だけである。三十の客間があるといわれる折鶴のなかでも、五間しかなかった。

「日頃のおつきあいを、大事にさせていただきます」

女将《おかみ》は客の気を惹《ひ》く笑みを浮かべつつ、断りの言葉を重ねた。

吉羽屋に対しては違った。

「明日の朝、四人の席を用意してくれ」

いつなんどきの言いつけでも、吉羽屋には朝顔の見える部屋を用意した。常に部屋を用意しておくことでは、大川を正面に見る二階の客間と同じだった。

臼田屋甚六も、折鶴の評判はもちろん知っていた。さりとて、この料亭を使いはしなかった。

よろしき扱いを受けたいがために、日頃から仲居や料理人はもとより、下足番《げそくばん》にまで祝儀をわたし、気を遣う……滑稽《こっけい》のきわみだと、甚六は大尽連中の振る舞いを嗤《わら》ってきた。

吉羽屋はつなぎ屋土兵衛を介して、折鶴に甚六を招いた。

「あさっての朝、六ツ半にこちらでいかがかと、先様は申されておいでです」

朝顔を愛《め》でるための特別の席だと、土兵衛は力をこめた。

「年寄りは気が短くて朝が早いというが、吉羽屋のあるじも相当なものらしいな」

薄い唇から出る甚六の物言いは、毒と皮肉に満ちていた。が、甚六が招きを受けたことで、仲立ち役の土兵衛は、あからさまに安堵の吐息を漏らした。

「あんたもそうだろうが……」

雨の庭に目を向けたまま、甚六は口を開いた。

「おれも、あれこれと朝から忙しい身だ。抱え持っている用向きを、前置きなしで聞かせてもらおう」

甚六は、あえておれという物言いをした。目上の者に対しては不作法な呼称である。

吉羽屋は気にとめないという顔つきで、湯呑みを手にしていた。

甚六はあぐらに組んだ膝を前に動かし、煙草盆を引き寄せた。

銀細工の大型火皿に、朱塗りの太い羅宇《らお》。純銀の吸い口。

煙草入れに詰まっているのは、甘い香りの国分誉《こくぶほまれ》。

吉羽屋の指図だろうが、見事に甚六の好み通りのモノが用意されていた。

甚六は知らぬ顔でキセルを手に取り、煙草を強く詰めた。ぎゅうぎゅうに詰めるのが、甚六の流儀だ。たっぷりと刻み煙草を詰めたいがために、火皿はことさら大きなものを好んだ。

火皿を親指の腹で強く押し、詰め具合を確かめてから、甚六は種火で火をつけた。銀の吸い口から強く吸い込まれた一服が、甘い香りを漂わせた。

「あれやこれやと、おれのことを気遣ってくれているようだが」

いま一度強く吸ってから、灰吹きの縁《ふち》に火皿をぶつけた。折鶴が使う煙草盆は、灰吹きにも極上の竹を使っているようだ。

ボコッと鳴った鈍い音が、耳に心地よかった。

「手ぶらで招きに応じたのでは、気を遣ってくれている、あんたに失礼というものだ」

太いキセルを煙草盆に戻してから、甚六は初めて吉羽屋を真正面から捉《とら》えた。

「おれなりに、あんたのことも調べさせてもらった」

「それはまた、ごていねいなことです」

吉羽屋は鷹揚な物言いで応じた。甚六のお手並み拝見、というところだろう。

「万年橋の旦那は無役のはずだが、ご改鋳がらみであれこれと用を言いつかっているようだ」

吉羽屋は喉を鳴らして、固唾を呑んだ。甚六はキセルを手に取り戻したあと、またもやぎゅうぎゅうに煙草を詰めた。

吉羽屋に目を戻したのは、煙草に火をつけたあとだった。

「釜田屋と初田屋に、瓦版をどうこうしたいと持ちかけたようだが、首尾よくは運んでいない。万年橋の旦那からは、早く目鼻をつけろと、きつい催促だ」

口を閉じた甚六は、煙草を強く吸い込んだ。火皿の煙草が真っ赤になって躍った。

「あんたも気が短いようだが、旗本というのは、桁《けた》が違う」

甚六が吐き出した煙が、吉羽屋に向かって流れた。

「あの連中は、我慢という言葉を母親の腹に置き忘れて生まれてきた連中だ」

さぞかしきつい催促が、万年橋から日ごと夜ごとに押し寄せているだろう……甚六は言い切ってから、キセルを戻した。

「瓦版をどうにかしたいというのがあんたの用向きなら、前置きも、駆け引きも無用だ」

甚六の目が強く光った。

「とっとと用を片付けて、折鶴自慢の朝飯というのを食わせてもらおう」

甚六が背筋を伸ばした。

庭を打つ雨は、甚六の気迫に追い払われたらしい。東の空には明るさが見え始めていた。

九十四

吉羽屋と臼田屋は、互いに相手を認め合っていた。

とはいえ信頼するだの、相手に好意を抱くだのとは、まるで無縁のことである。欲しいものを手にするためには、手段を選ばない。吐き気を催すようなむごい仕打ちも、ためらわずにしてのける。

相手はそんな男だと、吉羽屋と臼田屋は互いに認め合っていた。

「さすがは名うての料亭だ、メシの美味さが違う」

甚六は正味で炊きたてメシの美味さを褒めた。吉羽屋が相好《そうごう》を崩した。

「このメシの味を分かっていただけたのなら、味噌汁の鰹ダシの美味さも、ぜひとも味わっていただきたい」

向き合って朝餉《あさげ》を食するさまは、傍目《はため》には知己《ちき》のごとくに見えるかもしれない。が、ふたりはいささかも、相手に気を許してはいなかった。

ゆえにふたりが交わす話には、隙間がまるでなかった。やりとりする言葉は、用件のみである。

「臼田屋さんが手元に押さえている、初田屋の代貸の……」

砂津鐘の名を思い出すのに、吉羽屋はひと息を要した。昨夜、子飼いの耳から仕入れたばかりの話だったからだ。

「臼田屋さんもすでに思案をしておられることでしょうが、砂津鐘に初田屋を仕留めさせていただきたい」

初田屋昌平をおびき出す手はずは、てまえにおまかせくださいと、吉羽屋は請け合った。

「薬研堀の清元節の師匠に、文字通りひとはだ脱がせようという魂胆か」

甚六は、眉毛一本動かさずに音若に言い及んだ。

砂津鐘のことで一本とられた。そのお返しのような物言いになっていた。

「臼田屋さんの耳が大きいことは、よく分かりました」

吉羽屋は居住まいを正して、甚六を見た。あとの口を開く前に、吉羽屋は深呼吸をした。

しっかり肚を括《くく》りましたと、仕草で甚六に分からせた。

「小出しに見せびらかすのは、お互いこの辺までにして、首尾の煮詰めを万全にしようじゃありませんか」

「あんたがそうしたいというなら、おれのほうに異存はない」

甚六が受け入れたことで、話はすこぶる滑らかに運び始めた。

「音若の宿は、人目をさえぎる拵えにしてあります。あそこなら、何人殺めることになっても、ひとの耳目を気にすることはありません」

人目を忍んで音若をたずねるために、吉羽屋は妾宅《しょうたく》の出入り口には工夫を凝らしていた。

「初田屋も、そのあとで始末をすることになる砂津鐘も、人目にふれることなく宿の前に舫った船に運び込めます」

砂津鐘を始末する腕利きは、てまえのほうで手配りしましょうかと、吉羽屋が問うた。

「無用だ」

甚六はきっぱりと拒んだ。

「腕利きなら、佃煮《つくだに》にするほど手元に置いてある」

「余計なことを申しました」

吉羽屋は、あっさりと自分の言葉を引っ込めた。初田屋の乗っ取りを上首尾に果たすためなら、甚六の風下に立つこともいとわないと肚を括ったようだ。

「おれの手元に瓦版をたぐり寄せたあとは、あんたの使い勝手がいいように取り計らうつもりだ」

「ぜひにも、よろしく」

吉羽屋はあたまを下げる代わりに、あごをわずかに突き出していた。

九十五

目配りに抜かりのない吉羽屋政三郎だが、ただひとつ、大三郎のことだけは抜かった。

政三郎は、ことのほか大三郎を買っていた。そのきっかけは、浜町河岸の妾宅から四日市町の船着き場まで政三郎を乗せた、真冬の夜にあった。

方々に妾宅を構えていた政三郎だが、その当時はことのほか浜町に執心していた。妾宅に上がったあとは、二刻（四時間）は出てこない。長居を承知していた大三郎だが、四半刻（三十分）ごとにこたつの炭団《たどん》と、手焙《てあぶ》りの炭火を継ぎ足した。

二刻は戻らないというのは、決めごとではない。たとえ浜町に執心してはいても、不意に気が変わって戻ってくるかもしれない。

もしも二刻より早く戻ってくるとしたら、それは成り行きがよくないときだ。そんなときは、気が立っているに決まっている。

もしもこたつの火がへたり気味だったら、余計に腹立ちを募らせるだろう……そう判じた大三郎は、いつなんどき船に戻ってきても部屋が暖まっているように、こたつの火と手焙りの炭火を継ぎ足した。

粉雪が舞い始めたとき、不意に政三郎が屋根船に戻ってきた。大三郎が案じた通り、早帰りはその夜の不首尾のあらわれだった。

乱暴に障子戸を閉じるなり、船出を命じた。が、舫綱《もやいづな》をほどいて幾らも経ぬうちに、政三郎は穏やかな手つきで艫の戸を開いた。

「名前に三郎がつく者は、どの道を歩んでも、かならず頭角をあらわすことになる星回りだ」

屋根船を暖めて待っていたことを、政三郎は惜しまずに褒めた。その夜を境に、政三郎は大三郎の重用を始めた。

目をかけても、大三郎は一向に媚びない。周りの者から追従を言われることに倦《う》んでいた政三郎は、さらに大三郎を買った。

普段からおもねることをしない大三郎である。政三郎はうかつにも、船頭の心根を見抜くことができなかった。

七月十日の正午過ぎに、大三郎は自前の猪牙舟を冬木町まで飛ばした。が、釜田屋の船着き場には舫わない用心を忘れなかった。

「今朝の六ツ半（午前七時）に、吉羽屋と臼田屋が折鶴で席を共にしました」

岩次郎がことを判断するには、このことだけで充分だった。

砂津鐘は臼田屋の騙《かた》りに乗せられて、昌平の命を狙《ねら》っているに違いない。

砂津鐘を焚きつけて初田屋乗っ取りを謀るのが、臼田屋の狙いだ。昌平を始末させたあとは、砂津鐘までも仕留める気だろう。

そんな臼田屋が、吉羽屋の招きで折鶴の朝席に出向いた。

吉羽屋は公儀の手先となり、金貨の広目に躍起になっている。

瓦版は広目の最適手段だ。

初田屋乗っ取りを画策している臼田屋と、意のままに操れる瓦版がほしい吉羽屋。

そんなふたりが、なにを目論んでいるか。岩次郎には、その場に居合わせたがごとくに、明確に判ずることができた。

「吉羽屋と臼田屋が手を結んだとあっては、もはや一日たりとも無駄にはできない」

折鶴からの帰り道、吉羽屋はすこぶる上機嫌だった。大三郎から聞かされた岩次郎は、吉羽屋と臼田屋は手を結んだと断じた。

「取り急ぎの手配りは、初田屋に用心棒をつけることだ」

砂津鐘の襲撃から守るためには、腕のたつ用心棒を昌平の身近に配するのが上策だ。

「手配りはてまえが」

遠松が請け合い、岩次郎も得心してまかせた。ことが片付くまでは、遠松が昌平に張り付いていることも、岩次郎は承知した。

「早刷りの極上のネタを、てまえがこの手で拵えます」

遠松は、首に巻いていた手拭いを、力任せに絞った。

九十六

釜田屋の耳鼻達は、町の隅々まで歩くのが仕事だ。早刷りのネタを拾い集めるなかで、町の知識をたっぷり吸収していた。

「平野町の居合いの師範が、うってつけだと思いやす」

昌平警護のあてを問われた耳鼻達のひとりが、平野町の居合い師範、藤井秀歳《しゅうさい》の名を挙げた。

「髪に白いものが混じっている先生でやすが、腕っ節の強さはあっしがこの目で見てやすから」

いかに藤井が手練《てだれ》であるか、耳鼻達は細かに話し始めた。

とっつきのわるそうな風貌《ふうぼう》の藤井だが、ふところに飛び込むとまことに気さくな師範だった。

耳鼻達は藤井の道場に立ち寄るたびに、居合いの心得を教わったり、若い時分の武勇伝を聞き出したりした。

「いまは剣術よりも算盤《そろばん》のほうが、幅のきく世の中だがの。ひとが生きる糧《かて》を、誇りとするか、算盤とするかで道は大きく分かれる」

公儀の能吏重用の流れが、庶民にも及んでいると嘆息した。

「毎日売り出す早刷りは、算盤万能に走るいまの世のあり方に、大きな警鐘を打ち鳴らすものだ」

大いに奮闘いたせと藤井が話していたとき、酔漢三人が道場に押し入ってきた。三人とも上背が五尺七寸（約百七十三センチ）を超える臥煙《がえん》（火消し人足）だった。

「居合いの達人てえのは、あんたらのどっちでえ」

酔いの深い臥煙は、雪駄《せった》も脱がずに道場に上がってきた。門弟のほとんどいない道場だが、師範みずから毎日の拭き掃除を怠らない板の間だ。

静かに立ち上がった藤井は、すり足で三人の臥煙に近寄った。

燃え盛る炎を相手に、命がけの火消しを行う臥煙だ。したたかに酔ってはいても、藤井の技量のほどは本能が察知したようだ。

とはいえ、男ぶりと腕っ節の強さが売り物の三人である。すぐに尻尾を巻くことはしなかった。

「なんでえ、とっつあんがやり合おうてえのか」

臥煙が発した怒鳴り声は、格好だけだった。藤井が一歩を踏み出すなり、酔漢三人は呆気《あっけ》なく床に手をついた。

「無益な闘いを挑まないのは、酔ってはいても、さすが臥煙だの」

藤井は指一本突き出すことなく、三人を仕留めた。のみならず、相手を立てた。

臥煙の目に宿された嬉しそうな光を、耳鼻達は見逃さなかった。

「いまでは臥煙は、すっかり藤井先生になついておりやす」

「人柄も見事な師範だ」

耳鼻達の話に得心がいった岩次郎は、みずから平野町の道場に出向き、藤井と向き合った。

「吉羽屋の名は、わしでも知っておる。大きな身代の老舗だと思っておったが、算盤におのれの魂を売り渡したようだの」

御政道を食い物にするやからは、天誅《てんちゅう》あって然《しか》るべし……藤井は、昌平の警護役に就くことを快諾した。

「こんな世ゆえに、わしの元で修行をする数少ない弟子は、こころざしのある者ばかりだ。なかのひとりに実地の稽古をさせようと思うが、それでよろしいか？」

「願ってもないことです」

岩次郎は畳に両手をついて、藤井の申し出を受け入れた。

藤井秀蔵当人と、数少ない弟子のひとり中窯雪丈《なかかまゆきたけ》が、昌平の警護に就くこととなった。

遠松、藤井、中窯の三人が、初田屋で寝起きを始めた。

九十七

音若の女中が初田屋昌平に文を届けにきたのは、七月十一日の四ツ（午前十時）前だった。

警護役だの遠松だのが一緒に寝起きを始めたことで、昌平は息苦しさを覚えていた。

そんな矢先に届けられた、音若からの誘いである。

「女がおれに来てくれというんだ、知らぬ顔もできない」

遠松に文を見せた昌平は、顔をしかめた。が、嬉しさがにじみ出していた。

「どこまであんたは、おめでたいんだ」

遠松にしてはめずらしく、荒々しい言葉を昌平にぶつけた。

「見え透いた誘いに乗ったりしたら、自慢の逸物《いちもつ》を固くする間もなく、息の根を止められるぞ」

吉羽屋の囲われ者からの誘いを真に受けるとは……沙汰の限りだと、遠松は息巻いた。

この程度の器量の男をお守りするのかと、情けなさを感じたのだろう。

「そなたの怒りをぶつける相手は、この者ではない」

藤井にたしなめられて、遠松は我に返った。

「届けられたこの文は、紛れもなくおまえの誘い出しだ」

昌平を見る藤井の目は、剣客のみが持ち得る光を帯びていた。

「誘いに応ずることで、相手が放った刺客を取り押さえることができる」

刺客には砂津鐘も加わっているはずだと、藤井は断じた。

「音若なる女の宿の周りに、身を隠せる場所はあるか？」

昌平は、あごに手をあてて薬研堀の周辺を思い返した。

「宿の手前に、船具を仕舞う納屋があったはずだが……」

昌平は語尾を濁した。

「ただちに納屋を確かめなさい」

藤井の指図で、中窯は即座に身繕いを始めた。

音若は今日の暮れ六ツ（午後六時）に顔を出してくれと、文で誘っていた。いまはまだ、四ツを四半刻（三十分）ほど過ぎたころだ。

昌平の言い分通りに納屋があれば、中窯はそこに身を隠すことができる。

吉羽屋と臼田屋が刺客を音若の宿に潜ませるにしても、それは日暮れ近くになってからだろう。

いまから納屋に身を隠しておけば、敵の動きも摑める。

「それでは、お先に」

中窯は昼間の町を歩いても目立たぬように、股引・半纏の職人姿に扮装していた。初田屋の若い者がひとり、中窯の供についた。

首尾よく納屋に隠れたのちは、それを告げに駆け戻ってくる、つなぎ役である。

「おれの命を餌《えさ》にするんだ、しっかり見張ってくれ」

中窯に話しかける昌平は、声が震えている。いまでは事態の深刻さが、骨身に染みているようだ。

「中窯先生のあとを、うちの耳鼻達と絵描きに追わせますが、障りはございませんか？」

問われた藤井は、目元をゆるめて絵描きを見た。

「もしも早刷りに中窯の似顔絵が載るのであれば、佳《よ》き男ぶりに描いてくれ」

「がってんでさ、おまかせくだせえ」

絵描きは強い口調で請け合い、腕をピシッと叩いた。

「なんだ、似顔絵とは」

仔細を呑み込んではいないのか、昌平は目つきを険しくした。

「このたびの一部始終を、うちの早刷りと、おたくの読売で報《しら》せようということだ。うちのおかしらから、その話は聞いているでしょうが」

遠松に強い口調で言われて、昌平も思い出したようだ。

「これじゃあまさに、おれがてめえの命を餌に差し出して、商売敵に話のタネを拵えてやるようなもんだな」

昌平が顔を歪めた。

遠松は取り合わず、耳鼻達と絵描きに出発しろと目配せをした。

七月十一日、四ツ半（午前十一時）前。

中窯と初田屋の若い者が、薬研堀を目指して歩き始めた。真夏の陽に炙られた地べたは、ゆらゆらとかげろうを立ち上らせていた。

九十八

薬研堀の対岸は、回向院だ。

ゴオーーン……。

暮れ六ツを回向院が撞き始めたのをきっかけに、昌平は難波橋に足をかけた。

薬研堀に架かった幅十間（約十八メートル）もない杉の橋だが、真ん中は堀の水面から二丈（約六メートル）の高さがあった。

薬研堀をひっきりなしに行き交う川船が、難波橋の下をくぐり抜けて大川に出るからだ。

昌平が橋に足をかけるのを待っていたかのように、盛り上がった真ん中から若い者が駆け下りてきた。

「待ってくだせえ」

昌平を押しとどめた若い者は、音若の宿には砂津鐘と、もうひとりの男が入ったあとだと告げた。

「やっぱり砂津鐘か……」

昌平は、口惜しさと哀《かな》しさがまぜこぜの口調でつぶやいた。

橋の真ん中が壁代わりになっており、向こう岸が見えない。周囲の気配を確かめながら、藤井は昌平に近寄った。

「賊はすでに、宿のなかにおるのだな」

若い者の話を聞くまでもなく、藤井は事態を呑み込んでいた。

「刺客は、すぐに襲いかかったりはせぬ。女とのやりとりのなかで、おまえが気を抜くのを待ち構えておる」

いまはこのまま、ひとりで宿に入れと、昌平に指図を与えた。

暮れなずむ堀端で、昌平の顔色が変わった。

「おれは丸腰で、砂津鐘の前に身体を投げ出すてえのか」

そんなことはまっぴらだと、昌平は声を荒らげた。

「案ずるには及ばぬ」

藤井は厳しい物言いで、昌平の口を抑えた。

「わしも中窯も、賊が瞬《まばた》きひとつする前に、おまえを守りに出る。なにも案ずることはない」

昌平はすぐには得心しなかった。しかし藤井の後ろには遠松もいたし、耳鼻達と絵描きは目を見開いて成り行きを見詰めている。

昌平に残っていた男の見栄のかけらが、藤井の指図を受け入れさせた。

「おれの命を餌にするんだ、しっかり守りを願いやすぜ」

盛り上がった難波橋を渡り始めた昌平の足取りに、もはやためらいはなかった。

堀の反対側から飛んできたコウモリの群れが、昌平の頭上をかすめ去った。

九十九

「いきなりのお願いでしたのに、聞き届けてくださるなんて……」

やさしさに惚《ほ》れ直しましたと、音若は両手で酌を始めた。

肉厚の唇が、艶やかに濡れている。徳利を持った両手の指にも、ほどよく肉がついている。

痩《や》せぎすよりも、肉置《ししお》きの豊かな女が昌平の好みだ。

徳利を握った指先を見た昌平は、閨《ねや》で逸物を握られた様子を思い浮かべた。

吉羽屋に言いつけられての誘いだと、昌平は呑み込んでいた。しかし艶やかに濡れた音若の唇と、ほどよい肉付きの手の動きを見るにつけ、昌平はこれが誘いだということを忘れそうになった。

しかし……。

盃で酒を受けながら、昌平は音若を横目で見た。つかの間だが、音若は眉をひそめた。

吉羽屋の言いつけだから、嫌々ながらも仕方なくもてなしている……音若の素の思いが、ひそめた眉にあらわれていた。

昌平の気分が、いきなり冷めた。

「酒はもういい」

ぞんざいな物言いとともに、徳利を追い払った。注がれていた盃をひと息で飲み干した昌平は、強い音をさせて膳に戻した。

徳利を手にしたまま、音若は戸惑い顔を見せている。その手を、徳利ごと強く引き寄せた。

音若は引っ張られまいと、身体に力をこめた。が、男と女では、力に差がある。

引っ張る力が勝ち、音若の身体は昌平の膝元に引き寄せられた。

よほどに引っ張られるのが嫌だったらしい。拒む音若の両腕に力がこもり、徳利が揺れた。

半分以上も残っていた酒が、音若の膝に飛び散った。

昌平は音若の手を放した。

「乱暴なことをするのは、やめてくださいな」

尖った声が合図となった。

ふすまが乱暴に開かれたあと、畳を踏み鳴らして砂津鐘が入ってきた。

音若は昌平のそばから飛び退《の》いた。

「音若さんがいやがってるのに、ふてえやろうだ」

低い声で凄みながら、砂津鐘は昌平の向かい側に腰をおろした。

右手には抜き身の匕首が握られている。昌平の始末に使えと、甚六から渡された道具だった。

「なんだ、おめえか」

昌平は丹田に力をこめて、砂津鐘に応じた。

「おめえは臼田屋からあれこれと聞かされただろうが、そいつあ全部がまやかしだ」

昌平は気を張って、伝法な物言いを続けた。

「なんでえ、まやかしてえのは」

砂津鐘は昌平の顔の前で、匕首の刃をひらひらさせた。

「捨て値でおれを、売り飛ばしやがったくせに」

「それがまやかしだというんだ」

昌平が言い返したところに、清吉が入ってきた。

「余計な話は後回しだ、さっさと始末をしろ」

「そうはいかんぞ」

武家の落ち着いた声を聞いて、清吉が素早く振り返った。荒事に慣れている清吉は、振り向きざまに匕首を抜いていた。

清吉がどんな動きに出るか、藤井は見切っていた。

おりゃあっ。

怒声とともに斬りかかった清吉に、藤井は太刀の峰打ちを見舞った。

力を加減してはいたが、居合いの達人が見舞った峰打ちである。

うぐっ。

息を詰まらせて、その場に崩れ落ちた。清吉が気絶しているのを確かめてから、藤井は砂津鐘に近寄った。

「匕首を放しなさい」

藤井のひと声で、砂津鐘の手から匕首がこぼれ落ちた。

百

七月十三日四ツ（午前十時）の、四半刻（三十分）前。一挺《ちょう》の四つ手駕籠が、吉羽屋の店先に付けられた。

竹の骨に板敷きで、垂れには粗末な莫蓙が使われている。駕籠舁きは前棒・後棒ともに上半身は裸で、身につけているのは木綿のふんどしだけだ。

履物は編み上げのわらじで、刺子の肩当てを身体に縛り付けている。長柄《ながえ》に肩を入れたとき、じかに肌にぶつかるのを防ぐための肩当てだ。

「いつまで待たせる気なんでえ。立ってるのが億劫《おっくう》になってきた」

駕籠が吉羽屋店先に横付けされてから、かれこれ四半刻が過ぎようとしていた。

「おれっちに茶の一杯も出さねえてえのも、あんまり聞かねえ話だぜ」

相方の文句に応じた後棒は、剝き出しの尻を吉羽屋に向けた。

ブリッ。

遠慮のない音で一発を放ったとき、ようやく政三郎が店から出てきた。夏場の外出ゆえ、着ているのは絽の羽織である。粗末な四つ手駕籠に乗るには、身なりがまるで釣り合っていない。

上物を着た政三郎は、滑稽にすら見えた。

頭取番頭以下のおもだった奉公人が、駕籠に乗る政三郎を見守っている。政三郎は思いっきり顔を歪めて、駕籠に乗り込んだ。

「いい加減、待ちくたびれたからよう。思いっきり飛ばそうぜ」

「がってんだ」

乱暴な手つきで垂れをおろした後棒が、長柄に肩を入れた。地べたから持ち上がった高さは、わずか五寸（約十五センチ）。大きな石が転がっていたら、底をこするかもしれない。

駕籠の低さを見て、頭取番頭は顔をしかめた。が、当主はすでに乗り込んでおり、垂れも下げられていた。

前棒が息杖《いきづえ》を突き立てたとき、本石町《ほんこく》の鐘が四ツを告げ始めた。

はあん、ほう。はあん、ほう。

掛け声とともに、四つ手駕籠が走り始めた。思うところを抱えた顔つきで、奉公人たちは粗末な駕籠を見送った。

　横付けされていた駕籠は、日本堤《にほんづつみ》を行き交う翼駕籠である。

「三挺抜いたら、五匁（約四百十七文）の祝儀をはずむぜ」

一刻でも早く吉原の大門《おおもん》に行き着きたい客が、酒手で駕籠舁きの尻をひっぱたくのが翼駕籠だ。

　駕籠の拵えも乗り心地もひどい。速いだけが取り得である。

　吉羽屋政三郎が乗るのは、駕籠宿が差し回す屋根付き黒塗りの宝仙寺《ほうせんじ》駕籠と決まっていた。

　ところが今日乗っているのは、大店の当主は乗るはずもない安物の四つ手駕籠である。

　昨日（七月十二日）の四ツ（午後十時）過ぎに、本所の町飛脚が一通の書状を政三郎に届けた。

　差出人は初田屋昌平。政三郎は息を呑んだような顔つきで封を開いた。砂津鐘と清吉が、始末したはずの男からの書状ゆえだ。

『明日の四ツ前に、駕籠を差し向ける。それに乗り、本所まで出向いてもらおう。指図に従わなければ、依田象次郎もろとも、二度と朝日は拝めないことになる』

ただの脅しとも思えなかった。さりとて依田に問い質《ただ》すことはできない。臼田屋に訊《き》くのは、ましてのこと、はばかられた。

下司《げす》のきわみにしか見えない臼田屋との談判など、一度でたくさんだと思っていた。

初田屋は生きているのか？

すぐさま耳を呼び、事情を探らせた。

「武家の用心棒が守っていて、手出しができないようです」

耳の答えを聞いた政三郎は、業腹ながらも指図に従おうと腹を決めた。わざわざ呼び出しをかけてくるぐらいだ、殺められることはないと、政三郎は判じた。

宝仙寺駕籠を差し向けるわけはないと思っていたが、まさか翼駕籠とは思ってもみなかった。

初田屋の悪意のあらわれか。

駕籠の垂れがおろされたとき、政三郎は腹を括り直した。

さすがは速さ自慢の翼駕籠である。日本橋の吉羽屋から本所の初田屋まで、半刻（一時間）足らずで駆けてきた。

吉羽屋を乗せた駕籠と同時に、もう一挺の四つ手駕籠が初田屋に横付けされた。

二挺の駕籠舁きたちは、同時に垂れをめくった。

吉羽屋政三郎と臼田屋甚六が、駕籠の客だった。

百一

「こんなクソ暑い日の昼前に、本所まで出向いてもらったのは、ほかでもねえ」

吉羽屋と臼田屋を前にした昌平は、ひとり脇息に身体を預けていた。左の肘《ひじ》をのせながら、胸を目一杯に反り返らせている。

小柄な昌平でなければ、真似のできない姿勢だった。

部屋の隅には、太刀を膝元においた藤井と中窯が座していた。

なにもふたりが居合わせる必要はない。たとえ賊の襲撃があっても、藤井ひとりで充分である。

あえてふたりが居合わせているのは、吉羽屋と臼田屋に対する威嚇だった。

「おめえさんたちが、こいつだけはどうしても、一刻も早くに見てえだろうと思ったもんでね」

上体を大きく反り返らせたまま、昌平は若い者を呼びつけた。

用心棒が身近にいれば、昌平に怖いものはない。

尊大な吉羽屋と、こわもての臼田屋。いつもなら苦手な相手だが、いまは違った。

ひとまえで尊大に振る舞うのは、昌平のもっとも得手とするところだ。

それに加えて、いま目の前に座している吉羽屋と臼田屋は、業腹ながらも昌平の言い分を黙って聞いているしかない事情を抱えていた。昌平のほうが立場は強いのだ。

相手の弱みを摑んだときの昌平が、どれほど居丈高になることか……吉羽屋と臼田屋は、いまさらながら思い知ることになった。

昌平は大店のあるじもかくやとばかりにあごを引き、もったいぶった物言いで若い者を呼びつけた。

「あれを持ってこい」

指図を受けた若い者は、瓦版数枚を手にして戻ってきた。昌平はあごを突き出し気味にして、吉羽屋と臼田屋に摺りたての瓦版を手渡した。

『不人気に困り果てた御公儀、瓦版の乗っ取りをくわだてた』

二寸（約六センチ）角もある紅色の大文字が、瓦版の上部で躍っていた。

「断っておくが、こんなものはまだ序の口だぜ」

公儀がどんな卑劣な手を使って、不人気金貨を広めようとしたのか。これから日替わり読み物として、瓦版で書き立てる。

「文字が苦手な連中にも分かるように、山ほど挿絵を摺るつもりだからよ」

脇息から身を起こした昌平は、太い火皿のキセルを手に持った。

「江戸でも名うての絵師を、何人も雇ったんだ。挿絵のできばえを、楽しみにしていてくれ」

急ぎ詰めた煙草を、上体を反り返らせたまま吸い込んだ。慣れない格好で、急ぎ吸った一服である。

煙が妙なところに流れ込んだらしい。昌平は身体をふたつに折って咳き込んだ。

冷ややかな目でその様子を見ていた吉羽屋は、背筋を張って座り直した。

「幾ら払えば、摺る前の瓦版を売ってくださるんでしょうな」

吉羽屋は、値踏みするような目で昌平を見た。

「なんだ、その言いぐさは」

咳がまだ治まっていない昌平は、かすれ声を吉羽屋にぶつけた。

「おめえさんは、おれがゼニほしさにこれを摺ったと思ってるみてえだが……」

「図星だろう」

初めて口を開いた甚六は、強い目で昌平に斬りかかった。つかの間、昌平はたじろいだ。

が、武家ふたりが居合わせているのを思い出し、背筋をぐいっと張り直した。

「砂津鐘も清吉も、おれの手元に押さえてある。あいつらが自身番でぺらぺらと歌い始めたら、あんたもおれに向かって、そんな物言いはできなくなるだろうよ」

「好きにすればいい」

強がるふうでもなく、甚六は静かに言い切った。

反り返っていた昌平の上体が、元に戻った。が、キセルは握ったまま、吉羽屋に目を合わせた。

「あんたらの出方ひとつで、この瓦版は何千枚も摺ることになる。言っておくが、これを摺るのはうちだけじゃないぜ」

冬木町の早刷りも一緒だと、昌平は言葉を続けた。あたかも、釜田屋の早刷りは初田屋の下職《したしょく》だと言わんばかりの口ぶりだった。

「あんたらが行儀よくしなけりゃあ、深川の早刷りもこの先毎日、このたびの顚末を書き続けることになるぜ」

早刷りは薬研堀の騒動を、細かなところまで絵描きに写生させていた……昌平がこれを口にしたときには、吉羽屋の顔色が大きく動いた。

早刷りの絵描きの力量を、吉羽屋は見くびってはいなかった。

早刷りと口にするなり、場の気配が変わった。それを目の当たりにした昌平は、あからさまに舌打ちをした。

「いまも言ったように、この先の行儀をよくしねえと、うちは瓦版を摺りまくるぜ」

余計な手出しをしないと証文を入れるなら、瓦版を摺るのは考え直してもいい……昌平は、歌舞伎役者が決めゼリフを口にしたときのような顔を見せた。

「入れてもらった証文は、なにがあっても売り飛ばすことはないから、安心してくれ」

甚六に向かって放ったセリフだ。しかし当の甚六は、昌平を見ようともしなかった。

百二

七月二十日、暮れ六ツ（午後六時）前。昼間の猛暑は、日暮れが迫ったいまも冬木町に居座っていた。

暮れなずむ町を流れる仙台堀の河畔では、多くの住人が夕涼みを楽しんでいた。

キイッ。キイッ。

甲高い鳴き声を発して、コウモリが群れ飛んでいる。川端の柳とコウモリは、夏の夕暮れを彩る冬木町の風物詩といえた。

釜田屋の店先には、この日の早刷りが何枚も張り出されている。

『黒江町で四つ子誕生』

七月二十日の早刷りは、おめでたい四つ子誕生の大見出しと記事が、紙面の半分を占めていた。

「景気がいまひとつだてえが、こんなめでてえ話を読めりゃあ、元気が出るぜ」

「まったくだ。深川に四つ子を授かったとは、ありがてえ限りだ」

暮れかかった店先で、仕事帰りの職人ふたりが語らいあっている。めでたい話を知ることができたのも、早刷りのおかげだ……職人ふたりがうなずきあったとき。

釜田屋の板の間では、大きな笑い声が弾けていた。

岩次郎、遠松と並んで、藤井と中窯が夕餉の卓についていた。膳には一合徳利が載っている。

藤井の好みにあわせて、夏場の夕暮れながら徳利はぬる燗がつけられていた。

「とりあえず、ここで……」

遠松の声で、板の間のざわめきが静まった。

「藤井先生と中窯さんのおふたかたに、感謝をこめての献杯をさせていただこう」

遠松の言葉の句切りで、岩次郎が立ち上がった。職人たち全員がその場に立ち、目を藤井と中窯に向けた。

銘々が、素焼きのぐい飲みを手に持っていた。灘の下り酒『福千寿』の冷や酒が、なみなみと注がれたぐい飲みである。

藤井と中窯は、座ったまま盃を手に掲げ持った。

おもて向きは『早刷り二十号完売祝賀』が、この日の会食のわけとされていた。

「藤井先生、中窯先生のお力を拝借できたことで、めでたく二十号までを完売することができた」

ありがとうございます。

岩次郎が音頭をとり、遠松以下の面々も、ありがとうございますと礼の言葉を揃えた。

唱和のあと、ぐい飲みの酒が威勢よく飲み干された。

藤井と中窯も、盃を干した。

板の間に拍手がわき上がった。職人たちは、ぐい飲みをたもとに仕舞って手を叩いていた。

盃を膳に置いた藤井と中窯が、その場に立ち上がった。

拍手が一段と大きくなった。

「めでたい場に招いていただき、ありがたい限りだ」

藤井が話し始めるなり、場が静まり返った。

「めでたい場に、ただひとつ、惜しまれることがある」

岩次郎を含めた全員の目が、藤井に注がれた。その目を意識している藤井は、職人たちを順に見回した。

絵描きの前で、目がとまった。

「せっかく描いてもらえたわしの峰打ち一閃《いっせん》が、幻の早刷りとなって日の目を見ないことだ」

わざと顔をしかめて、藤井は言い終えた。ひと息おいてから、板の間に笑いが渦巻いた。

料理を受け持っている賄い頭のめぐみも、口元に手をあてるのも忘れて笑い転げていた。

笑いがおさまったところで、一同は板の間に座した。

「吉羽屋の当主は、旗本の依田様に泣きついたらしいのですが」

後日談を遠松が話し始めた。

「おまえなど、わしは知らぬ。二度と屋敷に顔を出すなと、追い返されたそうです」

「さもあろう」

同じ武士として、忸怩《じくじ》たる思いはあるがと付け加えて、藤井は盃を干した。

「初田屋は瓦版の見本刷りと版木を、二百両で吉羽屋に売ったと聞きました」

「さぞかしあの貧相な胸を、反り返らせたことだろうの」

「いかさま」

中窯は真顔で応じたあと、そのさまを思い浮かべたのだろう。盃に手を伸ばしたときには、目元がゆるんでいた。

「あとの仕事があるんだ、酒は一合どまりだぜ」

「せっかくの酒がまずくなることを、言わねえでくだせえ」

維助に向かって、弘太郎は渋い顔を向けた。また、笑いが弾けた。

七月二十一日、四ツ（午前十時）前。岩次郎は富岡八幡宮大鳥居の近くに立っていた。

間もなく四ツだと、仲町の住人には分かっているようだ。売り屋が踏み台を出すあたりには、すでにひとの群れができていた。

あのひとたちがいてくれれば、御公儀の横槍もかならずかわせる。

岩次郎は胸の内でつぶやいた。

岩次郎は面目を潰された公儀が、あのまま黙っているとは思ってはいなかった。

旗本依田象次郎に出入り無用を申し渡された吉羽屋だが、店の金蔵にも本両替にも、まだたっぷりと大金を眠らせている。持てるカネを要所にばらまき、やがては釜田屋への意趣返しを企てるに違いない。

面目を潰された尊大な男の恨みが、どれほど根深いか。岩次郎は、いささかも先行きを甘く見通してはいなかった。

油断ならないことにかけては、初田屋が一番だとも岩次郎は考えていた。いまは初田屋はおとなしい。しかし早刷りと初田屋の読売の売れ行きの違いが開くばかりと思い知ったとき、初田屋がどんな悪巧みを仕掛けてくるか。

初田屋に限らず、これからは同業者の嫉妬も買うに違いないと肚をくっていた。

いずれは弾けるに違いない、揉め事のタネ。うんざりするほどの数があるだろうが、岩次郎はそれらを思って怯《ひる》むことはなかった。

ゴオオーーン……。

四ツの捨て鐘が鳴り始めた。大鳥居下を出た売り屋が、いつもの場所に踏み台を置いた。取り囲んだ仲町の住人たちが、熱い目で売り屋を見上げた。

「お待ちかねの、今日の早刷りは……」

摺り立ての早刷りを、高く掲げ持った。

チリン、チリン。

身体の動きにつれて、腰から吊るした鈴が鳴った。

客の手が、売り屋めがけて突き出された。

熱い思いで突き出された手の群れに向かって、岩次郎は深くこうべを垂れた。

解説

清原康正

江戸時代、とりわけその後期に江戸の町が巨大な消費都市へと変貌していく過程を見ると、規模こそ違え、江戸の町が抱えていた諸問題は現代の社会問題とオーバーラップするものが数多くあって、ドキリとさせられることがある。

江戸の町は、元禄期（一六八八〜一七〇四）の大飛躍期を経て、十八世紀初頭の享保期（一七一六〜三六）にはすでに人口百万人を超す大都会となっていた。ロンドンが産業革命による労働人口の増加で百四十七万人を数えたのは一八三一（天保二）年のことだというから、江戸の町は、農業と自給自足の自然経済を基礎とする幕藩体制のもとで、商品経済の発達を促進させつつも、産業革命という爆発的なエネルギーなしに百万都市を形成していったわけである。

すでに大衆社会が成立していた江戸の町には、情報媒体として瓦版《かわらばん》、読売などと称された一枚刷りの木版印刷物が流通していた。このことは、木版印刷による情報の大量伝達、つまりマスコミがそれなりの規模で成立していたことを示す。また、情報を娯楽として楽しむ読者が数多く存在していた、ということでもある。

本書『早刷り岩次郎』は、安政の大地震の翌年、安政三（一八五六）年に江戸・深川で独創的な瓦版作りを始めた釜田屋《かまたや》岩次郎を主人公に、江戸期の新聞ともいうべき瓦版に携わる人々の奮闘のさまと情熱のありよう、情報伝達の意識を描き出した長編である。

物語の時代背景は、安政三年五月十五日から七月二十一日までの二カ月余。もちろん、この年より前に起こった事件や出来事のいきさつなども書き加えられている。五月十五日の五ツ（午前八時）、釜田屋岩次郎と番頭・遠松が深川冬木町の亀久橋の南詰に立って町の普請の音を聞いている場面から、物語は始まる。

昨年の十月二日の夜四ツ（午後十時）に起こった安政の大地震で、御府内の建物は大半が潰れ、深川もあらかたの家屋が潰れた。釜田屋は版木彫りと摺りを請け負う老舗で、一日に百枚以上の版木を彫っていたが、大地震で仕事場と職人の住まいが丸ごと潰れ、住み込みの職人のほとんどがもらい火の火事で焼け死んだ。岩次郎は妻と三人の子供も失い、生き残ったのは彼と番頭、通いの職人頭ぐらいだった。

この五月十五日夕暮れどき、永代寺門前仲町の深川一の老舗料亭・江戸屋に集まった釜田屋の職人頭ら六人に、岩次郎は何代も続いた摺り屋から読売（瓦版）へ商売替えして、六月に開業することを宣言する。

岩次郎が始めようとしているのは、江戸のどの読売瓦版よりも早く、そして仔細に正しく出来事を報せるという、まったく新しい「早刷り」の瓦版であった。そのために、幾つも手立てを考えていた。既存の瓦版にはない趣向を凝らすために岩次郎が編み出した三つの工夫が列挙されている。また、毎日、新しいネタで売りに出すために、江戸の町を行き来して、耳を澄まし鼻を利かせて面白い出来事（ニュース）を拾って歩く物書き「耳鼻達《じびたつ》」を雇い入れることを、岩次郎は考えていた。「耳鼻達」は岩次郎の造語である。

早刷りは一枚十文。一日二千枚を刷って、七月一日から御府内二十ケ所で百枚ずつ毎日売りさばく。他の読売瓦版より二文高値だが、評判が広まればひとは買いにくる。十文という値づけも岩次郎の信念のあらわれであった。

釜田屋の職人頭二人が佐賀町河岸の屋台の鮨屋を偵察に出かける場面に、当時の砂糖についての話題が出てくる。廻漕問屋の蔵が立ち並ぶ佐賀町河岸には扉が赤く塗られた蔵があった。薬種問屋への配送を待っている砂糖を積み重ねた蔵で、砂糖は小売りをする店も乾物屋ではなしに薬屋に限られていたという。

作者のフォトエッセイ集『東京江戸歩き』（写真・金澤篤宏、潮出版社）の最終章「再び深川」に、砂糖を商う薬屋の話が出てくる。

「砂糖を売っていたのは薬屋だった。

もちろん、いまの話ではない。わたしが小説の舞台として描く、江戸時代のことだ」

「冬場の縁日のご馳走は、温かくて甘いものである」

「かじかんだ両手が感じた、汁粉椀の温かさ。

あれこそが、まさに人肌のぬくもりだった。

深川の冬場には、汁粉と甘酒が似合っている。

ほどよい甘味は、人情の妙味だ」

この〝人情の妙味〟を、本書からも満喫することができるのがうれしい。

六月二十二日、四ツ（午前十時）に回向院の裏手から出火する。類焼を防ぐ破壊消防が主だった江戸の火消しのことが描かれている。こうした江戸情報を、物語の展開に沿って楽しむことができるのも、本書の、いや、山本一力作品に共通する大きな魅力である。

岩次郎はこの火事に付け火の噂があることを知って、火事のことを詳しく、分かりやすく、そして一刻も早く報せるのが、早刷りの務めだ、と耳鼻達に聞き込みに当たらせる。こうした取材の模様に続いて、六月二十四日の号外初売りにそなえた早刷りの作業過程が描かれていく。岩次郎たちは七月一日の本番発行の前々日までに三号の早刷り号外を出し、いずれも完売。回を重ねるごとに、釜田屋の早刷りの評判は高まっていった。

早刷りが売り切れを続けられるかどうか。そのために入用な手立て、考えうる限りの手立てを、岩次郎は費えを惜しまず、念入りに講じていく。徹夜仕事になる早刷り作りには何よりも明かりが大事で、岩次郎は特製・特大の龕灯《がんどう》四基を用意し、一本百五十文の百目ろうそくを一晩で百八十本も灯し続けた。
本番の前日、六月三十日、全員が仕事場に集まる。岩次郎と番頭の遠松を加えて、総勢八十六人。本番第一号は火付けの下手人捕縛の後日談だが、これにプラス、深川中の産婆の宿を回って取材した赤ん坊誕生のおめでた記事やとむらいネタに加えて、二百を超える深川の町の町自慢を載せることも決めた。これは現代のタウン誌の地域密着・重視の編集感覚に近いものがあり、こうした点でも現代と重なり合うポイントを見出す面白さがある。

安政三年七月一日、釜田屋早刷りの初売りは、あいにくの雨模様で夜明けを迎えた。岩次郎は雨降りとなった場合の支度も進めていた。別誂《べつあつら》えの雨具を揃えるまでの過程が描き出されており、岩次郎の入念な手立ての様子が具体的な費用も打ち出してフォローされている。

そして、この初売りの明け方の模様を、作者は釜田屋の人々からではなく、屋根葺き職人の長一の側から描き出す。長一とおます夫婦の模様を描いたあとに、いつもより半刻（一時間）早い釜田屋の朝飯の様子、その熱気が描かれている。読者の興味と関心を惹きつける実に巧みな構成である。

こうした釜田屋の早刷りの様子に加えて、同業者の悪辣な嫌がらせ、「安政二分金」の新貨幣の通用を企む公儀の動きがからんできて、物語は錯綜した展開となっていく。

本所の瓦版屋元締で四十人の配下を抱える初田屋《はったや》昌平と代貸《だいがし》・砂津鐘《さづしょう》、証文買いの臼《うす》田屋《だや》甚六、公儀の手先となり「安政二分金」の広目（広告）に躍起となっている吉羽屋《よしばや》政三郎らが、それぞれの思惑で動き出してくる。

吉羽屋は岩次郎に、安政二分金は使い勝手のよい金貨だという記事を向こう十日間、続けて掲載すれば、広目代百両と早刷り代二百貫文を支払う、と持ちかけてくる。それは公儀に早刷りをそっくり売り渡すも同然の所業、と岩次郎にきっぱりと断られた吉羽屋は、初田屋を抱き込む算段に切り替える。まことを伝えるという瓦版の大事な役目とかけがえのない価値が根っこから踏みにじられてしまうと、岩次郎はあえて初田屋と手を結ぶことを考える。こうした虚々実々の駆け引きの模様が、錯綜する人間関係を背景に描き出されていき、江戸期の企業小説、経済小説を読む興趣がある。

七月二十一日、四ツ（午前十時）前。岩次郎は富岡八幡宮大鳥居の近くに立っていた。岩次郎はいささかも先行きを甘く見通してはいなかった。早刷りを買い求めようとしているひとの群れを見て、「あのひとたちがいてくれれば、御公儀の横槍もかならずかわせる」と岩次郎は思う。岩次郎が深くこうべを垂れる場面で、物語は終わっている。

この物語には、作者のそれまでの人生体験が反映されていることが分かる。例えば、雨降りの日の売り屋たちの描写には、作者の新聞配達の経験が生かされている。作者のエッセイ集『江戸は心意気』（朝日文庫）に収録されている「新聞配達で学んだ生き方」

は、次のような書き出しで始まっている。

「昭和三十七(一九六二)年五月、中学三年生だったわたしは、高知から上京。東京都渋谷区富ケ谷の、新聞専売所に住み込んだ」

「季節を問わず、雨降りの配達は難儀である。当時の雨具は、分厚いゴムの合羽《かっぱ》に、ゴム長だ。

平地を歩くのも億劫《おっくう》なのに、その身なりで坂道を走るのだ。

午前四時に起こされたとき、雨降りだと気持ちが萎《な》えた。わけても、厳冬の氷雨《ひさめ》はつらかった」

岩次郎は本摺りに入る前に、天眼鏡で一文字ずつ大組みを見ていく。おのれに過ちをおかさせないための手立てである。岩次郎は「ひとはだれしも、しくじりをおかすものだ。この当たり前のことを、断じて忘れてはいけない」という戒めを常日頃から説いていた。その信念を、作者はこう記している。

「ことが起きたあとで責めを負いますという者は、それは言葉だけのこと。生じたしくじりは、職を辞しても取り返しはつかない」

こうした記述の後の「ことが起きたあとは、まことの責めを負うことなどは、だれにもできない。そんなことにならぬよう、常から気を配っていてこそ、初めて責めを負うことができる」という岩次郎のセリフは、現代の日本の現状を考えてみるとき、読む者の胸に突き刺さってくる。

この責任を取るということに関して、作者はエッセイ集『おらんくの池』（文春文庫）収録の「出てきてくれ、こわい先輩」の中で、旅行会社勤務時代の体験を記している。

「責任を負うということは、事故を未然に防ぐために汗を流すことだ。

事故が生じたから、生じさせたからといって辞めても、すでにひとを巻き添えにしている」

「責任を取りますというときは、すでに責任が取り切れない局面を迎えていると戒めた先輩。

いるはずだ、いまでも。どこにでも。いまこそ、その怒鳴り声が必要なときじゃなかろうか」

二〇一一年に起こった3・11東日本大震災の後にこの長編を読むと、二〇〇八年七月の初版刊行時の読後感とは異なる感慨が湧き起こってくる。大地震から立ち上がって道を開いていく硬骨漢の姿勢が、より清々しいものに映るからだ。

この感慨は、二〇一一年の文庫刊行から十二年を経て新装版となった本書からも、さらに強く湧き起こってくる。

（きよはら　やすまさ／文芸評論家）